meia-
-vida
do
amor

BRIANNA BOURNE

# meia-vida do amor

Tradução
**Priscila Catão**

Copyright © 2023 by Brianna Bourne
Copyright da tradução © 2023 by Editora Globo S.A.

Todos os direitos reservados. Nenhuma parte desta edição pode ser utilizada ou reproduzida — em qualquer meio ou forma, seja mecânico ou eletrônico, fotocópia, gravação etc. — nem apropriada ou estocada em sistema de banco de dados sem a expressa autorização da editora.

Título original: *The Half-life of Love*

Editora responsável **Paula Drummond**
Editora assistente **Agatha Machado**
Assistentes editoriais **Giselle Brito e Mariana Gonçalves**
Preparação de texto **Rayana Faria**
Diagramação e adaptação de capa **Carolinne de Oliveira**
Projeto gráfico original **Laboratório Secreto**
Fotos de capa © **Shutterstock.com**
Design de capa original **Maeve Norton**

**Texto fixado conforme as regras do Acordo Ortográfico da Língua Portuguesa (Decreto Legislativo nº 54, de 1995).**

CIP-BRASIL. CATALOGAÇÃO NA PUBLICAÇÃO
SINDICATO NACIONAL DOS EDITORES DE LIVROS, RJ

B778m

Bourne, Brianna
  Meia-vida do amor / Brianna Bourne ; tradução Priscila Catão. - 1. ed. - Rio de Janeiro : Alt, 2023.
  400 p. ; 21 cm.

  Tradução de: The half-life of love
  ISBN 978-65-85348-15-7

  1. Ficção americana. I. Catão, Priscila. II. Título.

23-85597
CDD: 813
CDU: 82-3(73)

Gabriela Faray Ferreira Lopes - Bibliotecária - CRB-7/6643

1ª edição, 2023

Direitos de edição em língua portuguesa para o Brasil
adquiridos por Editora Globo S.A.
R. Marquês de Pombal, 25
20.230-240 – Rio de Janeiro – RJ – Brasil
www.globolivros.com.br

*Para minha avó, Mary Josephine MacDonald.*
*Quando criança, estar com você era meu porto-seguro.*
*De algum jeito, mesmo tantos anos depois, isso ainda é verdade.*
*Obrigada.*

# Flint

41 dias, 9 horas, 42 minutos

*É aqui que eu vou morrer.*

Do banco de trás do nosso Jeep, espremido entre as malas abarrotadas de coisas, encaro soturnamente a "casa de campo" supermoderna diante de nós.

Ela é toda angulosa, feita de madeira reluzente. E de vidro — muito vidro. O sol baixo de outubro reflete nas imensas janelas que vão do chão ao teto, com um brilho tão quente que faz meus olhos arderem.

É a única casa à vista, engenhosamente escondida no meio da floresta da Pensilvânia. Ao redor dela, folhas cor de laranja resplandecem nos galhos. Toda a cena poderia muito bem estampar a capa de alguma revista chique de arquitetura.

Não foi exatamente o que imaginei quando pensei no lugar onde passaria meus últimos 41 dias.

*Quarenta e um dias.* Não dá para acreditar que é só isso que me resta.

Pisco com força. Engulo o nó que está permanentemente na minha garganta desde a metade da minha vida. Bem, quase exatamente a metade.

*meia-vida do amor*     **7**

Fora do carro, os pássaros cantam sob o sol de outono. Dentro do carro, nós três — minha mãe, meu pai e eu — estamos em silêncio. Ninguém sequer estende o braço na direção das maçanetas. Estamos num momento que é como um divisor de águas, e ninguém quer dar o próximo passo.

— Bem, chegamos — diz minha mãe com um entusiasmo forçado.

Dá para sentir a tensão na sua voz. Sua exaustão começa a se manifestar, e sei que não é apenas por causa da longa viagem de carro.

Não é somente a questão de que estou-prestes-a-morrer que torna tudo tão constrangedor. Não vejo meus pais juntos num mesmo cômodo desde o divórcio deles, e agora minha mãe está no banco da frente do Jeep como antigamente, dividindo um pacote de m&m's com meu pai. Agindo como se a gente fosse uma família outra vez.

Quando elaborou esse plano, ela disse que seria como sair de férias. Férias bem tristes, na minha opinião, mas fui um bom filho e não disse isso em voz alta. Sei que o objetivo dessa viagem, na verdade, é que eu não passe minhas últimas semanas sozinho enquanto eles estão no trabalho.

Ela perguntou aonde eu gostaria de ir e listou uma série de praias e cidades agitadas, mas já passamos dessa fase. Assim que descobrimos meu prazo de validade, ela nos levou para mil lugares, determinada a me dar o máximo de *vida* que pudesse no tempo que me restava. Porém, os fins de semana em Nova York e as maçantes viagens de carro a parques nacionais não nos ajudaram em nada e quase levou meus pais à falência. Já sou um fardo no aspecto emocional, não vou permitir que eu me torne um fardo no aspecto financeiro também.

Então em vez de deixar minha mãe planejar uma última viagem digna de um cartão-postal, eu lhe disse que queria ir ao único lugar que sabia que não os endividaria. A cidade onde cresci: Carbon Junction.

Meu pai murmura alguma coisa, depois tira a chave da ignição.

— Não dá para ficar aqui sentado o dia inteiro — diz ele. Sei que posso contar com esse lado rabugento dele para nos tirar desses momentos.

Saímos do carro e alongamos nossas pernas enrijecidas pelo frio de outono. Estou com a camiseta preta e a calça jeans escura de sempre, e meus braços descobertos se arrepiam rapidamente.

Minha mãe se aproxima e me abraça de lado, olhando para cima com um sorriso encorajador. Ela não é tão baixinha nem nada do tipo, eu é que sou atipicamente alto.

É óbvio que ela percebe que estou arrepiado.

— Ah, Flint, você deve estar...

— Não estou com frio — interrompo-a.

Já tivemos essa conversa. É minha resposta padrão sempre que me recuso a usar um casaco.

Na verdade, estou mentindo. Eu estou com frio, mas gosto de sentir a dor. Se eu ficar com frio e fome, e me sentindo péssimo, quando o fim chegar, não vai doer tanto. Vai ser um alívio.

Subimos com dificuldade o caminho que leva à varanda, com nossos sapatos ecoando no deque. Quando morávamos em Carbon Junction, esta casa não existia. Parece que foi em outra vida: nós três na nossa casinha aconchegante do outro lado da cidade.

*meia-vida do amor*    **9**

Meu pai confere as instruções do Airbnb no celular e digita o código na fechadura eletrônica. A porta se abre com um som mecânico, e ele entra na casa sem cerimônia. Minha mãe e eu hesitamos por um intenso segundo, depois o seguimos.

O espaço cavernoso é excessivamente moderno, com assoalho de madeira e mobília de aparência impessoal.

— Que pena que não é mais... aconchegante — diz minha mãe enquanto olhamos ao redor. — Posso providenciar algumas almofadas para o sofá. Alguns tapetinhos. Para deixar o ambiente um pouco mais acolhedor.

Minha mãe é designer de interiores, a Leslie Larsen do minúsculo escritório Leslie Larsen Interiores, que fica na Filadélfia e vem passando por algumas dificuldades. Bastaria eu assentir para ela entrar em ação e redecorar a casa inteira.

— Não tem problema, mãe — digo, jogando-me no sofá. — Não precisa comprar nada.

Dessa vez, são meus pais divorciados que se entreolham por cima da *minha* cabeça, consolidando ainda mais o fato de que isso tudo vai ser bem esquisito.

Massageio meus joelhos. No Jeep, minhas pernas estavam dobradas, pressionando o banco da frente. Mas, tirando os joelhos doloridos, eu me sinto... bem.

Acho que esta é a pior parte: o fato de eu estar saudável. Não tem absolutamente nada de errado comigo. Não tem nenhuma doença crônica me carcomendo por dentro, nenhum órgão problemático. Meu corpo deveria continuar funcionando por anos, ou mesmo décadas. No entanto, estamos em 23 de outubro, e em algum momento do dia 4 de dezembro ele vai parar como um relógio cuja bateria acabou.

Essa data se tornou mais importante para mim do que meu próprio aniversário. Anotei-a em todos os formulários que já tive de preencher. "Antes ou depois da meia-vida?", perguntam todos eles. Na escola, eu observava meus colegas circularem "antes" com os movimentos despreocupados de suas canetas. Já eu desenhava com força um quadrado ao redor do "depois", quase rasgando o papel. Todos os outros podiam pular a pergunta seguinte, mas eu tinha que responder.

Data de óbito: 4 de dezembro.

Datas de nascimento e datas de óbito. Os parênteses entre os quais a vida de todo mundo acontece. Todos têm sua meia-vida — eu fui apenas um dos azarados com quem isso aconteceu ainda na infância.

Afasto a recordação do dia em que senti aquela forte pontada. A dor de cabeça lancinante e repentina de que eu me lembro, e a convulsão posterior de que eu não me lembro. Aquele dia foi o limite demarcado pela vida, separando-a entre o período antes de eu saber quando ia morrer e... o período depois.

Meu pai coça a barba por fazer.

— Flint, por que não busca nossas coisas no carro?

Minha mãe ergue o queixo.

— Não o obrigue a fazer isso, Mack.

— Por que não? Ele é perfeitamente capaz de buscá-las.

— Tudo bem, mãe — interrompo, antes que isso vire uma das "opiniões divergentes" que eles costumavam ter.

Não me incomodo em ir buscar as malas. Ao menos meu pai ainda me pede para fazer essas besteiras normais. Foi por isso que preferi morar com ele após o divórcio. Bom, e também porque a energia que minha mãe estava gastando para se manter positiva e alegre perto de mim a exauria. Ela fingia estar bem, mas estava ficando mais magra e abatida

*meia-vida do amor*   **11**

bem diante dos meus olhos. Não dava para continuar vendo aquilo. Sendo eu a causa de tudo.

Enquanto me ocupo com as malas, minha mãe tenta fazer a cafeteira chique funcionar e meu pai põe a cabeça dentro do armário sob a pia, provavelmente para melhorar a pressão da água ou algo assim. Brincamos que ele é um faz-tudo, pois teve muitos empregos estranhos ao longo dos anos. Antes de eu nascer, ele foi um daqueles caras que apaga incêndios em plataformas de petróleo offshore, depois, trabalhou como guia numa empresa de rafting em corredeiras. Hoje ele administra uma equipe de soldadores industriais na Filadélfia e consegue consertar praticamente tudo.

Eu deveria estar feliz com a presença dos meus pais, mas preferia que eles me deixassem e voltassem para a cidade. Para seu trabalho, seus amigos e suas vidas separadas, sem Flint. Não preciso deles aqui. Valeu, mas posso muito bem morrer sozinho.

Finalmente, o Jeep fica vazio. Tranco o carro com um bipe e volto para a casa — mas algo me detém quando chego à porta.

Dá para ver meus pais pelo vidro. Eles não estão mais andando pela cozinha, mas sim paralisados, perfeitamente imóveis. Minha mãe está na frente da cafeteira com uma das mãos no rosto e a outra apoiada no balcão, como se não tivesse energia para endireitar a postura. Meu pai está do outro lado da cozinha, encarando-a com uma expressão de impotência que nunca vi em seu rosto.

Abro a porta e a fecho atrás de mim ruidosamente.

Quando me viro, minha mãe está com a postura ereta, alisando o suéter, piscando. Porém, no ambiente, há a mesma quietude que se costuma encontrar em funerais. Um peso no ar. Um cadáver em um caixão num canto, e todos andando na ponta dos pés, falando cuidadosamente. Nesse caso, contudo, o cadáver ainda não está no caixão — ainda estou de pé e andando de um lado para o outro.

Essa ideia toda é ridícula. Não dá para fingir que somos a família que éramos oito anos atrás.

Vou até a janela dos fundos e fito a floresta para que eles não vejam meu maxilar tensionado. Obrigo-me a respirar, a me concentrar nas folhas farfalhando nas árvores.

Por entre os galhos quase sem folhas, enxergo os fundos de algumas casas do outro lado do riacho Maynard, que corre formando uma fita escura no fim do nosso quintal inclinado. Conheço a rua do outro lado: ela se chama Harker's Run. É estranho me lembrar do nome mesmo depois de tantos anos.

Minha antiga vida em Carbon Junction quase parece mais real do que os oito anos em que moro na Filadélfia.

No entanto, ao menos uma coisa mudou: uma das casas foi pintada de um roxo berrante. Parece deslocada no meio de todos os tons terrosos do pôr do sol do outono. Semicerro os olhos. Não me lembro de uma casa roxa naquela rua. Porém, por mais chamativa que seja, não é a pior parte da vista.

Acima da linha das árvores, há duas construções no cume da maior colina da cidade, orgulhosamente expostas. O Castelo e a Coroa.

O Castelo é a antiga termelétrica a carvão — as três gigantescas chaminés lembram torres. Ela foi fechada alguns anos atrás. Agora está enferrujando e apodrecendo, isolada por uma grade metálica, mas de longe permanece imensa e imponente. No passado, praticamente a cidade inteira trabalhava lá. Com o fechamento da termelétrica, a cidade teria sido tomada pela pobreza e pelas ervas daninhas, não fosse

*meia-vida do amor*   **13**

pela outra construção da colina: a Coroa. Porque é lá que todos os moradores de Carbon Junction trabalham agora. Ou quase todos.

A Coroa é uma torre brutalmente moderna; são trinta andares de concreto acima da cidade, e no topo há um círculo com pontas que mais parece uma espécie de coroa maligna e alienígena.

É uma ironia e tanto que minha cidade natal, o lugar onde nasci e o lugar onde vou morrer, seja a sede do Instituto Meia-Vida, a primeira instituição do mundo a pesquisar o fenômeno com o qual os humanos vivem desde os primórdios da humanidade.

Se eu tivesse energia, mostraria o dedo do meio para ele.

Acho que, por dentro, minha mãe está contente porque eu quis voltar a Carbon Junction. O Instituto existe principalmente para descobrir o que causa a meia-vida (duvido que eles façam algum progresso nisso), mas também oferece todo tipo de programa suplementar "de apoio". Se ela acha que vai me persuadir a conversar com um dos terapeutas do Instituto, está completamente enganada.

A luz muda com a passagem de uma nuvem, e por um instante consigo ver meu reflexo no vidro. Meu Deus, que cara péssima. Estou tão *cansado*.

Alguma coisa bate no vidro bem na frente do meu rosto. Dou um salto para trás, assustado.

No deque, deitado de lado, há um passarinho cinza. Enquanto observo, seu corpo se contrai, depois expira uma vez, o peito minúsculo se esvaziando. E então não se mexe mais.

Por um segundo, fico em estado de choque. Nunca tinha visto nada *morrer* na minha frente.

O nó permanente na minha garganta aumenta.

— Mãe? Tem um passarinho morto no deque.

— Hã? — Ela se aproxima na mesma hora. — Meu Deus, querido, não olhe. Vou pedir para seu pai colocá-lo na lixeira na frente da casa.

— Pera aí. — Agora me sinto conectado ao passarinho. Afinal de contas, também vou morrer aqui. — A gente tem uma caixa ou algo do tipo? — pergunto.

Minha mãe se acalma.

— Claro.

Enquanto ela procura a caixa, vasculho as gavetas da cozinha. Não pensei em trazer uma pá para essas férias alegres, então vou ter que usar uma colher comum.

Minha mãe me dá uma caixa vazia de cápsulas de café.

— Será que cabe aqui dentro? — pergunta ela.

Faço que sim e me dirijo para a varanda dos fundos.

— Flint, espere... leve um casaco.

Eu me viro, e ela já o está estendendo para mim.

— Por favor? — acrescenta ela.

Pego o casaco, mas não pretendo usá-lo após sair de perto dela.

Ela agarra meu cotovelo.

— Quer fazer alguma coisa hoje à tarde? — pergunta ela. — Pensei em talvez pedirmos comida tailandesa, e seu pai pode ajeitar a TV...

— Estou cansadão, mãe. Acho que prefiro só ficar no meu quarto mesmo.

Ela não vai aceitar isso muito bem. Sei o que ela espera dessas últimas semanas. Nenhum deles podia tirar um mês e meio de férias no trabalho, mas ainda podemos ter o nosso Tempinho em Família. E minha mãe vai querer que eu desabafe.

*meia-vida do amor*   **15**

— Flint... — Ela ergue a mão e afasta meu cabelo do rosto. — Sei que tudo isso é difícil, mas a gente pode fazer algumas coisas divertidas, apesar de você estar...

Ela não consegue dizer, nem depois de oito anos convivendo com o fato.

Ela vira as mãos para cima, impotente.

— Você não pode ficar aqui sem fazer nada. Você merece viver um pouquinho.

— Ênfase no "pouquinho" — resmungo.

Vejo a mágoa surgir em seu rosto.

Quero me desculpar, abraçá-la e ficar junto dela como eu fazia quando criança. Mas não posso. Preciso garantir que ela não sinta minha falta quando eu partir.

Dou um suspiro.

— Tá, pode ser, mãe.

Ela abre um sorrisinho, mas ao menos é um sorriso.

— Vou pedir agora. Amo você.

— Tá — resmungo.

Do lado de fora, eu me agacho e empurro o corpo imóvel do passarinho para dentro da caixa. Depois começo a andar por entre as árvores. Paro ao lado de uma árvore altíssima e tiro o casaco. Enquanto ponho a colher na terra fria, só consigo pensar numa coisa: *41 dias*.

Um sentimento horrível e desolador toma conta de mim.

Pensei que já tivesse me acostumado à contagem regressiva. Mas agora que faltam seis semanas, tenho sentido umas ondas de pânico que me deixam quente, suado. É pior em alguns dias. Às vezes quase consigo me livrar dela, mas, agora que estamos aqui, é impossível engolir esse nó em minha garganta.

Passei por maus bocados nos últimos oito anos. Eu ainda era criança quando tive minha meia-vida, apenas um nerdzinho no terceiro ano do fundamental, e no começo fiquei sem entender. Nos mudamos porque as pessoas começaram a nos tratar de um jeito bem diferente. Na Filadélfia não foi tão ruim, pelo menos não no começo. Eu conseguia lidar com o fato de ninguém da escola nova querer ser amigo do garoto que ia bater as botas antes da formatura. Mas aí chegou o primeiro ano do ensino médio e...

Foi o pior ano de todos. Por vários motivos.

Termino de enterrar o pássaro e limpo as mãos na calça. Tiro o celular do bolso de trás. Coloquei uma contagem regressiva na tela de bloqueio e passo um instante apenas a encarando. Observando os segundos passarem.

Mais um segundo já era.

Tique.

Outro.

O que eu poderia ter feito nesse segundo? O que eu *deveria* ter feito? Às vezes, no meio das ondas de medo, tristeza e raiva, há a culpa. A culpa é o que mais odeio.

A morte vai ser muito mais fácil do que essa merda toda. Mais fácil do que ficar sentado pelos cantos, esperando o fim.

Essa história de meia-vida funciona assim: nada é capaz de te matar antes da sua data de morte. Ainda que eu passasse na frente de um caminhão ou me amarrasse nos trilhos de uma ferrovia, eu não morreria. Ficaria todo quebrado, mas não morreria. Isso vai acontecer apenas em 4 de dezembro. Estremeço ao pensar nos grupos parecidos com seitas que surgiram ao longo dos anos, ou nas fases esquisitas da história em que ir atrás de coisas radicais era moda. Saltar de penhascos sem treinamento, nadar com arraias e jacarés, fazer racha de carros. As pessoas dizem que o que elas querem é a adrenalina, ou estar no controle e desafiar a morte, mas já vi

*meia-vida do amor*   **17**

os resultados disso vezes demais. Os ferimentos são brutais. Pernas ou braços arrancados do corpo, queimaduras de terceiro grau, paralisia. A dor enlouquecedora é o que impede que a maioria das pessoas brinque com essas coisas. Nós apenas vivemos com a contagem regressiva.

Olho para a colher, parecendo uma lápide em cima do túmulo do passarinho.

E é então que a ficha cai: meus pais vão ter que me *enterrar*.

Não sei como passei tanto tempo esperando o dia da minha morte chegar sem que esse pensamento me ocorresse.

Meu coração acelera.

Meus pais têm a certeza de que vão envelhecer. A meia-vida do meu pai foi dois anos atrás, quando ele tinha 42 anos, e falta muito tempo para ele chegar aos 84. Já minha mãe ainda nem teve a dela, e a meia-vida nunca erra.

Um dia, eles vão comemorar um aniversário no qual terão passado mais anos sem mim do que comigo.

Meu queixo começa a tremer. Meu Deus, de novo não. Quero apenas chegar ao fim dessas minhas últimas semanas e morrer sem magoar ninguém. Será que é pedir muito?

Olho para a casa. Quando voltar lá para dentro, minha mãe vai querer me abraçar e me consolar por causa do passarinho morto. Meu pai fica do meu lado sempre que minha mãe me trata como uma porcelana delicada. Talvez eu a ouça chorar até dormir, pois é o que ela faz em todo fim de semana que passo em sua casa.

Pressiono a base das mãos nos olhos. Não posso voltar lá pra dentro. Não dá para respirar naquela casa.

No meio da floresta, uma ideia começa a se formar.

Preciso encontrar um lugar para passar meus últimos dias. Assim, eles não precisarão ouvir meu último suspiro, nem ver a luz dos meus olhos se apagar.

Não posso deixar que os dois assistam à minha morte. Isso vai acabar com eles.

Inspiro o cheiro da floresta, das árvores molhadas, e aroma doce de noz-pecã das folhas em decomposição.

Acho que conheço o lugar perfeito.

Em vez de voltar para casa, eu me viro e me embrenho ainda mais na floresta.

# September

**Nunca mais quero sair desta sala.**

Minha mão está com câimbra de tanto anotar fórmulas isotópicas e algoritmos genéticos, mas não dou a mínima. Estou no único lugar onde posso baixar a guarda e respirar: a sala de observação com vista para o laboratório de bioquímica no último andar do Instituto Meia-Vida.

O laboratório é uma maravilha de milhões de dólares: uma imensa sala redonda de pé-direito alto, repleta de sequenciadores genômicos, sistemas de manuseio de líquidos, espectrofotômetros e estações de trabalho. Ele é banhado por uma luz fria, mas há arandelas com tons mais suaves de azul e roxo, equidistantes nas paredes curvas, fazendo o lugar parecer o interior de uma espaçonave com tecnologia de ponta.

Graças a anos de trabalho duro obsessivo, posso almoçar aqui todos os dias, a trinta andares de altura, com vista para Carbon Junction, enquanto testemunho o desenvolvimento da história científica.

Não consigo tirar os olhos da dra. Emilia Egebe Jackson, a principal cientista que estuda a meia-vida do mundo, enquanto ela anda pelo cômodo abobadado com seu jaleco branco impecável. Faz dois meses que estou estagiando no Instituto, e ainda acho incrível poder estar tão perto do cérebro dela.

Tranço meu cabelo, formando uma pesada corda cor de cobre que se estende pelas minhas costas até minha última vértebra. Em momentos assim, é quase como se eu fosse a September de antes. Plena e calma, com o coração cintilando como se tudo estivesse *correto*. Em todos os outros lugares, preciso me esforçar bastante para não pensar no que perdi seis meses atrás.

Em quem perdi.

A dra. Jackson aproxima-se do famoso quadro branco. Inclino-me para a frente — será que ela vai perceber o erro que notei dez minutos atrás? Ela fica parada como uma partícula estacionária suspensa num campo cinético agitado por turbinas, avaliando as fórmulas e os diagramas moleculares.

Um minuto depois, ela pega um marcador e corrige o erro.

— Isso! Eu sabia — sussurro, apesar de ser a única na sala de observação.

A dra. Jackson encontra um espaço em branco e começa a escrever. O som não penetra a chapa de vidro deste cubo, mas o marcador de quadro branco deve estar fazendo o maior barulho. Anoto todos os números e símbolos que ela escreve. Meus olhos se arregalam quando vejo o que ela está fazendo.

Tudo que a dra. Jackson faz é revolucionário. Ela se tornou nossa diretora dois meses atrás, e agora o Instituto inteiro está eletrizado, como se tivesse recebido uma injeção de $C_9H_{13}NO_3$ (adrenalina). Há a sensação coletiva de que estamos chegando bem perto de entender a meia-vida. De *curá-la*, talvez.

*meia-vida do amor*   **21**

E é por isto — curar a meia-vida — que estou aqui. Dois anos atrás, essa passou a ser a razão da minha existência.

Uma voz interrompe o zunido do ar-condicionado da sala de observação.

— September. Ver você aqui não me surpreende nadinha.

Endireito a postura na cadeira. A segurança do meu intervalo de almoço se despedaça.

O chato do Percy está parado na porta. Ele é o outro estagiário da área de ciências avançadas. Tem um sorrisinho presunçoso no rosto e as mãos unidas nas costas, como se fosse algum tipo de herdeiro ducal.

É lógico que o nome dele não é o Chato do Percy — é pior. É Percival Bassingthwaighte. Não estou brincando, e ele é a maldição da minha vida.

Percy ergue o queixo para torcer o nariz para mim.

— Não era para você estar ajudando nossa destemida líder lá na Admissão?

Um choque que parece dizer "ah, que droga" se espalha pelo meu corpo. Guardo os cadernos na bolsa carteiro e saio da sala de observação. Solto um gemido ao ouvir os sapatos de Percy me seguindo pelo corredor.

Juro que parece que a missão da vida dele é ficar perto de mim só para destacar cada um dos meus erros. Meio que faz sentido já que eu sou sua concorrente. Percy e eu nos candidatamos a uma vaga no programa de bioquímica e genômica da Universidade de Carbon Junction, mas eles só aceitam seis alunos por ano, e cada um precisa ser de um país diferente. Em janeiro, um de nós receberá uma carta de aceite da Universidade de Ciências e Tecnologia de Carbon Junction, e o outro, não.

Aperto o botão para chamar o elevador. Na descida, prendo o cabelo e limpo algumas migalhas do jaleco. Preciso ter a aparência mais profissional possível. Jamais serei melhor do que Percy em termos de ser a personificação do cientista sério — frio, calculista e insensível —, mas não foi ele quem ganhou o Prêmio Nacional de Jovem Cientista três anos atrás por sua pesquisa sobre uma variação genética associada a um maior risco de Doença de Alzheimer. Além disso, minha capacidade de decorar fórmulas é meio... assustadora. A maioria dos cientistas não se lembra das fórmulas químicas de todas as substâncias sobre as quais já leu, mas eu me lembro. Também consigo me recordar de todos os artigos revisados por pares que já li, com praticamente todos os detalhes. Pena que esse superpoder só se aplica à ciência — no ano passado, quase fui reprovada em inglês.

— Já terminou sua apresentação sobre a história da meia-vida? — pergunta Percy. Além de ajudar os cientistas, precisamos trabalhar em projetos mensais passados pela equipe de ensino do Instituto.

— Estou apenas dando os retoques finais. E você?

— Entreguei ontem — diz ele, com um sorrisinho pretensioso.

O projeto deste mês era criar uma apresentação com slides sobre a história da meia-vida, o tipo de coisa que as crianças aprendem no quinto ano do ensino fundamental. Todos sabem que os pensadores do Renascimento italiano, como Da Vinci, foram os primeiros a coletar dados confiáveis sobre a meia-vida, provando que o ataque — a convulsão que a pessoa tem ao chegar à metade da vida — teria relação direta com a morte. Antes disso, havia poucos registros sobre nascimentos e mortes. É lógico que, quando os arqueólogos britânicos

*meia-vida do amor* **23**

começaram a desenterrar múmias no Egito, logo perceberam que os antigos egípcios também conheciam a meia-vida.

Pelo que que se sabe, ela acompanha os seres humanos desde sempre. Aprendemos a viver com o peso da morte sobre nós.

Às vezes, quando estou em algum lugar lotado, imagino relógios tiquetaqueando acima da cabeça de todo mundo.

Quando o elevador para, Percy e eu aproximamos o rosto do scanner de retina, um após o outro. Aqui no prédio ninguém tem permissão para sair andando por aí sem autorização, nem mesmo os principais cientistas.

O scanner apita, as portas se abrem e saímos no segundo andar. Passamos um período de seis semanas em cada departamento do Instituto, e eu sempre soube que a Admissão seria o mais difícil deles. É onde recebemos o público geral para nossos estudos sobre a data de óbito.

Minha chefe nos cedeu um espaço minúsculo para dividirmos em seu escritório sem janelas, então largo o laptop e a bolsa em cima da maleta de Percy (quantos garotos de dezessete anos usam *maleta*, hein?) e ando depressa pelo corredor comprido e curvo.

Na porta do quarto I-37, confiro se abotoei direito o jaleco. O que aconteceu na semana passada não precisa se repetir.

Logo antes de entrar, fecho os olhos. *Sou uma boa cientista. Sou uma boa cientista.* Se eu repetir esse mantra muitas vezes, quem sabe minha chefe não passe a acreditar também?

Bato na porta duas vezes e entro. O quarto não é muito maior do que a cama hospitalar no meio dele, e as paredes brancas são acolchoadas — parece mais um quarto de hospital psiquiátrico. A paciente no leito parece exausta. Ela é pequenina, mais parece um passarinho, e seu rosto com formato de coração está pálido de medo. Ela parece mais nova do que eu, mas sei que isso não é possível — é preciso ter mais de dezoito anos para solicitar os serviços da data de óbito.

Ao lado dela, sentada num banco com rodinhas, está minha chefe, a dra. Uta Juncker.

O cabelo loiro-acinzentado da dra. Juncker está preso em um pequeno coque firme na altura da nuca, e as rugas profundas em seu rosto sem maquiagem a deixam com uma cara de decepção contínua. Nunca a vi dar um sorriso.

A dra. Juncker aponta a cabeça para mim e se volta de novo para a mulher no leito.

— Srta. Vásquez, esta é September Harrington, uma das minhas estagiárias. — O sotaque alemão dela não costuma ser muito perceptível, mas sempre aparece no meu sobrenome, enfatizando o *gt* e o pronunciando como *Harrinkton*. — Ela vai me auxiliar enquanto ajusto o equipamento e tiro mais amostras de sangue.

A srta. Vásquez faz uma careta.

— Mais sangue?

— É importante monitorar as mudanças de perto, então hoje vamos colher sangue a cada quatro horas, e amanhã as coletas serão de hora em hora — explica a Dra. Juncker com seu jeito seco e imparcial.

Pego uma das pranchetas que preparei no início da semana e me sento ao lado da cabeceira da cama. Já sei como as coisas funcionam e sei fazê-las bem.

— Srta. Vásquez, poderia se sentar um pouquinho mais para cima? — pergunto.

— Pode me chamar de Aubrey — diz ela com um sorriso fraco.

— Claro — respondo, mas lanço um olhar para a dra. Juncker, que nitidamente não aprova.

*meia-vida do amor*    **25**

Enquanto trabalhamos, Aubrey fica em silêncio e encara as próprias mãos. Ela está com a camisola padrão do Instituto, uma pulseira de contas prateadas e meias azul-claras desgastadas.

A compaixão desabrocha no meu peito, que parece pesar e precisar de oxigênio. Isso sempre acontece se passo muito tempo observando os pacientes.

Seus sinais vitais estão perfeitos. O monitor cardíaco e todos os outros aparelhos que conectamos a ela apitam alegremente. No entanto, ela vai morrer amanhã, e não há nada que eu ou a dra. Juncker possamos fazer para impedir isso.

Quinze anos atrás, o dr. Elias Blumenthal, fundador do Instituto, fez o primeiro grande avanço científico na área. Ele descobriu que, mesmo quando as pessoas não estão doentes ou com a saúde debilitada por conta da idade avançada, mesmo as ligando a toda espécie de aparelho, elas morrem no dia da morte. Ele as ligou a todo tipo de aparelho a fim de desvendar o que realmente acontecia, e foi quando descobriu que a meia-vida tinha um mecanismo reserva: um aneurisma espontâneo que se rompia e matava o paciente.

O aneurisma — sempre numa parte diferente do cérebro, sempre muito repentino para ser tratado — se rompe levando o paciente à morte. Ele tentou batizar essa condição de Efeito Blumenthal, mas todos chamam simplesmente de o botão da morte.

Depois que conseguiram *ver* o problema numa tomografia cerebral, os cientistas puderam começar a tentar *resolvê-lo*. De uma hora para a outra, o dr. Blumenthal recebeu bilhões de dólares em investimentos vindos de todos os países do mundo. O arranha-céu do Instituto Meia-Vida foi construído na sua cidade natal, Carbon Junction, e cientistas de toda parte vieram trabalhar aqui. Nos últimos quinze anos, o Instituto tem examinado tudo a respeito desses aneurismas e testado tratamentos para impedi-los. Até agora nada deu resultado, mas a dra. Jackson tem novas ideias incríveis, e parece que estamos perto de fazer algum grande progresso.

É óbvio que será tarde demais para Aubrey Vásquez, que tem vinte anos e é de San Antonio, no Texas.

A dra. Juncker está ajustando um eletrodo no braço esquerdo de Aubrey quando percebe a pulseira prateada. Minha chefe é muito certinha e segue as regras à risca.

— Desculpe, mas preciso que você retire todas as bijuterias — diz a dra. Juncker com uma pitada de irritação.

Aubrey parece se abalar.

— Mas é da minha... — Sua voz fica embargada. — Não posso mesmo ficar com ela?

— Lamento, mas não é permitido.

A dra. Juncker nem sequer olha para Aubrey.

A jovem toca a pulseira, e seus olhos começam a se encher de lágrimas.

Então ela olha para mim, talvez com esperança de que eu conteste a decisão. Seu olhar suplicante que parece dizer *dê um jeito nisso* me parece estranhamente familiar.

— Posso arranjar um saquinho para você — escuto-me dizer. É estranha essa sensação de nostalgia repentina e incômoda. Como se um instinto enterrado bem fundo dentro de mim estivesse voltando à vida. Pego um saco para amostra na gaveta 4C, tentando ignorar o calor do olhar fulminante da dra. Juncker. Sorrio para Aubrey. — Podemos prendê-lo no topo da sua cama. Assim ele vai te acompanhar quando você mudar de andar.

*meia-vida do amor*　27

O rosto dela se contrai de gratidão. Ela tira a pulseira e a entrega para mim. As contas estão unidas num elástico, parece algo que uma criança faria. Há letras nelas, mas só consigo ver algumas sem precisar virar a pulseira.

IRMÃS♥P♥SMP

*Não*.

Sinto o chão se inclinar sob meus pés. É como se, de repente, o quarto tivesse se enchido de $N_2O$, óxido nitroso, fazendo meu corpo inteiro desacelerar absurdamente.

Sei por que aquele olhar me pareceu tão familiar.

É o jeito como uma irmã caçula olha para a irmã mais velha.

Achei que nunca mais sentiria o instinto que isso despertou em mim. A última vez que o senti foi seis meses atrás.

Quando *minha* irmã ainda estava viva.

A prancheta escorrega das minhas mãos e cai ruidosamente no chão.

— Mil desculpas — sussurro, abaixando-me para pegá-la debaixo da cama.

Fico satisfeita por ter a oportunidade de esconder o rosto. Estou tremendo.

Quando levanto, a dra. Juncker está me encarando como se eu fosse um espécime sob um microscópio.

— Por que não volta para minha sala, srta. Harrington? — diz ela, a voz trespassando o caos do meu corpo. — Encontro você lá.

Ela não precisa repetir.

Consigo andar cinco metros antes de precisar encostar na parede, inspirando pela boca o ar do corredor limpo.

Preciso me recompor. Às vezes, consigo passar dias inteiros sem pensar nela, quando me enterro na ciência. Mas basta uma coisinha, uma palavra, uma pulseira, um *olhar*, para eu perder o frágil controle que mantenho.

A porta do I-37 se abre. Endireito a postura imediatamente. Após sair, a dra. Juncker fecha a porta com um suave clique.

Seus olhos azuis e frios se fixam em mim.

— Srta. Harrington. Você parecia abalada durante a Admissão.

Quero balançar a cabeça e dizer *não, estou bem*, mas parece que alguém injetou em mim um veneno que me imobilizou. Penso na estricnina, $C_{21}H_{22}N_2O_2$.

— Nossos pacientes são emocionalmente vulneráveis — prossegue ela. — Nosso trabalho é entrar, colher as amostras e os dados necessários e sair.

Sou bombardeada pela vergonha, que me dissolve como um núcleo durante a mitose. Ser cientista é meu sonho desde que troquei as experiências com vulcões de mentira que assistia no YouTube pelas palestras de genética avançada que eu não deveria ter entendido aos dez anos de idade.

A dra. Juncker franze a testa.

— Muitos cientistas aqui tiveram experiências pessoais com a meia-vida. Não leve suas emoções com você quando estiver com um paciente. Elas só embaçam a lente científica.

Assinto. Preciso me esforçar mais. Fingir melhor. O que aconteceu na minha família não é algo que se esquece — eu apenas preciso reprimir tudo isso e torcer para conseguir disfarçar. Costumo ser boa nisso. Não sei o que está rolando hoje.

— Preciso ir ao laboratório principal — diz a dra. Juncker, alisando o jaleco que não está nada amassado. — Até amanhã.

Prendo a respiração até a dra. Juncker entrar no elevador e o número acima da porta começar a aumentar, depois volto para a sala dela para buscar minhas coisas.

*meia-vida do amor*  **29**

— Pelo jeito a Admissão não correu muito bem.

Sou tomada por um sobressalto.

— Que saco, Percy.

Pensei que ele estivesse na sala de preparo. Sinto minhas bochechas arderem enquanto pego a bolsa. Preciso dar o fora daqui.

Estou quase na porta quando ele diz:

— Sabe, a dra. Juncker vai acabar percebendo mais cedo ou mais tarde.

Desacelero o passo, sendo tomada pelo pavor.

— Perceber o quê?

— Que isso... — diz ele, apontando para o meu jaleco e para o meu crachá do instituto — não é quem você é. Eu sei quem você é de verdade.

Por um instante, eu simplesmente cambaleio, perplexa.

— Boa noite, Percy — respondo com o máximo de tranquilidade possível, apesar de estar arrasada por dentro.

*Não chore, não chore.*

Enquanto sigo depressa pelo corredor, mando mensagens para Dottie e Bo, meus dois melhores amigos. *Emergência. Me encontrem nas Ruínas assim que puderem.*

No elevador, tiro o jaleco e o guardo na bolsa. *Isso não é quem você é.*

Pego minhas botas laranja vintage no vestiário dos funcionários e guardo na bolsa minhas sapatilhas entediantes de trabalho. Solto os cabelos, visto meu casaco vinho predileto e enrolo um cachecol amarelo pesado no pescoço. Como toque final, ponho um minúsculo piercing de rosca no nariz. Do outro lado do país, minha mãe está usando um idêntico — nós os compramos juntas na feira *boho* predileta dela. Por um instante, juro que sinto as notas de sálvia e jasmim de seu perfume.

O jeito como me visto quando não estou neste prédio é a única parte que restou de mim, que lembra meu *antigo eu*. A September que era obcecada por ciência de uma maneira simples, a September que era animada, alegre e divertida.

A September que era uma irmã mais velha.

Saio do Instituto e me deparo com uma tarde gelada, fresca. Desço correndo os degraus brancos de mármore e chego ao fim da escadaria reluzente e ao começo da moderna Main Street de Carbon Junction.

A casa onde moro com minha avó fica a cinco minutos a pé daqui, indo pelo centro, mas me viro e saio correndo na direção oposta.

Na direção da floresta.

# Flint

41 dias, 9 horas, 10 minutos

**As folhas marrons encharcadas grudam** nas minhas botas enquanto avanço pela floresta. Estou começando a me arrepender de ter deixado o casaco perto do túmulo do passarinho, mas pelo menos toda essa caminhada aquece minhas pernas.

Lá no alto, um avião rasga o céu com um zunido que faz o chão estremecer. Pelo jeito, é a Força Aérea, muito provavelmente um F-16. A curiosidade desperta no meu peito — seria tão fácil olhar para cima e confirmar o modelo exato. Conheço todos. Meu avô é piloto e me levou para meu primeiro show aéreo quando eu tinha quatro anos. Em vez disso, fecho as mãos e continuo olhando para o terreno irregular da floresta. Não devo estar tão longe das Ruínas.

A quantidade de árvores diminui, e de repente me encontro numa rua suburbana.

Que merda. Achei que estava entrando mais na floresta, não voltando para o centro. Balanço a cabeça frustrado e olho ao redor para identificar onde estou.

Dos dois lados da rua, há belas casas de dois andares, cada uma num tom de bege levemente diferente. Tirando um esquilo subindo a árvore mais próxima e alguém varrendo folhas a algumas casas de distância, está tudo quieto.

Espera, eu reconheço essas casas. Aqui é Steeplechase. Minha melhor amiga morava nesta rua. Talvez ainda more.

Passo as mãos nos cabelos. Estou com os dedos rígidos por causa do frio. Não está abaixo de zero, mas a temperatura não está nada confortável. Acho que, se eu virar à esquerda no fim desta rua e entrar na floresta depois de passar pela oficina mecânica, chegarei às Ruínas.

Quanto mais penso, mais acho que ali seria o esconderijo perfeito. Quando eu era pequeno, ninguém jamais ia até lá. Penso que devo comprar um saco de dormir e uma barraca barata.

Começo a andar pela Steeplechase com as mãos bem dentro dos bolsos, as pernas longas devorando a calçada. O Halloween está chegando, e em cada varanda vejo duas ou três abóboras iluminadas sorrindo para mim. Por um segundo, sinto uma arrogância – elas serão descartadas semanas antes da minha data de vencimento. Mas acho que é meio ridículo comparar expectativas de vida com uma abóbora apodrecendo.

Eu meio que estava torcendo para não lembrar em qual casa minha melhor amiga morava, mas a memória muscular fala mais alto quando me aproximo da casa dela. Isso não me surpreende, estive aqui centenas de vezes na infância.

Sinto um aperto no peito cada vez maior à medida que me aproximo. Tento passar pela casa sem olhar para ela, mas algo me faz parar bem no fim do caminho que leva à porta da frente. Fico parado ridiculamente na frente da casa, encarando-a.

Sou tomado pelas lembranças: duas crianças empinando as bicicletas na frente desta casa, brincando com lançadores de dardos no quintal, comendo todos os enroladinhos de pizza que achavam no freezer.

*meia-vida do amor*     **33**

Fico parado por tanto tempo que meus lábios começam a ficar dormentes.

E então... um rosto aparece na janela.

*Merda.*

Eu me viro e saio andando em disparada, mas já era. Uma voz vem atrás de mim me chamando, parecendo aguda no ar gélido.

— Espere. Ei, cara! Pera aí!

Parte de mim quer se abaixar na moita mais próxima, mas, se conheço minha antiga melhor amiga, isso não vai detê-la. E eu terminaria passando vergonha.

Sinto a mão de alguém agarrar meu cotovelo.

— Ei, seu esquisitão, por que estava encarando minha casa?

Respiro fundo antes de me virar. Meu cérebro faz de tudo para criar uma história plausível, algo que explique por que um estranho encararia tanto uma casa. Mas parte dele sabe que não tem jeito.

Pisco, sem reação. Porque, apesar de terem se passado oito anos, é mesmo Aerys.

Ela é baixinha. Sempre fui mais alto do que ela, mas cresci sessenta centímetros desde os oito anos, e ela... não cresceu sessenta centímetros. Está com uma calça jeans folgada e uma camiseta de mangas cortadas, e está colocando um moletom grandão por cima. Seus cabelos loiros estão bem curtos, como os do Peter Pan.

Ranjo os dentes, torcendo para que ela não me reconheça.

— Foi mal — digo. — Eu estava só...

Sua boca se escancara.

— Puta merda... *Flint?*

Começo a tossir.

— Eu não... você deve estar me confundindo com...

— Ah, deixa disso — diz ela sorrindo, e covinhas aparecem nas suas bochechas. — Sua marca de nascença te entregou.

Constrangido, levo a mão até a pinta escura acima do meu lábio. Eu devia ter imaginado que alguém da cidade iria me reconhecer, só não esperava que isso acontecesse menos de uma hora depois de chegar aqui, ou que fosse pela minha melhor amiga de infância. Meus ombros murcham de frustração.

— Por que estava encarando a casa daquele jeito? — pergunta ela. Ela esmurra meu braço com força de verdade. — E, puta merda, como você ficou alto! Pera aí. — Seu rosto se desanima. — Você se lembra de mim, né?

Suspiro.

— É claro que lembro, Aerys.

Como eu me esqueceria dela? A gente pedalava pela cidade inteira, fazia fortes na floresta, riscava as iniciais das garotas de quem gostávamos na casca do olmeiro do quintal dela.

Aerys esbarra em mim e me puxa para um abraço. É como se ela fosse uma pequena bala de canhão.

Ela dá um tapa nas minhas costas como se estivéssemos num vestiário, e retribuo o gesto constrangido. Como regra, não costumo permitir que me abracem.

Finalmente ela recua.

— E aí? Desembucha... por onde você andou? — pergunta ela.

— Na Filadélfia. Curti seu cabelo — respondo.

— Ah, é? Vê só como é atrás. — Ela se vira, mostrando um *undercut* ousado que, sinceramente, ficou bem maneiro.

— Irado — digo.

Seus olhos brilham, contentes.

— Seus pais também vieram? Como eles estão? — pergunta ela.

— Hum... eles se separaram. Logo depois que a gente se mudou.

— Que droga, cara. Sinto muito.

Desvio o olhar.

— Essas coisas acontecem. Estou morando com meu pai.

— Ah, é? Imaginei que você fosse ficar com a sua mãe... você sempre foi o maior filhinho da mamãe. E por que voltou para Carbon Junction... ah.

E... lá vamos nós.

Ela está fazendo as contas.

Aerys sabe da minha meia-vida. Ela estava comigo no dia em que aconteceu. Passamos mais alguns meses na cidade depois disso, mas esse tempo foi suficiente para que a notícia estragasse tudo.

— Sabe de uma coisa? Acho legal você ter voltado — diz Aerys, não se deixando abater. — A gente tem muito o que conversar! Estou trabalhando em duas motos lá na garagem, você pode me ajudar a deixá-las funcionando. Você se lembra daquela pista de skate aonde a gente ia para dar uma de skatistas?

— Aquela onde você fraturou o pulso tentando se exibir para Ellie Jenkins?

— Tenho as cicatrizes até hoje — diz ela, erguendo o braço com orgulho. — E deve ter funcionado, pois a gente namorou um pouquinho no primeiro ano do ensino médio. Bem, enfim, agora tem uma pista maneira de motocross aqui atrás de casa.

Pisco, atordoado.

— Você parece perplexo — diz Aerys. — Falei demais? Falei demais.

— Desculpe. É que... não estou acostumado a conversar tanto assim.

— Por que não? Não tem ido ao colégio?

Dou de ombros.

— Tento não ir, quando possível.

—Ah. É sério?

— É.

No ano passado, bati meu recorde indo apenas a catorze dias de aulas. Alguns anos atrás, foi aprovada uma lei que diminuía a frequência exigida para pessoas que já tinham tido a meia-vida e cuja data de óbito seria antes dos vinte e um anos. Praticamente parei de ir ao colégio assim que a lei foi sancionada, pois de que adiantaria?

Aerys parece confusa.

— Pera aí, então o que é que você faz? Tipo, o que você curte?

Dou de ombros de novo.

Ela assobia.

— Tá. Então precisamos tirá-lo desta cidade de qualquer jeito. Quanto tempo a gente tem?

— Seis semanas — sussurro.

— Então sou sua nova parceira. É um momento ótimo, na verdade, porque terminei um namoro recentemente. Assim, juro que vou fazer suas últimas semanas serem iradas. Vou voltar a ser sua melhor amiga num piscar de olhos — prossegue Aerys. — Quer dizer, a não ser que você já tenha uma... ou que esteja namorando...

— Definitivamente não estou namorando.

— Tá, acho que assim fica mais fácil de planejar as coisas. Você tem alguma ideia? Não imagino que vá querer adrenalina, né? — pergunta ela.

*meia-vida do amor*   **37**

— Jamais — digo. — Tem coisas que são piores que a morte.

— Pois é. E uma lista de desejos com o que você quer fazer antes de morrer? Deve ter feito uma, não?

— Que nada.

— Como é que é? Quem é que não faz uma lista de desejos?

Dou de ombros. Quando eu era criança, logo depois que aconteceu, eu me sentei para começar a fazer uma, mas me pareceu algo grandioso demais. Eu anotava alguns títulos de videogames nas listas e depois amassava o papel e jogava no lixo.

O outro problema dessas listas é que elas são caras. Depois de ver meus pais discutirem se tínhamos condições de pagar uma ida a um parque aquático ou um bom almoço fora de casa, descartei a ideia da lista.

Depois, quando comecei a desejar coisas maiores, daquelas que marcam a vida, eu já tinha idade o bastante para saber que elas jamais aconteceriam. No fim das contas, eu apenas ficaria arrasado com os itens da lista que não ia conseguir realizar.

Balanço a cabeça.

— Aerys... não sei por que quer fazer isso. Nem te escrevi depois que me mudei, como disse que faria.

— Estamos de boa. Você estava enfrentando seus problemas. E a gente tinha oito anos.

A rapidez com que ela perdoa me surpreende.

— Entra — diz ela. — Minha mãe vai adorar te ver. Além disso, como está aguentando ficar aqui fora sem casaco?

Ela cruza os braços devido ao frio enquanto se vira para a porta de casa.

Quase vou atrás dela. Minha mãe iria amar o plano de Aerys de viver-a-vida-ao-máximo.

Mas *eu* não amo esse plano.

— Aerys... preciso ir embora.

Não tenho tempo para motos, enroladinhos de pizza e lembranças. Ela é uma adolescente normal de dezessete anos, animada, que pensa em dever de casa, garotas e na escola; já eu estou escolhendo um lugar onde eu possa esperar minha morte iminente. Estamos em mundos completamente diferentes.

Eu me viro e começo a andar para o fim da rua.

— Flint? — chama Aerys atrás de mim. Agora é ela quem está perplexa.

Não respondo. Não consigo.

Atravesso a floresta com o coração batendo mais do que o normal para tentar fugir da cidade, das pessoas e das *conversas*.

O sol já começou a baixar, esgueirando-se por trás das árvores, e está ficando mais frio.

Acho que estou vendo algo mais à frente — um muro de pedras, ou talvez os restos de um.

As Ruínas. Encontro a abertura que devia ser a antiga porta, passo por cima de uma área com hera e entro.

Os fantasmas das antigas paredes formam um cômodo retangular e em um dos cantos, há os restos de uma lareira. Faz cem anos ou mais que não tem teto. Ninguém de Carbon Junction sabe direito o que tinha aqui. Um alojamento para caçadores? Uma escola?

Bato a bota no chão, espalhando pedrinhas. Então me sento encostado na parede aos pedaços e passo o dedo na terra. Acho que vai ser aqui então.

Minha mente devaneia. Quando eu vier para cá no dia 4 de dezembro... o que é que vai acabar comigo? O frio, conge-

*meia-vida do amor*   **39**

lando meu corpo até eu não conseguir mais respirar? Um lince ou um urso-negro? Fome? Ou será que vou falecer como as pessoas que se internam no Instituto para passar lá o dia da morte, como se um botão de desligar fosse apertado em algum lugar dentro do meu cérebro?

O que será que vão fazer com meu corpo? Não tenho preferência, e meus pais nem me perguntaram isso. Ser enterrado ou cremado... acho que tanto faz se eu for despedaçado por um urso aqui.

Dou uma risadinha. Fecho os olhos e inclino a cabeça para trás. Estou exausto. Tenho muita dificuldade para dormir à noite, por razões óbvias.

Tento não pensar em nada, mas uma frase de Nabokov começa a pulsar na minha mente. *A vida é apenas uma pequena nesga de luz entre duas escuridões eternas.*

Devo ter adormecido, pois de repente noto que tem alguma coisa empurrando meu pé.

Meu cérebro desperta no susto, mas continuo de olhos fechados, parado. Antes de abrir os olhos imagino que vou ver olhos amarelos, sentir o cheiro de carne de algum animal que quer me destroçar.

Mas quando espio por entre os cílios, o que vejo não é um urso, nem um lince, nem mesmo um esquilo.

É uma garota.

Abro totalmente os olhos e pisco para enxergar melhor. Não devo ter cochilado muito, pois ainda não escureceu tanto.

A garota está de pé na minha frente com uma expressão de preocupação, segurando a alça de uma bolsa velha de couro. A primeira coisa que percebo são seus cabelos. São longos, indo até a cintura e com o mesmo tom laranja-avermelhado brilhante de uma moeda de cobre novinha em folha.

**40**  BRIANNA BOURNE

Ela encosta a mão no coração.

—Ah, você está vivo, graças a Deus. Estava começando a surtar achando que tinha encontrado um cadáver.

Mudo de posição, gemendo um pouco.

— Não estou morto.

*Ainda*, quase acrescento.

— Precisa de uma ajudinha pra se levantar? — pergunta ela, estendendo a mão, com a expressão amistosa e simpática.

Sou tomado pela irritação. Essa garota está invadindo *o lugar da minha morte*. O que é que o universo tem hoje, hein, para mandar toda essa *gente* pra cima de mim? Tudo o que eu quero é ficar sozinho.

Ignoro sua mão estendida.

— Valeu por me acordar, mas vou me mandar daqui.

Começo a me levantar cambaleando. Meu Deus, meu corpo inteiro dói de frio. Ele se infiltrou nos meus ossos.

Meu corpo balança.

O mundo gira, depois fica preto.

*meia-vida do amor*

# September

**A pele do garoto está** extremamente pálida de frio. Aqui ele parece tão deslocado, num forte contraste com as cores suaves da natureza. Estou prestes a perguntar seu nome quando ele começa a cair para o lado, com os olhos revirando enquanto desfalece.

Consigo alcançá-lo bem a tempo, passando meus punhos por baixo de suas axilas, cambaleando devido ao seu peso. Fico parada por alguns segundos, perplexa, os músculos tendo dificuldade para amparar seu corpo inerte.

— Hum — digo, mas não tem ninguém aqui para me ouvir. A floresta engole minha voz.

Meu Deus, ele está gelado, e é *muito* pesado, mas consigo colocá-lo no chão de um jeito atrapalhado. Eu me abaixo e fico ao seu lado. Sinto as pedras arranharem meus joelhos, e a terra fria e úmida suja minha meia-calça. O que ele tinha na cabeça quando decidiu vir até aqui de camiseta? Tiro meu cachecol e faço um ziguezague amarelo por cima de seus braços nus, cobrindo o máximo possível sua pele exposta.

Pressiono dois dedos no pescoço dele para checar o pulso. Está um pouco lento, mas regular. *Hipotensão ortostática*, diz meu cérebro, extraindo a informação que vi em algum livro de medicina. É uma maneira elegante de dizer que a pressão sanguínea de alguém está tão baixa que, se a pessoa se levantar rápido demais, ela desmaia. Ele deve ter passado muito tempo sentado aqui. Além disso, ele é assustadoramente alto, o que aumenta a probabilidade de ter hipotensão postural ao se levantar.

Dou uma olhada no meu celular. O sinal é sempre instável na floresta, e se isso não for apenas pressão baixa teremos um problema mais grave. Tiro meu casaco e o ponho em cima do cachecol, só por precaução.

Estamos sozinhos. Mandei mensagem para Dottie e Bo, mas eles não vêm — Bo tem ensaio, e depois das aulas Dottie trabalha no Rag House, o brechó que fica na Main Street. Elas mandaram um monte de emojis em sinal de apoio e prometeram que eu poderia desabafar mais tarde, durante o jantar. Não que eu vá contar o que realmente aconteceu na Admissão. Reclamar de Percy e da dra. Juncker já vai ser o bastante.

Quando estou reiniciando meu celular pela quinta vez na esperança de conseguir uma barrinha de sinal, o garoto finalmente se mexe, piscando e franzindo a testa confuso enquanto acorda.

— Ah, graças a Deus — digo, largando o celular do meu lado e me encurvando de alívio. — Você está bem?

— Maravilhoso — resmunga ele.

Ele tira meu casaco dos braços e o empurra na minha direção, depois espalma a mão no chão para começar a se levantar de novo.

*meia-vida do amor*  **43**

— Espere, você não pode levantar ainda. Seu sangue precisa começar a circular primeiro.

Ele se senta outra vez.

— Não estou entendendo — diz ele. — Eu caí?

Sua voz é surpreendentemente grave, e ele parece bastante exausto. Como se o peso do mundo inteiro estivesse sobre ele.

— Você desmaiou — respondo. — Eu te segurei.

Ele ergue a sobrancelha, evidentemente incrédulo que eu tenha conseguido aguentar seu peso.

— Você se levantou muito rápido, e sua temperatura corporal deve estar baixa demais. Tente fazer o movimento de girar os tornozelos e os pulsos primeiro, e respire fundo algumas vezes.

— Você é médica, por acaso? — pergunta ele com ar de sarcasmo.

— Não exatamente.

— Não exatamente? Ótimo.

Ele me lança um olhar fulminante e não dá nenhum sinal de que vai fazer os movimentos que sugeri.

Reviro os olhos.

— Faça, por favor. Não vou aguentar arrastar você até o centro se desmaiar de novo, e aqui não tem sinal de celular.

Seus olhos se fixam nos meus, e a intensa teimosia que há neles quase me empurra para trás. Esse garoto é *muito* fechado.

Tudo bem. Eu também sou.

Eu o encaro de volta. Sem desviar o olhar.

Depois de alguns segundos, ele solta um *tá bom* e começa a balançar os pés.

Afasto algumas pedras do chão e me sento ao lado dele. Quando nossa crise médica começa a passar, percebo que a pressão que senti no peito mais cedo se dissipou. Consegui me controlar, guardei tudo dentro de mim, onde ninguém pode ver.

Observo-o com o canto do olho. As mangas de sua camiseta preta estão enroladas na altura dos bíceps, num estilo meio James Dean, e sua calça jeans e suas botas, ambas também pretas, meio que lhe dão uma aparência de... pirata? As botas na altura do tornozelo têm duas fivelas metálicas, e eu achei muito maneiras. É bem provável que sejam do Rag House.

Dottie gosta de associar músicas à personalidade das pessoas, e acho que ela diria que esse garoto é como uma música da Billie Eilish: devastadora, melancólica, assombrosa. Os cabelos dele são tão pretos que parecem consumir toda a luz, e ele tem *tanto* cabelo. Lembram *vantablack*, a substância que os cientistas criaram a partir de nanotubos de carbono para chegar no tom de preto mais escuro que existe.

Percebo o quanto ele é atraente, embora seja de uma maneira não muito tradicional.

Se vou levá-lo de volta à cidade com vida, eu deveria ao menos saber seu nome.

— Aliás, meu nome é September — digo.

Ele me encara de forma inexpressiva por um instante, depois parece se recompor.

— O meu é Flint.

Até seu nome é rígido e afiado. Combina perfeitamente com ele.

O que quer que o esteja machucando, ele está permitindo. Consigo manter as partes destroçadas de mim mesma isoladas do resto do mundo. Hoje cometi um deslize, mas costumo ser capaz de me controlar. No Instituto, as pessoas ficam surpresas com a quantidade de conhecimentos sobre ciência que cabe no meu cérebro, e em todos os outros lu-

*meia-vida do amor*

gares consigo sorrir e fazer as pessoas acreditarem que sou animada, feliz, divertida. Ninguém que pertença a essas duas metades da minha vida jamais saberia dizer o quanto tenho de me esforçar para passar a imagem de que sou uma pessoa completa.

Flint alonga os braços.

— Por que você veio parar aqui?

Fico irritada.

— Meus amigos e eu estamos sempre por aqui. Acho que a pergunta na verdade é por que *você* está aqui.

Ele encara as árvores, e percebo seu maxilar se tensionar.

Semicerro os olhos. Interessante. Mas, se ele não quer contar por que o encontrei cochilando num muro de duzentos anos, não sou eu que vou me intrometer.

Ele estremece. É um tremor minúsculo, mas nossos braços estão encostados do ombro até o cotovelo, por isso o sinto completamente.

Passamos um minuto em silêncio.

— O que você quis dizer antes? — pergunta ele depois um tempo — Quando falou que não era *exatamente* uma médica?

Hesito. Estou arrumada para encontrar Dottie e Bo. Qual September vou mostrar a esse garoto?

— Eu entendo um pouco de medicina. Sou estagiária no Instituto Meia-Vida.

Ele fica nitidamente tenso.

— Ah.

— Não que isso me qualifique para tratá-lo do mesmo jeito que um médico faria. Mas não é como se eu fosse estagiária de Recursos Humanos nem nada do tipo, trabalho com bioquímica.

Ele assente, mas está olhando para suas botas. Está na cara que ele também não está a fim de conversar sobre esse assunto. Esse garoto é complicado.

— Talvez seja melhor você comer alguma coisa — sugiro.

Ponho a mão na bolsa e tiro alguns doces de Halloween e uma barrinha de proteína molenga e sem gosto. Ele pega a barrinha e come em duas mordidas. Estendo a mão para pegar a embalagem.

— Não precisa recolher meu lixo — diz ele, guardando a embalagem no bolso.

Pela primeira vez, percebo que ele tem uma pinta escura acima do lábio superior. Sinto uma vontade passageira, porém intensa, de estender a mão e tocá-la.

Entrelaço as mãos no meu colo.

Eu... *percebo* esse garoto de um jeito esquisito. Cada segundo que se passa parece muito nítido e relevante, e meu cérebro se concentra nele do jeito que só faz quando está diante de algo científico.

Limpo a garganta e tento me livrar dessa sensação.

— É melhor que você saia da floresta antes de anoitecer. Venha, eu te ajudo a levantar.

Ofereço a mão, esperando que ele a recuse como fez antes de teimosia. Mas ele a aceita.

A palma da mão dele é imensa. Engole completamente minha mão.

Ele cambaleia por um segundo, mas depois se equilibra. Ele dobra meu cachecol direitinho antes de me devolver.

Quero dizer a Flint que pode ficar com ele, pois seus braços já estão se arrepiando de novo, mas tenho a impressão de que ele não vai aceitar.

— Obrigado, September — diz ele.

*meia-vida do amor*   **47**

Fico esperando a inevitável piadinha, pois a maioria dos pais não escolhe nomes de meses do ano para os filhos, mas ele não diz nada a respeito.

Ele olha por entre as árvores.

— Você sabe como voltar? — pergunta ele e dá alguns passos, mas depois se segura no muro quebrado. — Merda. Ainda estou tonto.

— Sem pressa — respondo. — Espere um minuto até a barrinha de proteína começar a fazer sua glicose subir.

Ele se encosta no muro baixo de pedras.

— Então... bioquímica — diz ele devagar. — É disso que você gosta, é?

Parece que ele não está muito a fim de falar sobre esse assunto, mas é a única coisa que sabe a meu respeito.

— Bioquímica e genética relacionadas à meia-vida — respondo.

— Genética. Tipo DNA e tal?

Faço que sim, sentindo o entusiasmo que sempre toma conta de mim quando começo a pensar em ciência.

— Nossa diretora, a dra. Jackson, acredita que as instruções que dizem ao nosso corpo quando a meia-vida deve acontecer podem estar codificadas em nosso DNA.

— Não pode ser só isso — diz Flint. — Como o DNA saberia quando alguém vai sofrer um acidente de carro ou ser esfaqueado num beco?

É uma ótima pergunta. No entanto, apenas 4% das mortes são acidentais. As principais causas de morte são doenças cardíacas, demência e derrames. No caso delas, pode haver uma explicação científica; talvez o corpo realmente seja capaz de prever o próprio colapso com anos de antecedência. Já os acidentes são mais difíceis de explicar.

É óbvio que, no Instituto, todos temos nossas teorias: as pessoas baixam a guarda de maneiras extremamente sutis no dia da morte, aumentando a probabilidade de ultrapassarem o limite de velocidade ou de que entrem num beco perigoso. Talvez algo no cérebro comece a falhar, fazendo-as correr pequenos riscos que não correriam normalmente.

Na semana passada, li que 94% das pessoas acreditam que a ciência jamais compreenderá a meia-vida. Elas acham que é destino, ou um poder superior, algo espiritual e inexplicável.

No fundo, parte de mim morre de medo de que elas tenham razão. Embora eu acredite no Instituto com todas as minhas forças, talvez nunca sejamos capazes de explicar uma parte da meia-vida.

As pessoas perguntam por que os acidentes sequer acontecem, por que todos nós não falecemos com o botão da morte, como nossos corpos sabem quando estamos exatamente na metade da vida. É difícil admitir que simplesmente não sabemos.

*Ainda.*

Flint franze a testa.

— Então sua chefe acha que tem a ver com o nosso DNA. O que isso significa?

Endireito a postura, mais uma vez inspirada pela teoria.

— Nós achamos que, em cada célula dos nossos corpos, há uma plaquinha instruindo: "Quando x acontecer, ative a meia-vida. Quando y acontecer, desligue tudo." Se descobrirmos o que são x e y, talvez a gente consiga impedir que *essas* coisas aconteçam.

Ele inclina a cabeça, observando-me.

— Você realmente curte esse assunto, né?

*meia-vida do amor*   **49**

— Sim, muito.

Ele está me ouvindo atentamente, jamais desviando o olhar. É estranho, acho que ninguém nunca me *ouviu* dessa maneira antes.

Flint põe as mãos nos bolsos.

— Quer dizer que x poderia ser algo do tipo comer duzentas bananas no dia 4 de abril e isso seria capaz de ativar a meia-vida?

Dou uma risada.

— Bem, com certeza, mas a gente teria percebido se todos estivessem comendo...

Fico imóvel por um instante.

— Meu Deus — sussurro. *Será que é isso?*

Flint parece confuso.

— O que foi?

— Repita o que você disse — peço a ele.

Ele ri.

— O quê? Isso de comer duzentas bananas para ativar a meia-vida? Deixa pra lá, não faço ideia do que estou dizendo.

Minha mente está trabalhando a um milhão de quilômetros por hora, analisando cada parte da teoria que começa a se formar, esperando encontrar algum erro nela. Mas não encontro.

Talvez... talvez seja isso. É ridiculamente óbvio, mas, na ciência, a melhor opção sempre é óbvia.

Se a dra. Jackson tiver razão e for algo do DNA, e eu conseguir provar... *isso* poderia mudar tudo.

Levanto com um salto e começo a andar entre os escombros dos muros.

— Por favor, não me diga que está mesmo achando que a meia-vida tem a ver com a quantidade de bananas que alguém come — diz Flint num tom que evidencia que o respeito crescente que ele tinha pela minha inteligência está se dissipando.

— Faça-me o favor. Não sou idiota.

Não tem nada a ver com bananas. Mas associar os xs e ys com um *nível mensurável* de algo no corpo...

Estou concentrada, com a mente a todo vapor, acompanhando cada pensamento até me deparar com uma parede e ter de voltar. Não é a primeira vez que acho que um cientista testando teorias se assemelha a um rato farejando seu caminho num labirinto cheio de becos sem saída.

Quando fico assim, horas se passam sem que eu perceba. Minha mente se torna uma cascata de símbolos, fórmulas, elementos químicos e isótopos, mas não demora até que os quadros brancos na minha cabeça sejam preenchidos.

Vou até a lareira semidestruída do outro lado das Ruínas. Dottie, Bo e eu gostamos de fazer fogueiras aqui nas noites de verão, para assar marshmallows e encher a floresta de gargalhadas.

Chuto o entulho até desenterrar um pedaço de madeira chamuscada, escurecida. Surpresa: um lápis improvisado. Obrigada, carbono.

Pressiono a ponta afiada na maior pedra lisa que encontro. Preciso visualizar isso.

*meia-vida do amor*

# Flint

41 dias, 8 horas, 5 minutos

**Observo a garota desenhar nas pedras,** riscando ritmicamente.

Estou sem palavras, mais pela estranheza da situação — porque essa garota que acabei de conhecer (e em cima da qual desmaiei) agora está me ignorando completamente —, mas também porque é óbvio que o que quer que ela esteja escrevendo é algo *avançado*.

Eu me encosto num dos muros baixos de pedra, cruzo os braços e a observo atacar a parede com o entusiasmo de um professor animado diante de um quadro branco.

Ela tem uma expressão ávida, ansiosa. De vez em quando, balança a cabeça por causa de alguma coisa, esfrega o rosto e tenta de novo em outra pedra.

São longas sequências de letras e números, cheias de Cs e Hs. Fórmulas químicas, talvez? Na primeira (e única) aula de química a que fui este ano, o professor nos disse que a maioria das coisas do universo eram compostas de carbono, hidrogênio e oxigênio.

Há hexágonos com letras unidas por linhas, Es pontiagudos de aparência grega, e listas com palavras longas e impronunciáveis que costumamos ver em frascos de remédios. Não tem nada sobre bananas, ainda bem.

Nada disso faz sentido para mim. A garota tem uma inteligência bizarra, como algum tipo de gênia. No anuário do colégio, ela provavelmente vai ser eleita a Pessoa com Maior Probabilidade de Ganhar um Prêmio Nobel. Se eu ainda frequentasse o colégio, seria eleito a Pessoa com Maior Probabilidade de Deprimir os Outros.

Pouco tempo depois, ela tinha coberto quase todas as pedras na parede com seus escritos. Fico com medo de que vá começar a escrever nos pedaços de parede caídos que estão espalhados pelo chão da floresta, mas ela parece satisfeita com seus cálculos. September solta a madeira queimada e limpa os dedos. Em seguida, pega o celular e começa a fotografar o que escreveu.

Limpo a garganta.

— Tem certeza de que você é só uma estagiária?

Ela se sobressalta.

— Ai, meu Deus. Foi mal. Esqueci que você estava aqui.

Eu me afasto da parede e dou um passo para perto dela, olhando a pedra maior.

— O que tudo isso significa?

Seus olhos encontram os meus, e pela primeira vez percebo que eles têm um tom de âmbar claro, límpido.

— Isso... — diz ela, gesticulando para as fórmulas com orgulho — vai nos ajudar a derrotar a meia-vida.

Uma faísca de algo que não sinto há oito anos se acende no meu coração.

*meia-vida do amor*   **53**

Impossível. Achei que eu estivesse imune a isso, quebrado de um jeito irreparável. Porém, tenho certeza de que a senti.

*Esperança*.

— Bom, pelo menos eu acho que vai — diz ela. — Preciso fazer umas pesquisas. Muitas, na verdade... antes de ter certeza. Mas... acho que é uma teoria consistente.

Com a mesma rapidez com que a faísca de esperança surgiu no meu peito, ela vira cinzas.

Ranjo os dentes. Sou um imbecil. Achar que tenho a mínima chance de sobreviver ao 4 de dezembro é pura estupidez. Não dá para *curar* a morte.

Essa garota pode ser brilhante, mas ela ainda é só uma estagiária. O que ela desenhou nas paredes parece complexo para mim, mas pode ser a ciência mais básica do mundo. E ainda que o Instituto esteja próximo de uma cura, ela só será testada daqui alguns anos, e depois ainda terá que ser aprovada pela Agência Federal de Saúde e tudo mais.

— Precisamos tirá-lo daqui antes que você fique roxo de frio — diz September, interrompendo meus pensamentos. — Vamos, o centro fica pra cá.

Ela segue por entre as árvores sem olhar para trás, abandonando as paredes de fórmulas como se não fossem nada. Saio de todos os lugares dando um pequeno adeus silencioso, como se fosse a última vez que vou vê-los — porque isso costuma ser verdade.

Encaro suas costas com incredulidade, um borrão escarlate que lembra a Chapeuzinho Vermelho, contrastando com o marrom outonal da floresta.

September se vira para trás.

— Você vem? — pergunta ela, com uma certa impaciência nas palavras.

Começo a andar rápido, alcanço-a após alguns longos passos e ponho as mãos nos bolsos. A noite está caindo, e a luz dourada que se infiltra por entre a copa das árvores vai aos poucos se acinzentando, como a cor que se esvai de uma fotografia antiga.

September estende a mão e me oferece algo enrolado em plástico.

— O que é isso? — pergunto, erguendo a sobrancelha, cético.

— Bala de caramelo.

— Ninguém te ensinou a não aceitar doces de estranhos?

— E nós somos estranhos um para o outro? — diz ela, revirando os olhos.

Invejo seu jeito despreocupado e animado. Ela encosta no meu braço, oferecendo a bala de caramelo outra vez.

Não me permito aceitar. Adoro bala de caramelo, mas, desde que tive minha meia-vida, permito-me apenas a beliscar coisas gostosas.

— Não, valeu — digo.

— Tá bom.

Ela desembrulha uma bala e a coloca na boca, e o cheiro morno do caramelo desabrocha em meio ao odor gélido da floresta.

Quem é essa garota, hein? Quem é que anda para cima e para baixo com balas de caramelo no bolso como um avô?

Arrisco olhá-la de soslaio. Ela é um turbilhão de cores, e não sei se são as botas, o casaco esvoaçante ou o minúsculo piercing brilhando no seu nariz, mas ela é quase insuportavelmente *descolada*. Sinto-me como um aluno do primeiro ano do ensino médio conversando com uma universitária. Seus cabelos são perfeitamente lisos, uma cortina resplan-

*meia-vida do amor*   **55**

decente cor de cobre por entre a qual eu gostaria de passar os dedos. Quando eu era pequeno, meu avô costumava fazer brinquedos incríveis de madeira para mim, e o meu predileto era um P-47 Thunderbolt — uma aeronave da época da Segunda Guerra Mundial feita de um mogno de cor viva. A hélice e as asas eram feitas da madeira mais vermelha que ele encontrava e depois polia e envernizava. A luz refletia nelas do mesmo jeito que agora reflete no cabelo de September.

Ela avança, determinada, dando dois passos para cada um meu. Tenho a impressão de que ela ainda está pensando nas equações que escreveu na parede. Num dado momento, tenho certeza de ouvi-la sussurrar "tirosina?" para si mesma. O que quer que seja isso.

Depois do meu cochilo improvisado no muro, a súbita mudança de ritmo me deixa um pouco trêmulo. Estou prestes a pedi-la para desacelerar quando, de repente, em vez de mais árvores na nossa frente, vejo mais céu por entre os galhos. Passamos no meio das últimas árvores e nos deparamos com o céu aberto.

A vista diante de mim me surpreende tanto que quase tropeço.

Chegamos à beirada de uma colina no leste de Carbon Junction, e, do outro lado da cidade, mais abaixo no horizonte, está o crepúsculo mais intenso que já vi.

Obrigo-me a baixar os olhos na mesma hora. Encaro minhas botas gastas, as camadas de folhas esponjosas se decompondo no chão.

— Isso é que pôr do sol — sussurra September do meu lado.

— Aposto que você sabe dizer quais poluentes o deixam com essas cores, não é mesmo? — pergunto, sem tirar os olhos do chão.

— Bom, não entendo tanto de ciência atmosférica, mas posso arriscar um palpite. — Ela faz um longo "hum" enquanto reflete. — Tem mais a ver com a maneira como a luz solar se espalha ao interagir com o nitrogênio e o oxigênio... — Ela se interrompe. — Pera aí, por que está olhando para baixo?

— Tem uma pedra grudada na minha bota — minto.

Estou prestes a me abaixar para fingir que vou tirar a pedra, mas ela agarra meu cotovelo e me puxa para o seu lado.

— Isso pode esperar. Curta o pôr do sol comigo, Flint.

—Ah, eu dispenso — sussurro, ainda olhando para baixo.

— Você é alérgico a coisas bonitas, por acaso?

Ela ri, puxando meu braço de novo.

Bem, chegou a hora.

Sempre que conheço uma pessoa nova, há um momento inevitável em que preciso contar que minha data de vencimento está quase chegando.

Abro a boca para revelar a September por que exatamente não posso ver o pôr do sol, mas então ergo a vista para olhá-la.

O que é um grande erro.

Porque ela é quase tão ofuscante e viva quanto o céu.

Tudo o que estou prestes a dizer sibila na minha língua. Fico ali parado, boquiaberto.

E então, porque ela me pediu, porque seus olhos cintilam de tão maravilhados, eu encaro a droga do pôr do sol.

É a coisa mais linda que já vi.

Um segundo passa.

E mais outro.

Tudo está parado, e em vez da constante culpa por estar desperdiçando segundos da minha vida, sinto que sou parte de algo maior do que eu.

*meia-vida do amor*    **57**

A manga do casaco de September roça no meu braço nu. Sinto a lã áspera na pele. Estou presente neste momento de um jeito que eu jamais me permitiria, e é... bom.

Quando September vira para mim, seus olhos calorosos cor de âmbar, juro que me sinto um pouquinho inebriado. A luz do nosso lado da colina torna-se mais azulada, cobrindo de névoa as linhas das construções.

— Acho melhor a gente ir embora — digo, sem querer demonstrar relutância na voz.

Ela assente.

— Preciso passar no Instituto. Tenho que conferir umas coisinhas.

— Quer que eu te acompanhe?

Acho que a pergunta surpreende a nós dois. Conheço essa garota há menos de uma hora e já estou descumprindo minhas regras.

À meia-luz, prendo a respiração, aguardando sua resposta.

Ela puxa o casaco mais para perto do corpo.

— Pode ser. Eu adoraria — diz ela.

Enquanto descemos a colina para entrar em Carbon Junction, o último resquício do crepúsculo se esvai no céu.

Tenho medo de que, se perdê-la de vista, nunca mais veja algo tão vivo, intenso, e real.

# September

**Quando Flint e eu chegamos** à base da escadaria de mármore na entrada do Instituto, o céu já está escuro.

Ele olha a torre com receio. Sinto-me extremamente protetora em relação a esse lugar que já me deu tanto. Quero lhe dizer que não é tão ruim assim, mas as pessoas têm seus motivos para temer o Instituto.

— Então... chegamos — diz Flint.

Faço que sim.

— Obrigada por dizer aquela besteira sobre bananas.

— Obrigado por não me deixar virar um picolé.

Ele fica parado, todo solene. Então a ficha cai — tem algo em seu sofrimento que me é familiar. É como se eu conhecesse essa dor *por completo*.

Afasto a estranheza dessa sensação.

— Bom, foi um prazer conhecê-la, September — diz ele.

Por um instante, o tempo para. Seus olhos escuros penetram os meus. Quase acho que ele vai dizer mais alguma coisa, mas ele baixa o olhar e dá um passo para trás.

*meia-vida do amor* **59**

— Tchau — digo baixinho, depois me viro e subo a escadaria.

Quando chego ao topo, olho para trás. Flint está se arrastando pela Main Street, uma sombra comprida de mãos nos bolsos. Quando ele desaparece na esquina de um prédio, parece muito aquele momento em que dois ímãs se afastam o suficiente e você para de sentir o magnetismo entre eles. Mas então pisco e me pergunto se realmente cheguei a sentir isso.

Volto a prestar atenção no Instituto. O que escrevi nas paredes das Ruínas é mais importante do que um garoto sério e tristonho.

Na entrada resplandecente do prédio, aceno meu crachá para os dois seguranças e sigo depressa em direção ao elevador. Estou perfeitamente consciente do meu cabelo todo bagunçado e volumoso, e da minha roupa, que não está escondida sob um jaleco, como de costume. Aproximo o rosto do scanner de retina e encosto o cartão no leitor ao mesmo tempo. As portas se abrem.

No andar superior, ando depressa pelo corredor curvo e silencioso da Admissão. Aubrey Vásquez e os outros pacientes que chegaram hoje já foram transferidos para a Observação, então todos os quartos estão vazios esperando a nova leva de pacientes que virá amanhã.

As luzes com sensores de movimento piscam enquanto sigo pelo corredor. Não tem mais ninguém aqui. A sala da dra. Juncker está trancada, mas tem uma pequena sala de reunião com computadores na parede dos fundos. Sento-me diante de um computador e faço o login.

O Centro de Controle de Doenças tem um banco de dados chamado Índice Nacional de Mortes, mas ele não é abrangente o bastante para o trabalho que fazemos aqui, por isso temos o Arquivo Global de Mortes.

Olho por cima do ombro, mas a sala continua vazia, na penumbra. Tomara que Percy não dê as caras agora.

Abro o banco de dados e ajusto os parâmetros de busca. Lidar com a ciência fica mais fácil quando sabemos o que estamos procurando. Os maiores progressos acontecem quando percebemos *o que* estamos buscando em primeiro lugar.

Estou interessada nas poucas pessoas que viveram até depois da data de morte prevista. Nunca foi mais do que alguns minutos, contudo. O período mais longo foi de 22 minutos e 48 segundos após a data de óbito. Como será que essa pessoa se sentiu? Será que achou que tinha vencido o jogo, que era alguma espécie de milagre da medicina, só para vir a falecer 22 minutos depois?

As anomalias não são nenhuma novidade — nós as conhecemos há anos. Porém, sempre tive a sensação de que são uma peça-chave para entendermos a meia-vida.

Quando a busca chega ao fim, surge uma notificação na página: *289 resultados*.

Duzentos e oitenta e nove anomalias. Na ciência, todo conjunto de dados tem alguns pontos fora da curva — coisas que não acontecem exatamente como esperamos. Assim, apesar de dezenas de testes terem sido realizados nos cadáveres desses pacientes, não conseguimos identificar o motivo de terem passado da data de morte. A conclusão final foi que ou eles mentiram, ou se enganaram ao anotar a data de meia-vida. Apenas um erro nos dados.

No entanto, talvez haja algo unindo todos eles no fim das contas. Talvez nós apenas não estivéssemos procurando no lugar certo.

*meia-vida do amor*  **61**

No silêncio assustador do laboratório, a luz da tela do computador banha meus braços. Acrescento outro filtro à busca.

*Mostrar resultados a uma distância de até: 500km. Mortes ocorridas no período de: últimos dez anos.*

O computador zune por um segundo. Mais outro.

A lista é atualizada.

*Sete resultados encontrados.*

Na mosca.

Dá para trabalhar com isso. Analiso as informações nos arquivos das sete pessoas. Não é o bastante para o que preciso fazer. Vou precisar dos prontuários completos deles. Tecnicamente, posso solicitar esse tipo de coisa em nome da dra. Juncker. Já fiz ligações em nome dela para arquivistas do setor médico que escanearam documentos e me enviaram por e-mail, para que eu os entregasse à dra. Juncker.

Posso fazer isso de novo. Posso começar a fazer ligações daqui amanhã de manhã. Porém, eles vão enviar os documentos escaneados para o meu e-mail do Instituto, e alguém pode perguntar por que os solicitei sem a permissão da dra. Juncker. E nenhum arquivista faria a burrice de topar enviá-los para o meu e-mail pessoal.

Além disso... parte de mim não quer compartilhar essas informações com ninguém. Penso em Percy se intrometendo nas minhas coisas. E eu também teria de explicar para a dra. Juncker, e ela assumiria tudo, tomando minha descoberta de mim.

*Minha descoberta.*

Se eu tiver razão, o comitê de admissão da Universidade de Carbon Junction jamais poderia rejeitar minha inscrição. E eu cumpriria a promessa que fiz para...

Fecho os olhos, impedindo que o nome da minha irmã apareça na minha mente.

Imprimo as informações sobre as sete anomalias. O azar é que nenhuma dessas pessoas utilizou nossos serviços de data de morte, então não temos maiores estatísticas sobre seus últimos dias. Porém, temos os nomes dos hospitais onde morreram. Esses hospitais terão grossas pastas esquecidas em algum depósito, ou HDS repletos de prontuários digitais. E, em alguma parte desses arquivos, haverá alguma coisinha unindo essas pessoas. Um remédio psicotrópico, talvez, ou exposição ambiental a um elemento químico específico e raro. Alguma coisinha que tenha acrescentado algumas horas à data de morte delas.

Passo a ponta dos dedos no nome dos hospitais.

Preciso conseguir esses prontuários.

Na manhã seguinte, estou sentada à mesa tomando café da manhã, comendo uma tigela de cereal enquanto tento espantar o sono. Com o estágio, as três aulas que ainda tenho que frequentar na escola e o dever de casa, tenho dormido cerca de quatro horas por dia. Ontem à noite foi ainda pior. Meu cérebro estava agitadíssimo, tentando resolver a logística de conseguir os arquivos das anomalias. Estou arrependida de não ter feito autoescola no semestre passado.

Minha avó entra apressada na cozinha segurando um copo de Coca Zero.

— Bom dia, florzinha — diz ela, beijando a minha cabeça.

Ela tem cheiro de laquê e de produtos químicos para fazer permanente, e seus cabelos curtos, que não são naturalmente loiros, estão com gel para criar o visual que ela chama

*meia-vida do amor*  **63**

de "penteado da vovó radical". Este ano, ela está com uma mecha roxa que combina com a armação dos seus óculos. No ano passado, era rosa-choque.

Minha avó é cabeleireira e trabalha em casa, no cômodo em que costumava ser a sala de jantar. Ela é da Carolina do Norte e tem o sotaque mais forte da cidade inteira, mas faz sucesso entre os moradores locais. Todos de Carbon Junction com mais de cinquenta anos (uma população que, sinceramente, tem diminuído) vêm fazer o cabelo no salão Miss Gigi's.

Minha relação quase perfeita com a minha avó tem apenas um pequeno incômodo: por mais que eu a ame, às vezes o fato de ela não ter nenhum lado obscuro me incomoda. Ela está sempre alegre. Os buracos dentro de nós têm o mesmo formato, então por que ela nunca parece se esforçar para impedir que as lembranças da minha irmã a afoguem em tristeza?

— Olha só, quem diria — diz Gigi, olhando descaradamente pela janela que dá para a varanda dos fundos enquanto toma sua Coca. — Alguém finalmente se mudou para aquela aberração na Gravel Ridge.

Termino de comer meu cereal e vou até a janela. Temos a tradição de espiar as pessoas do outro lado do riacho. Nossa rua é uma fileira de casebres ilegalmente ocupados que restaram da época dos mineradores em Carbon Junction, mas as mansões milionárias na Gravel Ridge ficam bem distantes uma da outra.

Aperto os olhos na direção das árvores. Tem um cara de camisa xadrez cortando lenha na varanda dos fundos. Ele olha para cima ao ver um Jeep preto chegar na e acena para a pessoa que está saindo do banco do motorista.

Meu coração quase para por um instante.

— Não é possível — sussurro.

Porque quem está subindo pela varanda dos fundos da casa mais nova da Gravel Ridge Road é uma silhueta alta, magra, vestida toda de preto.

— Rápido, me passa o binóculo — digo para Gigi.

Ela se anima.

— Tem um gatinho lá, é?

Encosto o binóculo nos olhos. É mesmo Flint.

— Conheci aquele garoto ontem — conto para Gigi. — Naquela casa antiga na floresta.

Flint guarda a chave do carro no bolso, conversa com o homem por um instante e apoia os cotovelos no guarda-corpo da varanda, passando os dedos em seus cabelos cor de *vantablack*.

Solto o binóculo, sentindo-me desperta de repente.

Pode ser a solução perfeita. Tá, ele é um pouco ranzinza, mas tem carro, algo que eu não tenho.

— Vou até lá — digo.

Gigi ergue as sobrancelhas.

— O quê? Agora?

— Claro, por que não?

— Ele deve ter causado uma ótima impressão ontem — provoca ela, com um brilho no olhar.

— Quero ser uma boa vizinha, só isso.

— Uhum. Se você está dizendo, querida... Leve um pouco de bolo de banana — diz ela, virando-se para as formas ainda quentes no forno.

Gigi assa dois bolos todos os dias para os clientes beliscarem enquanto ela cobre seus cabelos brancos.

Ela cantarola enquanto cobre um deles com papel-alumínio, e sinto uma ternura tomar conta de mim. Na maior parte do tempo, consigo lidar com o fato de que ela já passou

*meia-vida do amor*  **65**

pela sua meia-vida e de que vou perdê-la em catorze anos. Ainda parece longe. Gigi sempre diz que o lado bom de saber a data da sua morte é que ela nunca adia nada. Ela jamais diz: "Vou fazer isso quando me aposentar." Ela aprende novos hobbies, entra para grupos de exercícios e faz viagens de carro com amigos.

Estou saindo pela porta dos fundos quando a ouço rir e sussurrar:

— Quer ser uma boa vizinha... sei.

Atravesso nosso quintal. Ninguém aqui tem cercas ao redor das casas, e o caminho mais rápido até a casa de Flint é seguindo o rio que serpenteia pelo pequeno vale entre nossas casas. A subida pela colina é difícil, mas depois de um tempo chego à varanda onde o vi encostado no guarda-corpo.

Está vazia.

Dou a volta na casa e bato à porta da frente. A mulher que atende não é muito mais alta do que eu. Sua aparência é impecável, com os cabelos longos ondulados de um jeito que parece natural, mas sei que dá o *maior* trabalho deixá-los assim. Quando olho com mais atenção, no entanto, percebo olheiras de cansaço. Deve ser a mãe de Flint.

— Oi. Estou procurando o Flint — digo. — Ele está?

Sinto que tenho seis anos ao fazer essa pergunta, mas o rosto dela *se ilumina*.

— Ah! Não estávamos esperando nenhuma visita. Pode entrar, eu vou...

— Mãe?

Flint aparece atrás dela. Ao me ver, ele congela. Os olhos arregalados.

Ele e a mãe trocam um olhar que parece conter toda uma discussão. Ele deve ter vencido, pois ela sai do caminho e vai em direção à cozinha. Flint preenche o espaço na minha frente, e de repente me sinto eletrizada, como se tivesse tomado muito café. Ele parece ainda mais alto do que ontem.

— O que está fazendo aqui? — pergunta ele com a voz inexpressiva.

— Sou sua vizinha — respondo. — Bem, na verdade não moro na casa ao lado. Moro na Harker's Run. Do outro lado do rio lá nos fundos, sabe? Dá para ver sua varanda da minha casa. Moro naquela roxa. É a cor predileta da minha avó.

Flint parece perplexo. Tento conter essa adrenalina esquisita que percorre meu corpo. Deve ser o frio.

Flint mantém a porta aberta apenas uns trinta centímetros, posicionando o corpo como se não quisesse que eu visse o interior da casa.

Franzo a testa. Tem algo de errado, mas não consigo pensar direito e entender o que é.

Tento de novo.

— Trouxe bolo de banana — digo, entregando-o para ele.

— Hum... valeu.

— É a hospitalidade das cidadezinhas, sabe como é.

Ele faz que sim e lança outro olhar para dentro de casa.

É então que a ficha cai.

Está tudo tão óbvio agora: eles são turistas da morte.

É assim que chamamos as pessoas que vêm para Carbon Junction a fim de usar os serviços de data de morte do Instituto.

Um dos pais de Flint vai morrer em breve.

Sinto uma pontada no coração — sua mãe me pareceu tão simpática e animada, mas também cansada. E isso explicaria o sofrimento que emana de Flint.

*meia-vida do amor*   **67**

Não sei o que dizer. Fico parada com cara de boba na frente da casa.

— Vamos dar uma volta — diz Flint.

Ele pega o bolo, o deixa numa prateleira na entrada da casa, e sai fechando a porta atras de si. Nem diz à mãe — à mãe que provavelmente está *morrendo* — aonde está indo. Simplesmente sai para a rua e fim.

Inspiro lentamente para me acalmar, depois vou atrás dele, hesitante.

# Flint

40 dias, 15 horas, 30 minutos

**A rua é íngreme,** mas sigo em frente, subindo a trilha na encosta, por entre as árvores altas. Preciso levar September para longe da minha casa.

Quando a vi na minha porta, senti o estômago revirar. Minha mãe estava prestes a convidá-la para entrar, e depois de apenas alguns minutos ela mencionaria toda a história da minha morte. Não contei para September ontem porque achei que nunca mais a veria. Isso complica as coisas. E muito.

A trilha faz uma curva ao redor da montanha. Se eu olhar para trás agora, minha casa estará fora de vista. Cada metro a mais entre September e minha mãe diminui a pressão no meu peito, até que finalmente consigo me acalmar o bastante para desacelerar o passo.

September me alcança. Nós dois estamos ofegantes graças ao ritmo que estabeleci.

— Você parece conhecer bem a região — diz ela. — Nunca te vi no colégio. Você está na universidade?

— Não. Vou passar pouco tempo aqui. Estou na cidade só porque meus pais estão passando por umas coisas.

*meia-vida do amor* **69**

*Por favor, não me peça mais detalhes.*

Ela não pede. September passa tanto tempo em silêncio que arrisco um olhar de soslaio em sua direção. Ela estava toda animada quando apareceu lá em casa, como se quisesse me contar alguma coisa. Agora parece distraída e chateada.

Paro de andar. Ela também, mas não me olha nos olhos.

— Desculpa por estar andando tão depressa — digo. — Eu só precisava sair de lá.

— Tudo bem — diz ela, mas cruza os braços e olha para as árvores.

— Obrigado pelo bolo de banana — digo com o máximo de sinceridade.

Ela dá de ombros.

— Estava apenas sendo uma boa vizinha.

Porém, sinto algo a mais. Algo que ela ia dizer na porta, e eu estraguei tudo.

— Foi só por isso que você apareceu lá em casa? — pergunto.

Ela rola uma pedrinha com a bota, depois a chuta para fora da trilha.

— Não. Na verdade, fui te pedir uma coisa. — Ela inspira, expira pela boca. — Tá. Sabe todas aquelas fórmulas que escrevi na parede ontem?

— Sei. Não faço a mínima ideia do que elas significavam, aliás. Caso você esteja preocupada achando que vou vender sua grande descoberta para quem me oferecer mais dinheiro.

— Isso nem passou pela minha cabeça, na verdade. — Ela me olha de cima a baixo, refletindo, mas acho que decide que sou inofensivo. — Fiz algumas buscas ontem à noite, procurando arquivos de pacientes para fundamentar minha pesquisa, mas preciso de prontuários mais detalhados do que o banco de dados do Instituto. Então preciso visitar os hospitais onde esses pacientes...

Ela não termina a frase, mas ouço a palavra entre nós dois de todo jeito. *Morreram.*

Encaro as árvores, e sinto um peso se formar na minha barriga.

— E... o que tudo isso tem a ver comigo? — pergunto.

Ela mordisca o dedão de novo.

— Bem, não tenho carteira de motorista. Então... queria saber se você não poderia me levar até esses hospitais.

Ela ergue os olhos e os fixa nos meus. Nesse momento, vejo sua determinação se renovar. Ela quer *muito* esses prontuários.

Seus cabelos refletem um tom dourado meio acobreado na luz da manhã, o que me deixa um pouco hipnotizado. Mas o fato de que ela quer que *eu* a leve de carro para todos esses lugares...

Não vai rolar.

Isso descumpriria minha principal regra: nada de novos vínculos. Não posso me comprometer a passar tanto tempo assim com alguém. Muito menos com ela.

— Não posso levar você, September.

Seu rosto se desanima. Lá se vai minha tentativa de não ser um babaca.

Suspiro.

— Não pode pedir para os seus pais?

Uma sombra toma conta do seu rosto. Ontem, ela parecia tão... descomplicada. Entusiasmada, alegre e solar. Meu exato oposto. Porém, hoje percebo que há algo à espreita por trás de toda aquela animação. Talvez ela não seja apenas fórmulas científicas, balas de caramelo e cores vivas.

*meia-vida do amor*   **71**

Eu recuo.

— E seus amigos, eles não podem te levar?

Ela aperta os lábios, e percebo que está se esforçando para esconder alguma coisa. No entanto, vejo ela se recuperar depressa.

— É o seguinte — começa ela —, a viagem teria que ser nos fins de semana, por causa do colégio e do meu estágio. Eu até pediria aos meus amigos, Dottie ou Bo, mas Dottie trabalha nos fins de semana para juntar dinheiro para a universidade, e Bo tem ensaios praticamente o dia todo, ele co-dirige o musical do teatro comunitário. Minha avó não pode me levar porque é cabeleireira, e a maior parte do trabalho dela é no fim de semana, e a gente nem tem carro, e... pois é, essas são as minhas opções.

Aperto o dorso do meu nariz.

— Desculpa, September. Mas não vai dar mesmo.

Ela deixa os ombros caírem.

— Tá. Não tem problema. Vou dar um jeito de ir.

Nós dois ficamos em silêncio. O ar entre nós dois está pesado.

— Acho melhor eu voltar — sussurro.

— Claro. Pois é, eu também.

Nós nos viramos e voltamos pelo mesmo caminho. Logo antes de chegarmos na minha casa, September se afasta na direção de sua casa roxa berrante.

Enquanto a observo ir embora, sinto como se eu tivesse acabado de tomar a pior decisão da minha vida.

\*

Na manhã seguinte, vou me arrastando até a cozinha na esperança de tomar um café puro em silêncio antes do amanhecer, mas meus pais já estão acordados.

— Você ligou para o seu irmão? — pergunta minha mãe baixinho ao meu pai.

Ela já está vestida e maquiada.

Meu pai solta uma espécie de rosnado — sua maneira charmosa de responder que sim.

— Ele comprou as passagens, mas vai deixar as crianças com Shelby.

— Hum, acho que é melhor assim. Elas só viram Flint uma vez e são muito pequenas para lidar com a situação toda.

Sua voz vai sumindo quando ela percebe que cheguei no cômodo. Rapidamente, ela empilha alguns papéis e abre um grande sorriso culpado.

— Oi! Você acordou cedo. Quer tomar café da manhã? Que tal umas panquecas?

Eu até perguntaria por que eles estão agindo de maneira tão suspeita, mas já sei a resposta.

Estão planejando meu maldito funeral.

Eles me perguntaram uma vez se eu gostaria de ajudar a organizar, mas a ideia de escolher músicas e fazer uma apresentação no PowerPoint com fotos de quando eu era criança é praticamente a pior coisa que consigo imaginar. Até aceito um pouco de dor, mas não estou a fim de tortura.

Falei para eles planejarem tudo sem mim. Não ligo para a cerimônia. Nunca fomos religiosos, mas por mim pode muito bem ser um padre católico balançando uma daquelas bolas metálicas fumegantes. Vou estar morto mesmo.

O nó da minha garganta voltou. Maravilha. Às vezes consigo passar uma ou duas horas sem senti-lo, mas hoje não.

*meia-vida do amor*   **73**

Já passei pela pior parte dessa jornada. Os meses de choro, a raiva, a negação, a barganha. No fim das contas, é impossível passar anos assim. Não vou ficar em posição fetal no meu quarto. Mas é estranho saber que em breve vai acontecer um evento de família para o qual não fui convidado. Bem, serei o convidado de honra, mas não estarei *realmente* lá, né?

Eu me encurvo sobre o balcão enquanto minha mãe pega as tigelas e os ingredientes para as panquecas.

Meu pai se senta no banco ao meu lado.

— Dormiu bem?

— Como um cadáver.

Minha mãe aperta os lábios. Meu pai me lança um olhar de advertência.

— O que vocês dois gostariam de fazer hoje? — pergunta minha mãe. — Tenho uma reunião on-line com um cliente uma da tarde, mas posso reorganizar algumas coisas e passar a tarde com vocês.

— Não precisa reorganizar nada, mãe. Vou ficar bem.

Minha mãe fica imóvel, encarando a tigela.

— Flint.

Dou de ombros.

— Estamos aqui para fazer coisas juntos, como uma família. Não vai adiantar nada se seu pai e eu trabalharmos o tempo todo e não ficarmos com você.

— Pois é, eu sei — murmuro.

Encosto a bochecha no balcão frio. A alguns centímetros de distância, tem um jornal dobrado, deixando à mostra apenas uma manchete. Aparentemente, um ator de TV tentou se matar pela terceira vez. (E fracassou pela terceira vez.) "Não tem saída mesmo" é sua declaração em negrito na página. Como se a gente já não soubesse disso.

Enquanto observo a cafeteira borbulhar, um pensamento me ocorre: se eu ajudasse September, viajando de carro com ela por toda a Pensilvânia, não estaria aqui para ver e ouvir esse tipo de coisa.

*meia-vida do amor*

# September

**Ao cair da noite de quarta,** sou envolta pelo vapor quente do restaurante com painéis de madeira nas paredes que é o meu segundo lugar predileto do mundo, depois do observatório do Instituto.

Chegar ao restaurante de waffles Le Belgique é ser diretamente transportado para a Bélgica. Todas as superfícies são cobertas de madeira escura, e há velas tremulando no centro de cada mesa. O cheiro da massa de waffle permeia o ar, mesclando-se aos odores de café e de frutas cozidas. Lukas fica atrás do balcão em formato de U, operando as três imensas máquinas de waffle.

— Oi, Lukas — chamo-o por cima do ruído do vapor e da massa chiando.

Ele acena para mim. Seus braços musculosos se contraem quando vira habilidosamente um imenso waffle em um prato.

— Os arruaceiros estão nos fundos, como sempre — diz ele com seu forte sotaque holandês.

Em vez de uma grande área para os clientes, há cômodos temáticos divididos em dois andares, além de vários cantinhos. Passo por entre as mesas e vou para a nossa cabine favorita na Sala das Paisagens, onde há pinturas do interior da Bélgica em molduras ornamentadas.

Antes de entrar, ajeito meu visual cuidadosamente escolhido: um suéter larguinho laranja e uma calça cigarrete com estampa xadrez. Pulseiras de resina, também de cores outonais, chacoalham nos meus pulsos. Abro um sorriso — Dottie e Bo só conhecem a September leve e divertida.

Dottie se levanta com um salto na mesma hora, deixando escapar um gritinho. Ela dá os melhores abraços, e deixo que ela me aperte até sentir que vou explodir. Ela cheira a perfume de magnólia e roupas vintage. Deve ter vindo direto do Rag House.

Dorothéa "Dottie" Reyes e eu nos conhecemos no meu primeiro dia do ensino médio, alguns dias depois de eu ter me mudado do Colorado. Lembro que, naquela manhã, acordei como um zumbi, sem saber como me comportar. No Colorado, eu carregava a morte da minha irmã por toda a parte. Não por escolha, mas porque a escola inteira sabia. Aqui eu poderia recomeçar.

Então pus meu vestido vintage predileto, botas de couro com franjas e um dos cardigãs *boho* que minha mãe tricota para vender nas feiras de artesanato em Denver. Foi o cardigã que chamou a atenção de Dottie. Eu achava que não conseguiria esboçar um sorriso naquele dia, mas aí esses dois entraram na minha vida de repente.

Hoje Dottie está usando um suéter preto de gola alta e uma saia de bolinhas estilo anos 1950 com um cinto largo de couro sintético cor de cereja, e, em seus cabelos pretos

*meia-vida do amor*   **77**

ondulados na altura do ombro, uma tiara grossa acolchoada. Apesar de não ser religiosa, ela sempre usa um delicado colar dourado com um crucifixo que sua avó lhe deu na primeira vez que Dottie foi visitá-la em Guadalajara.

— Arrasou. No. Look — diz Dottie, fazendo que sim para a minha roupa.

— Oi, docinho — diz Bo de seu lugar, onde ele está sentado tomando um milk-shake.

Tem papéis espalhados do seu lado da mesa. Bo quer se mudar para Nova York e produzir espetáculos da Broadway depois de se formar. Ele já está mexendo com ações, "tentando acumular capital", e leva muito jeito para a coisa. Ele certamente me convenceria a investir toda minha escassa poupança em *Crepúsculo: O Musical*, seu projeto dos sonhos.

Sento-me ao lado de Dottie. Isso de nós três juntos ainda é novidade, e às vezes nem sei por que eles me incluíram tão depressa na amizade de anos dos dois, que começou quando ambos se mudaram para Carbon Junction, pouco antes do sexto ano. No entanto, eles nunca me fizeram sentir que estava sobrando, nem mesmo quando estou mais resguardada.

Pergunto como foi o restante de suas aulas enquanto eu estava no estágio. Dottie ergue o celular, e na tela uma versão dela com aparência de lesma (com direito a olhinhos nos tentáculos óticos) grita *É quarta, galera*.

— Isso resume bem como foi — diz ela.

Dou uma risada.

— Que filtro é esse, hein?

Pego meu celular para achá-lo no meu aplicativo. Tenho que mostrá-lo a Maybelle, ela vai ado...

Meu coração se retorce dentro do peito.

*Maybelle.*

É um só um momento, um passo em falso. Porém, nele, minha irmã morre novamente.

As lembranças que aprendi a esconder tão bem vêm à tona. Quando Maybelle descobriu o Snapchat no meu celular, ele passou a ser nossa atividade predileta para fazermos juntas. Nas festas do pijama das irmãs, no nosso forte de cobertores na sala de estar, testávamos todos os filtros disponíveis, fazíamos um vídeo atrás do outro. Nós duas como vampiros, abacates, batatas falantes.

"Sou uma pa-ta-ta", disse ela uma vez, com sua vozinha esquisita de criança de quatro anos, e por algum motivo não consegui parar de rir. Ela me olhou, com a cabeça inclinada, tentando entender por que eu tinha achado tanta graça. Mas depois percebeu que não importava: ela podia continuar repetindo aquilo que eu continuaria rindo.

Ela vivia fazendo coisas assim. Maybelle não fazia ideia de que viveria tão pouco, mas continuava tentando nos fazer rir e ficava toda alegre e triunfante sempre que arrancava um sorriso de nós.

E percebo que nunca mais vou poder tirar uma foto com ela. Porque minha irmã caçula está num caixão a milhares de quilômetros de distância, com quatro anos de idade para sempre.

Engulo em seco e fecho o aplicativo.

— Amiga? Está tudo bem? — pergunta Dottie carinhosamente.

Pisco e me esforço para me recompor.

— Está, sim.

Dottie e Bo não sabem sobre Maybelle. Em Carbon Junction, ninguém além de Gigi sabe a respeito.

*meia-vida do amor*    **79**

Há um silêncio constrangedor, mas Dottie não insiste. Adoro isso nela. Eles sabem e entendem que às vezes me fecho.

Se eu lhes mostrar o luto, não teremos isso. E eu preciso disso.

— Então, desembucha aí — diz Dottie. — Já deu um jeito de conseguir seus Prontuários Ultrassecretos?

— Não estou nem aí para esses prontuários velhos e chatos — interrompe Bo. — Quero saber é do Garoto Alto e Sombrio.

Ao ouvir essa menção a Flint, algo estranho acontece com o equilíbrio químico da minha corrente sanguínea. Mas sem que isso me abale, posso admitir que, cientificamente, senti uma pequena atração por ele.

— Não o vi mais — respondo, tentando parecer indiferente.

Desde que Flint disse sem rodeios que não me levaria para buscar os prontuários, ele nem sequer apareceu na varanda dos fundos de sua casa.

Dottie suspira.

— É exatamente isso que uma música da Billie Eilish faria. Deixar você vidrada e depois dar um ghosting.

— Talvez você devesse pedir de novo — diz Bo.

— Sei lá. Ele não pareceu nada interessado. E estava meio mal-humorado. Mas até que gostei de suas botas de pirata. — Se houve algum clima entre nós dois, foram apenas feromônios.

— Sinceramente, acho que devia ir até lá e perguntar se ele não quer se pegar com você — diz Bo.

— Não preciso de um ficante. Só preciso pegar uma carona.

— O que você quer pegar é *ele* — diz Dottie.

Reviro os olhos.

— Hum, tá bom. Você não tem mesmo como escapar do trabalho um diazinho? — pergunto, tentando tirar o foco de Flint, mas já deve ser a décima vez que lhe pergunto isso esta semana.

— Foi mal, gata. Você sabe que minha gerente insiste em ser avisada de qualquer mudança de horário com quatro semanas de antecedência.

— Eu adoraria poder ajudar — acrescenta Bo —, mas, além de toda essa papelada aqui, estou ensaiando com Troy Wittman para que ele seja o substituto de Pippin.

— Ensaiando as cenas de beijo — diz Dottie, disfarçando com uma tosse falsa.

Bo a fulmina com o olhar.

— Bom, estou mesmo o ajudando nas cenas de beijo, mas também nas falas, pois sinto que o ator que está no papel de Pippin vai surtar na noite de estreia e se recusar a continuar.

— Por que acha que ele vai surtar? — pergunto.

— Não ficou sabendo? — diz Dottie. — O coitado teve sua meia-vida na semana passada.

Sinto um aperto na barriga.

— Que merda.

Ficamos um momento em silêncio, mas sabemos que vamos abandonar o assunto. Vamos deixar de lado o sofrimento do nosso colega de turma, pois não somos nós que temos que lidar com isso. Esse tipo de coisa acontece todo santo dia, no mundo inteiro. Adolescentes descobrem que vão morrer; crianças sucumbem ao botão da morte.

Sou tomada pela raiva. Isso é inaceitável.

*meia-vida do amor*　**81**

Preciso pegar os prontuários sobre as anomalias, e não dá para ficar esperando até que Dottie possa me levar. Cada dia que eu espero é mais uma vitória para o botão da morte.

Se ninguém pode me levar de carro, vou pedir carona para desconhecidos. No sábado de manhã, posso ir até a rodovia, estender o braço e torcer para que o melhor aconteça.

Começo a fazer uma lista mental de tudo que será necessário: spray de pimenta, dinheiro, carregador de celular, barrinha de proteína...

Meu celular toca. O nome na tela me paralisa.

*Pai.*

Sinto um tijolo de tungstênio cair no meu peito. Aperto o botão vermelho para rejeitar a chamada.

— Está tudo bem? — pergunta Dottie.

— Está, sim. São meus pais, mas falei com eles ontem à noite, então não é nada demais.

Estou mentindo. Faz uma semana que não falo com eles.

— Quem quer dividir um waffle com cobertura de maçã e canela? — pergunto animadamente, desesperada para mudar de assunto.

— Eu — diz Dottie. — Mas só se tiver sorvete e calda de caramelo.

Estou prestes a chamar um garçom quando meu celular toca de novo.

Sinto uma pontada de medo — meu pai jamais me liga duas vezes seguidas. Preciso atender.

— Foi mal, galera. Já volto — digo, e me dirijo ao corredor que vai dar nos banheiros. Atendo apertando o botão verde com a mão trêmula.

O rosto do meu pai enche a tela. Ele costumava ser o estereótipo ambulante do que você veria se pesquisasse "homem fazendo trilha nas montanhas" no Google. O rosto que diz esqueci-de-fazer-a-barba-por-alguns-dias, e toda a vibe atlética e campestre de uma pessoa que inspira ar fresco todos os dias e sente imensa gratidão por habitar este planeta.

Meu pai ainda usa a mesma barba, mas agora tem olheiras, e sua pele está pálida como se fizesse meses que ele não vê a luz do sol.

— Oi, Tember — diz ele, parecendo desanimado.

— Oi, pai. Está tudo bem?

Meu coração dispara. Por favor, que ele não tenha perdido o emprego. Que minha mãe não tenha piorado.

— Ah, o mesmo de sempre — diz ele. — Achei que a primeira ligação não tivesse chamado.

Expiro pela boca.

— É só nossa ligação semanal para saber como você está — diz ele. — Tudo bem no colégio?

Ele se esforça tão pouco que fico magoada. Suspeito que Gigi tenha que fazê-lo se sentir culpado para convencê-lo a me ligar.

— Tirei nota máxima num trabalho sobre *A letra escarlate* — digo, tentando soar animada e tranquila. Não quero ser mais um motivo de preocupação para eles.

— Ah, que coisa boa.

Espero para ver se ele vai fazer alguma pergunta sobre meu estágio, mas isso nunca acontece. Temos nossos limites bem definidos.

— Tem feito alguma trilha? — pergunto.

Ele coça o queixo.

— Tenho trabalhado muito. Feito hora extra e tal.

Agora eles estão dependendo do salário do meu pai. Minha mãe fazia roupas com tecidos reciclados para vender em

*meia-vida do amor* **83**

lojas de Denver. Não dava muito lucro, mas era o bastante para que meu pai não precisasse trabalhar tanto.

— Eu queria chamar sua mãe, mas ela está cochilando. Desculpe, Tember. Ela queria falar com você.

Claro. Faz semanas que não falo com minha mãe; acho que, hoje em dia, ela nem acorda mais desses cochilos.

Na maior parte do tempo, consigo separar as coisas, mas, quando converso com eles, é difícil ignorar o quanto estou preocupada. Queria que eles superassem isso. Que lidassem com as coisas como eu.

— Ah, vi Dakota no mercado outro dia — diz meu pai.

Pisco algumas vezes.

— Ah.

Dakota foi minha melhor amiga do jardim da infância no oitavo ano. Os pais dela também gostavam de natureza, então passávamos muito tempo juntas, com nossas famílias fazendo trilhas e acampando por todo o estado do Colorado. No entanto, como todos os outros, Dakota se afastou ao descobrir a meia-vida de Maybelle. Continuei almoçando com as pessoas do meu Clube de Ciências — Boushra, Evelyn e Vijay —, mas nunca nos víamos fora da escola, e eles nem tentaram manter contato depois que me mudei para cá. Não que eu tenha tentado também.

Nem sei o que dizer ao meu pai sobre Dakota.

— É bom saber que você está tão bem — diz meu pai após um silêncio constrangedor. — Pode ligar pra gente quando quiser, tá bom?

Nós nos despedimos do jeito de sempre e desligamos.

Fecho os olhos e respiro fundo para me acalmar. Meus pais não eram assim. Minha infância foi cheia de pinheiros, ar fresco, natureza, roupas feitas à mão, artesanato, cheiro de sálvia e incenso.

É isso que acontece quando a pessoa se permite ser consumida pelo luto. É uma lembrança oportuna de que preciso suprimir melhor o meu próprio. Ultimamente, ele tem ameaçado subir pela minha garganta e sair pela boca.

*meia-vida do amor*

# Flint

36 dias, 16 horas, 10 minutos

**No sábado de manhã,** acordo atipicamente tarde.

A semana foi deprimente e chata, mas, por um segundo, sinto-me alegremente alheio, flutuando no breve momento que tenho logo antes de lembrar quantos dias ainda me restam.

Antes de lembrar que ouvi minha mãe em prantos no outro quarto ontem à noite.

Minha mãe odiaria saber que a ouvi chorando. Ela sempre toma muito cuidado comigo, mas está tendo cada vez mais dificuldade de se controlar. Até mesmo meu pai, normalmente tão seco, anda bem falante e me dá um tapinha nas costas sempre que pode.

Às vezes me pergunto como seria *não* viver com uma contagem regressiva para a sua própria vida. Meus pais e eu certamente não estaríamos aqui fazendo essa besteirada toda, disso eu tenho certeza. Eu estaria no colégio, estudando que nem um louco para ter um futuro que está sendo tirado de mim.

Seria melhor se o meu destino fosse morrer aos dezessete anos e *não* saber? Sei lá. Mas pelo menos eu não precisaria testemunhar meus pais tendo que assimilar o fato de que estão prestes a me perder.

Cubro meus olhos com as mãos. *Meu Deus, Flint.* Já deu de sentir pena de si mesmo. Já passei pelos meus piores momentos, e foi exaustivo. Ser um zumbi infeliz é bem mais fácil.

Coloco os pés para fora da cama. Minha mãe quer sair para colher maçãs num pomar hoje. Quase me engasguei com o café da manhã ontem quando ela anunciou esse programa. Eu voltei a ter cinco anos de idade, por acaso? Colher maçãs – *minha nossa*.

Pela centésima vez na semana, eu me pergunto se não devia ter aceitado o convite de September. Pelo menos assim eu cumpriria meu plano de fugir dos meus pais e de poupá-los um pouco da dor.

Eu me obrigo a levantar da cama e me arrasto até a cozinha para comer cereal. Do meu banco à frente do balcão, arrisco olhar para a janela dos fundos. Está tudo quieto. O sol da manhã atravessa as árvores.

E então vejo um flash cor de cobre esvoaçante.

September está correndo pela rua. Deve estar indo para o seu primeiro hospital. Observo enquanto seus cabelos aparecem e desaparecem entre as casas da Harker's Run. Mesmo daqui, sinto sua teimosa determinação.

Pera aí — ela está indo em direção à rodovia. Não tem nenhuma casa por lá.

Vou até a janela.

— Aonde é que você vai? — sussurro, e minhas palavras embaçam o vidro.

Sinto a eletricidade crepitar no meu estômago. Ela não vai tentar pegar carona com desconhecidos, né? Não acho que ela seria louca a esse ponto.

*meia-vida do amor* **87**

É melhor deixar pra lá. Se ela quer pegar carona na rodovia para chegar aos hospitais, o que eu tenho a ver com isso? A gente passou o quê, menos de uma hora juntos? Não sou responsável por ela.

Eu me acomodo no sofá. De qualquer forma, estou ocupado. Vou colher maçãs hoje.

Olho o corredor escuro que dá nos quartos onde meus pais estão dormindo. Quase dá para sentir o luto deles espreitando nas sombras.

Encosto a ponta dos dedos nas têmporas.

Ah, que se dane.

Tá bom. Vou ajudar September, mas só porque assim passo algumas horas longe daqui.

Pego a chave no balcão da cozinha e saio em disparada pela porta.

Cinco minutos depois, desacelero o Jeep e paro cuidadosamente no acostamento. Pelo retrovisor, vejo a garota de casaco vermelho correndo até minha janela aberta, pronta para pedir uma carona a um desconhecido.

Ao me ver, ela abre o sorriso mais imenso e perfeito que já vi.

— Bom, não vai ficar aí parada sorrindo — resmungo. — Entra no carro.

Ela senta no banco do passageiro e apenas *brilha*.

# September

**Dou uma olhadela para o lado** do motorista do Jeep, irradiando alegria na direção de Flint, embora ele pareça imensamente irritado. Não dá para negar o alívio que senti ao ver que era ele no carro, quando percebi que não precisaria passar uma hora em alerta dentro do carro com um estranho, torcendo para que ele não planejasse fazer algo terrível comigo.

— Tá, mas pera aí — digo. — Isso significa que você também vai me levar aos outros hospitais?

Ele me lança um olhar cheio de desdém.

Volto atrás.

— Deixa pra lá, sempre dá para pegar carona na estra...

— Cacete, tá bom. Eu te levo.

— Sério?

— Sim, sério — diz ele. — Mas só estou fazendo isso porque pegar carona com estranhos não é um passatempo lá muito seguro.

Cubro a boca para conter um sorriso. Estamos no caminho, eu e esse garoto anormalmente alto e tristemente lindo, e vou conseguir obter as informações de que preciso. Vou

*meia-vida do amor*  **89**

dar tudo de mim para comprovar essa teoria e, se der mesmo certo, o nó que tenho dentro de mim vai ter que desatar. Vou poder ser a September de antes.

Estou contemplando meu futuro sucesso quando Flint me interrompe.

— Estou na direção certa?

Pego o celular e digito o destino.

— Está. Merrybrook, tempo de chegada... 45 minutos.

— E o que exatamente tem em Merrybrook? — pergunta ele.

— O hospital regional de Merrybrook, ué.

— Sem dúvida.

Ergo a mochila entre meus pés e pego duas balas de caramelo.

— Quer uma? — pergunto, pondo uma na boca.

— Não, valeu.

Dou de ombros, depois me aconchego mais no banco de couro. Aqui dentro cheira a natureza, a serragem e cedro. Porém, sob o cheiro amadeirado, tem alguma coisa se insinuando — um leve aroma de cereja negra.

No apoio de braço do carro, nossos braços se encostam. Engulo em seco e me obrigo a não me afastar, porque, se fosse qualquer outra pessoa, acho que eu nem sequer teria percebido. Tento ignorar a maciez de sua camisa na parte de trás do meu punho.

Lá fora, o céu está do mesmo tom azul-claro do oxigênio líquido. Nas colinas há manchas laranja e amarelas, como se pintadas com esponja, e assim a Pensilvânia mais parece a cena de um quebra-cabeça patriótico, repleto de abóboras, celeiros vermelhos e folhas caindo. O outono é minha época favorita do ano.

— Então, como é que vai ser? — pergunta Flint após alguns quilômetros em silêncio. — Você vai simplesmente entrar lá e pedir os prontuários médicos ultrassecretos?

— Bom, eles não são ultrassecretos — respondo. — *Eu* acho esses pacientes especiais, mas ninguém sabe disso ainda.

Flint esfrega o queixo.

— Eu achava que os hospitais não podiam compartilhar informações sem a permissão do paciente.

Balanço o crachá com o símbolo do Instituto, pendurado no meu pescoço.

— Eu solicito esses prontuários o tempo todo. Se minha chefe, a dra. Juncker, quer alguma coisa, juridicamente os hospitais têm a obrigação de entregar para ela.

— E as leis que protegem os dados dos pacientes, como a HIPAA?

— Você leu algum jornal nos últimos dez anos? A HIPAA foi emendada logo depois o dr. Blumenthal descobrir o botão da morte. O Instituto pode acessar os prontuários de todos os pacientes.

— Eles podem se meter na vida de qualquer pessoa se quiserem? Que bizarro.

Dou de ombros.

— Talvez seja um pouco bizarro, mas a pesquisa é importante.

— E até mesmo estagiários podem solicitar essas coisas, assim, de repente?

— Bem, não... mas sempre que a dra. Juncker encontra uma correlação que deseja analisar, eu sou a intermediária que liga para os arquivos pedindo que enviem os documentos por e-mail.

Ele faz que sim.

*meia-vida do amor*  **91**

É estranho conversar com ele sobre coisas científicas. Normalmente, mantenho o meu interesse por ciências separado do meu lado animado e colorido. Com ele, tudo se mistura.

Ele franze a testa.

— Pera aí... você disse "e-mail"?

*Xii.*

— Por que não fez isso, então? — pergunta ele, irritado.

Mordo a unha do dedão.

— Bom... é que a dra. Juncker não solicitou esses prontuários.

— Ah... então você está agindo por conta própria.

Faço que sim.

— Os cientistas podem ser bem competitivos. Se alguém descobrisse, ela provavelmente assumiria tudo e diria que essa teoria foi ideia dela, e eu seria esquecida. Não que eu me importe com fama ou algo assim.

Ele passa um instante em silêncio.

— Com o que você se importa?

Pisco algumas vezes.

— Hum. Com a cura da meia-vida, é lógico.

Ele me olha.

— Sim, mas por que *você* se importa tanto com isso?

Engulo em seco. Ele está quase chegando no meu limite.

— Quem não gostaria de saber mais sobre a meia-vida? — pergunto, tentando me esquivar. — É uma parte importante da experiência humana.

Ele assente, move o maxilar, mas não insiste.

Um silêncio toma conta do carro. Eu me movimento no banco e olho o apoio entre nós dois.

— Quer que eu procure alguma música no rádio? Ou posso conectar o som ao meu celular, tenho...

— Nada de música — diz ele.

— Tá bom. Nossa — resmungo

Nada de música, nada de doces, nada de sorrisos. Esse garoto é mesmo diferente.

O Jeep percorre ruidosamente quilômetros e quilômetros de estrada. Não dizemos nada. Minha mente fica pensando em assuntos para puxar papo, mas tudo me parece alegre e falso demais. Estou louca para animar tudo, para ser a September de boa que todos querem que eu seja. Tenho medo de que a aura que emana do banco do motorista termine me contagiando. É o tipo de coisa que, em doses maiores, pode me fazer surtar.

Passamos tanto tempo sem dizer nada que, quando ouço um barulho lá fora, fico aliviada. Finalmente, um motivo para acabar com o silêncio. Inclino o pescoço e olho pelo para-brisa. Um helicóptero abre caminho pelo céu azul e límpido.

— Será que está acontecendo um incêndio em algum lugar? — indago. — Talvez uma perseguição policial em alta velocidade ou algo do tipo... tem um helicóptero de uma emissora lá em cima.

— Não é um helicóptero de emissora — diz Flint, sem tirar os olhos da estrada.

— Como é que você sabe? Você nem sequer olhou — zombo, virando-me no banco em busca de colunas de fumaça no horizonte.

— É um helicóptero militar.

— Beleza, e você sabe disso só pelo barulho?

— Claro. Também sei que ou é um Sikorsky Pave Hawk, ou um Black Hawk — afirma Flint.

Fico boquiaberta.

— Como você...

*meia-vida do amor*  **93**

Ele parece perceber que abriu toda uma nova possibilidade de conversa.

— Não quero falar disso — retruca ele.

Meu Deus, então tá bom. Estou começando a achar que talvez tivesse sido melhor pegar carona com algum estranho.

Flint expira pela boca.

— Foi mal — diz ele. — Sei que... não sou uma pessoa fácil. — Ele passa a mão no rosto de um jeito bruto, como os garotos fazem quando estão reorganizando as emoções. — É que estou passando por coisas terríveis, mas vou tentar ser menos...

— Chato?

— Eu ia dizer babaca, mas chato também serve.

Ele parece se entristecer por um instante — como se houvesse um buraco negro empurrando toda a luz para fora do carro. Consigo manter minhas partes mais sombrias escondidas do mundo, mas ele está se afogando na própria escuridão.

Tenho que admitir: ele é muito mais corajoso do que eu, pois está se permitindo sentir o sofrimento, sem sequer tentar fingir estar feliz. Eu meio que queria conseguir fazer o que ele faz.

Mexo num dos botões do meu casaco. Talvez eu pudesse tentar. Como seria se eu simplesmente me permitisse... ser eu mesma?

Encosto a cabeça na janela e observo as faixas da estrada passarem depressa.

Depois fecho os olhos.

Sinto-as de imediato — as emoções emaranhadas tentando subir no palco principal, como um vírus à espreita nos gânglios da raiz dorsal da coluna e que se manifesta em ocasiões especiais só para provocar caos pelo corpo inteiro.

Lentamente, bem lentamente, baixo a guarda. Só um pouquinho.

Pela primeira vez parece... aceitável sentir meu sofrimento. Parece aceitável sermos duas pessoas num Jeep com cheiro de pinheiro. Com Flint parece aceitável tirar a máscara que uso o tempo todo.

Deixo uma lembrança vir à tona, aproximando-se da superfície mais do que permiti em meses.

No começo, enquanto eu a esperava, a expectativa era a mais doce das adrenalinas.

*Irmã.*

Finalmente, eu seria o que sempre quis ser.

Gigi me levou depressa para a maternidade após a escola. Saí em disparada pelos corredores, vestindo uma camiseta que eu tinha comprado pela internet e dizia "Melhor Irmã Mais Velha". Eu estava no sétimo ano, e se alguém da escola tivesse me visto, eu teria morrido de vergonha.

Minha mãe se mexeu um pouco na cama quando cheguei. Eu sabia que devia perguntar como ela estava, ou ao menos me preocupar, mas meu olhar passou direto por ela. Meu pai estava numa poltrona ao lado da cama, com um pacotinho todo enrolado no colo.

Eu sabia que aquela imagem ficaria guardada na minha memória para sempre: a primeira vez que vi minha irmã. Seu narizinho amassado, um tufo de cabelo laranja, olhinhos desorientados, piscando. Era como se mais nada existisse no mundo.

*Maybelle.*

May, maio. Eles me deixaram escolher o nome dela. Eu queria que nós duas tivéssemos nomes de meses, apesar de ela não ter nascido em maio. Eu também não nasci

*meia-vida do amor*    **95**

em setembro. Maybelle e September. O nome de duas irmãs deve combinar.

Relaxo no banco do Jeep. Talvez eu consiga fazer isso. Talvez seja isto o que Gigi faz: pensar apenas nos bons momentos. Posso esquecer as noites quando a raiva e a exaustão me faziam cobrir os ouvidos com um travesseiro na tentativa de ignorar seu choro incessante de cólica. Posso esquecer o quanto me senti impaciente para que ela fizesse mais do que tomar leite, dormir e babar.

Se eu soubesse o que aconteceria, teria tido paciência com ela a cada segundo.

A sensação do sofrimento se acidifica e corrói a mucosa do meu estômago. E depois as lembranças avançam anos.

Um parquinho. Um escorrega metálico brilhando ao sol. Gritos de pânico.

E então: o pior dia, o dia em que ficamos dentro de casa, aconchegados numa pilha de cobertores e travesseiros, lendo histórias e sentindo a dor na garganta de quem quer conter o choro. Esperando o pior.

Abro os olhos de repente e seguro o banco do carro. Afasto as lembranças. Elas machucam demais.

— September? Você tá bem?

Flint está me olhando com uma expressão preocupada.

Desenterro minha força de vontade para abrir um sorriso.

— Estou, sim — digo animadamente.

Percorremos mais dois quilômetros. Depois mais quatro.

— Sabia que você não precisa fazer isso? — diz ele baixinho.

— Fazer o quê?

Flint desvia o olhar da estrada vazia, e seus olhos castanhos e intensos se fixam em mim.

— Fingir que está bem quando não está. Não há nada de errado em ficar triste.

Sinto um aperto no peito.

— Mas... eu meio que tenho que fingir. As pessoas não gostam de complicações.

Silêncio outra vez.

Ele se mexe no banco.

— Bom. Comigo você não precisa fazer isso.

Por algum motivo, isso me dá vontade de chorar. Alguém já me deu esse tipo de *permissão* alguma vez na vida?

Antes que eu possa assimilar tudo, a voz robótica do GPS do meu celular nos diz para pegar a saída da rodovia.

No fim das contas, percebo que não sou muito boa para indicar o caminho. Dois retornos perdidos e vinte minutos depois, chegamos ao estacionamento ao lado do cubo feio e cinza que é o hospital de Merrybrook.

Tiro meu jaleco da bolsa, troco as botas pelos saltos que peguei emprestados de Gigi. Faço um coque no cabelo e prendo com um lápis na tentativa de parecer um pouco mais velha. Espero que ninguém perceba que ainda estou no ensino médio.

Nunca pedi prontuários assim antes. Tecnicamente, é meio que... ilegal. Mas não tenho escolha.

Preparo-me para sentir o frio e abro a porta.

— Boa sorte — diz Flint.

Paro após pôr uma perna para fora do carro.

— Deixa de besteira. Você vem comigo.

Ele fecha a cara.

— Não foi o que a gente combinou, September.

*meia-vida do amor*

— O que você vai fazer, ficar aqui fora passando frio até desmaiar de novo? Ou deixar o motor ligado, emitindo um monte de lixo para a atmosfera?

Ele fecha os olhos mesmo enquanto ergue as sobrancelhas; depois, exasperado, balança a cabeça um milímetro.

— Tá bom — diz ele.

Ele segue pelo estacionamento e entra no hospital. Logo antes de se abaixar, um feixe de luz faz seus cabelos pretos brilharem como a noite.

# Flint

36 dias, 14 horas, 9 minutos

**Sigo September e uma recepcionista** do hospital por um corredor subterrâneo sem janelas. Essa parte do hospital não é para os vivos, é para os mortos. E seus prontuários.

Aperto o dorso do nariz. Não acredito que September me convenceu a vir até aqui.

A recepcionista nos deixa na frente de uma porta velha com o nome *Prontuários*. Dentro dela há uma escrivaninha arranhada de madeira, uma imensa máquina de xerox e uma fileira de suculentas muito bem cuidadas. Uma jovem mulher negra animada chamada Eloise vem nos atender assim que nos vê.

— Dra. Harrington, pode entrar! Não é todo dia que recebemos alguém do Instituto Meia-Vida — diz ela toda orgulhosa, empurrando para o nariz os óculos estilosos, de armação transparente.

Eloise pede para ver o crachá com a identificação de September, mas está ocupada demais fazendo perguntas sobre o Instituto para dar mais do que uma olha nele — ou para perceber que September está cobrindo com o dedão a pa-

*meia-vida do amor*    **99**

lavra *estagiária*. September menciona termos que qualquer pessoa normal precisaria de um dicionário para entender, e os olhos de Eloise se arregalam e se encantam ao ouvir cada um deles.

— Sou pós-graduanda em Biologia na Penn State — diz ela. — Adoro acompanhar o que vocês fazem por lá.

Que loucura. Ela deve ser pelo menos cinco anos mais velha do que a gente, mas September demonstra profissionalismo e tranquilidade, agindo como se pedir esses prontuários fosse algo completamente normal (e dentro da lei). Ela está completamente diferente de como estava nas Ruínas. Até mesmo seus sorrisos são diferentes: mais comedidos, serenos. Ela não está sendo antipática — está apenas sendo fascinantemente *competente*.

Mesmo com todas as xerox que Eloise precisa tirar, em menos de trinta minutos saímos do hospital. Depois de voltarmos para o Jeep, passo um minuto sentado, em choque, encarando a pasta cheia no colo de September.

— Não acredito que deu certo — digo.

— Não é? — Ela ri. — É incrível o que conseguimos quando fingimos que sabemos o que estamos fazendo.

Ela sorri, mais uma vez radiante, e de repente o ar nos meus pulmões me parece mais limpo.

Não consigo entendê-la, não consigo acompanhar a maneira como ela muda, como uma camaleoa. No percurso até aqui, houve um momento... *juro* que vi algo que se assemelhava ao sofrimento que carrego dentro de mim todo santo dia. Mas ela disfarçou rápido. Não sei exatamente quanta energia — e coragem — ela gasta com isso.

Ela se inclina para a frente no banco, observando a cidade passar pela janela.

— Tem algo de muito bonito aqui, não acha? — pergunta ela.

Ergo a sobrancelha.

— Em Merrybrook?

— É.

Franzo a testa. O céu está nublado e sem graça, e as poucas árvores que Merrybrook não cobriu com cimento tem galhos escuros, sem folhas e tortos.

— Aqui a luz parece mais intensa, apesar de tudo ser cinza — diz ela. — É como se enchêssemos os pulmões com o ar do inverno.

Fico surpreso com sua capacidade de encontrar beleza nesse lugar. Porém, antes que eu possa responder, ela começa a falar de remédios psicotrópicos, pois eles aparentemente têm a ver com a teoria criada por ela. Não entendo nada, mas ela está tão animada e parece tão feliz de ter uma plateia atenta que nem ligo pra isso.

Ainda temos quinze minutos de viagem quando ela para de falar. E o sorrisinho contente em seu rosto e a maneira como ela está batendo o pé me fazem voltar atrás quanto à proibição de música no carro.

— Podemos ouvir rádio, se você quiser — sugiro.

— Sério?

Faço que sim e aperto o botão no volante para ligar o aparelho. Estou prestes a lhe dizer para escolher a estação quando o locutor começa a falar das notícias do dia.

— Escutem só isso — diz uma mulher de voz rouca para o coapresentador. — Onze alunos do primeiro ano do ensino fundamental em Iowa tiveram suas meia-vidas, o que significa que todos vão morrer na mesma data. Isso sugere que um

*meia-vida do amor* **101**

acidente de ônibus, um tiroteio ou qualquer outro desastre relacionado à escola vai ocorrer nessa data.

Aperto o botão com tanta força que ele quase se parte ao meio, mas é tarde demais. Nós dois já ouvimos.

Sinto um nó na garganta. As notícias têm muitas manchetes assim. "O Registro da Meia-Vida anunciou que mais de novecentos peruanos têm a mesma data de morte". Furacões, revoltas populares, ataques terroristas, erupções vulcânicas. Enxergamos a chegada de catástrofes de longe, e podemos até afastar as pessoas delas, mas não podemos impedir sua morte.

Essas crianças de Iowa não vão frequentar a escola, então a causa será o botão da morte, não um tiro. E isso impedirá os ferimentos não fatais das outras crianças, imagino. Ainda assim, sinto angústia por todas elas.

O rádio está desligado, mas a palavra *meia-vida* parece ecoar pelo Jeep. Eu precisava me lembrar dela. September não faz ideia de que o garoto ao seu lado tem uma contagem regressiva acima da cabeça.

O resto do percurso transcorre em silêncio. Nunca me senti tão grato por ver a entrada de Carbon Junction.

Nós nos aproximamos da casa dela e eu paro o carro.

— Obrigada pela carona mais uma vez — diz September, com um pouco de incerteza na voz.

Passo a unha do dedão no logotipo no volante.

— Pois é. Que bom que conseguiu seus prontuários.

Ela puxa a bolsa para o colo, estende o braço na direção da maçaneta e para.

— Você ainda vai me levar nos outros hospitais?

Merda. Eu disse que faria isso.

— Vou. Sem problema.

**102** BRIANNA BOURNE

— Preciso passar o próximo fim de semana no Instituto, então pode ser no outro sábado?

— Combinado. Até lá.

Eu me obrigo a não olhá-la pelo retrovisor enquanto me afasto de sua casa. Quando paro o Jeep na frente da minha casa, estou louco para sair do carro. September passou apenas duas horas aqui e já não consigo parar de sentir o cheiro de caramelo, bolo e de seus *cabelos*.

Estou na metade do caminho para a porta de casa quando paro.

*Merda*. Meus pais. A gente tinha combinado de ir ao pomar hoje.

Eu me aproximo da casa o suficiente para conseguir espiar pela janela sem ser visto.

Meus pais estão na sala de estar. Estão sentados juntos no sofá, de costas para a porta da frente. Devem estar organizando os detalhes superdivertidos do funeral, ou, se eu der sorte, eles terão cansado de mim e fazendo planos para me deixar aqui e voltar para a Filadélfia.

Não tenho escapatória. Preciso entrar. Eu me preparo e viro a maçaneta.

— Flint!

Meus pais saltam do sofá e vêm correndo para a porta. Minha mãe agarra meus braços, procurando algum ferimento.

— Você está bem? — pergunta ela. — Onde você se enfiou?

— Estou bem — murmuro.

Meu pai está um pouco afastado, de braços cruzados e testa franzida.

— Garoto, você tem que parar de sumir desse jeito.

Eu me preparo para alguma espécie de castigo. Mas o que eles vão tirar de mim que eu mesmo já não tenha tirado an-

*meia-vida do amor* **103**

tes? Eles não curtiram muito o fato de o enterro do passarinho ter virado um desaparecimento de duas horas no dia da nossa chegada, mas deixaram pra lá por causa de toda a história de eu estar morrendo e tal.

Só que em vez de me dar uma bronca, minha mãe meio que... murcha. Sem dizer mais nada, ela se vira e vai para o quarto.

Preferia que ela tivesse gritado comigo.

Meu pai suspira.

— Você está meio que partindo o coração da sua mãe.

— Eu sei — digo com tristeza.

— Eu entendo. E é importante conviver com pessoas da sua idade também. Mas não deixe de nos avisar quando for sair, tá bom?

Eu assinto.

Sozinho no quarto, tiro a camiseta e a enrolo. Porém, antes de arremessá-la no cesto de roupa suja, sinto o cheiro de baunilha, caramelo e bolo.

Meu Deus. Minha roupa ainda está com o cheiro de September.

Eu até me sinto culpado por ter me divertido com ela hoje. Ela é mais interessante do que imaginei, e eu... eu gostei de passar um tempo com ela.

Esse pensamento é tão proibido, tão angustiante, que encosto a cabeça na parede e fecho os olhos. *Merda, merda, merda.*

Preciso me proteger mais se vou fazer essas viagens com ela.

# Flint

34 dias, 10 horas, 38 minutos

**Dois dias depois,** estou no meu quarto lendo Dostoiévski quando ouço a campainha.

Meu coração acelera. Da última vez que a campainha tocou era September.

Desta vez, é Aerys que aparece na porta do quarto, usando uma jaqueta jeans por cima de um moletom com o capuz para fora, e um boné virado para trás.

— Hum, oi — digo.

— Olá — diz ela animadamente, como se sua presença aqui não fosse nada estranha.

— Por quê... você está na minha casa? — Achei que ela tinha se tocado quando saí correndo no outro dia.

Ela se senta na minha cama.

— Encontrei com a sua mãe no café da Main Street no outro dia e ela me contou que vocês estavam hospedados aqui. Pensei em dar uma passada para saber o que você anda fazendo na boa e velha Carbon Junction.

Ponho o livro de lado.

*meia-vida do amor*  **105**

— Nada importante. Só estou marchado rumo ao meu destino.

— Foi o que imaginei. Como atividade do dia, temos duas opções: primeiro, podemos ir para o novo fliperama retrô no centro, mas se precisar ir mais devagar, eu trouxe... suspense... *Kirby's Epic Yarn*!

Ela abre o zíper da mochila e tira um ninho de cabos que parecem espaguete. É o antigo Nintendo Wii de Aerys.

— Isso aí ainda funciona? — pergunto.

— Mas é claro. Acho que sim. O que me diz? Quer ir ao fliperama?

*Nem morto.*

— Nada de fliperama, Aerys.

— Então vamos de Wii.

Ela salta da minha cama e começa a conectar os cabos do videogame à TV em cima da cômoda do meu quarto. Quando o personagem Kirby aparece pulando na tela, acompanhado por uma música de piano animada, sou tomado pela nostalgia. Aerys sorri e me entrega um controle, depois inicia a sequência de abertura.

Passar pelas duas primeiras fases foi moleza. Mesmo que a contragosto, estou me divertindo um pouquinho, e então ela se mexe do meu lado.

— Por que você não tem nenhum amigo na Filadélfia? — pergunta ela.

Dou de ombros. Não quero conversar sobre meu passado nem sobre a meia-vida, mas também não quero ser um babaca.

— Ninguém queria ser amigo de um menino que já teve a meia-vida — respondo.

— E não conseguiu fazer amizade em outros lugares? Não tem fóruns na internet para pessoas que já passaram da meia-vida?

Solto uma risada. Não há nada mais deprimente do que um fórum de pessoas que já tiveram a meia-vida. Dei uma olhada em vários. As pessoas ficavam offline e desapareciam para sempre.

— Bom, quem sou eu para julgar? — diz Aerys. — Até parece que eu tinha amigos aqui antes de você voltar. — Ela fica em silêncio.

Sinto que devo dizer alguma coisa, mas não sei o quê.

— Carbon Junction foi um saco sem você — diz ela depois de um tempo. — Até fui amiga de Joey Mettiscue por uns dois anos, mas não era a mesma coisa.

Engulo em seco. Na época, deixar Aerys me chateou mais do que a meia-vida. Aos oito anos, ter mais oito anos parece muito, mas perdê-la foi algo imediato. Passei semanas chorando toda noite.

É a primeira vez que penso em como ela deve ter se sentido.

Ela pausa o jogo e se vira para mim.

— Ei, Flint? Sei que não temos tanto tempo, mas se quiser conversar sobre alguma coisa... estou aqui, tá?

— Valeu — murmuro. — Mas não precisa.

Tem coisas que são deprimentes demais para dizer aos amigos. Como a primeira vez que realmente percebi a gravidade do que eu ia perder, graças ao meu professor de matemática do oitavo ano.

Ele começou a falar depois que a turma inteira tirou nota baixa num teste. "Talvez vocês achem que essas notas não são importantes, mas elas determinam seus resultados no colégio, que afetam as pontuações das provas do vestibular, sem

*meia-vida do amor* **107**

falar na média geral, que interfere na sua probabilidade de ingressar numa universidade, e, consequentemente, na sua carreira, E TUDO ISSO COMEÇA AGORA."

Decidi matar as outras aulas do dia e peguei minha bicicleta. Meu coração estava acelerado, e um certo pânico começava a se manifestar. Acabei indo parar numa trilha que dava num imenso campo abandonado: a área de sobrevoo do Aeroporto Internacional. Naquela época eu ia muito para lá, quando ainda ligava para o meu avô sempre que via um avião e não conseguia identificá-lo.

Prendi minha bicicleta na cerca de arame e, com a respiração ofegante, me deitei no gramado malcuidado. Um Boeing 747 rugiu pela pista, decolando logo antes de chegar ao campo, agigantando-se acima da minha cabeça. Tive a sensação de que eu poderia estender o braço e tocá-lo.

Foi então que caiu a ficha. Não apenas eu jamais estudaria numa universidade como também jamais seria piloto.

Desde o primeiro show aéreo que fui com o meu avô, realmente acreditei que seria aviador quando crescesse. Como se fosse meu destino ou algo assim.

Naquele dia, algo se partiu dentro de mim. Fiquei arrasado pelo resto do ano e durante todo o primeiro ano do ensino médio. Lembro apenas que eu chorava. Meus pais, sobrecarregados, se separaram. Os dois precisavam de um tempo longe *de mim*. Precisavam dividir o peso do luto.

Então, certo dia, após meses de autopiedade, fui roubado num beco na Filadélfia. Os ladrões levaram minha jaqueta de couro favorita, a que meu avô tinha comprado para mim. Voltei para casa a pé, no meio de janeiro, no frio, com o lábio sangrando e um galo na cabeça. Eu estava prestes a congelar.

E pensei: *Depois disso, a morte vai parecer um cobertor quentinho.*

Foi então que decidi viver todos os dias de um jeito que fizesse o fim parecer um alívio.

— Flint?

Sou arrancado da lembrança.

— Flint? Você está bem? — pergunta Aerys.

— Estou ótimo.

— Sério? Porque você parece meio... zoado da cabeça.

— Acho melhor você se acostumar, porque zoado da cabeça é o meu estado normal. Quer ser o Kirby azul agora?

Ela fica chocada, em silêncio.

Não entendo o que ela quer comigo. Faz *oito* anos que a gente não se fala. Não teria sido mais fácil me deixar ir embora e nunca mais pensar em mim?

Ainda assim, fico mal por ter acabado com a nossa diversãozinha.

— Conheci uma garota na floresta na semana passada — digo, tentando nos tirar daquele momento constrangedor. — Perto das Ruínas. Logo depois que encontrei com você.

Aerys ergue as sobrancelhas.

— Uma garota? Caraca, Flint Larsen, como você é rápido.

— Não é nada disso — protesto.

— Claro que não. Qual é o nome dela?

— September.

Ela arregala os olhos.

— De cabelos ruivos, que só veste roupas com cores outonais e tem pele de comercial de *skincare*?

— Isso.

— September Harrington. Temos uma aula de inglês juntas. Mas, cara, ela é tão... gata.

*meia-vida do amor* **109**

Ignoro a observação e tento fazer o pequeno Kirby saltar por cima de uma plataforma complicada.

Aerys empurra meu braço, e meu Kirby cai e morre. Droga.

— Você *não acha* ela gata? — pergunta Aerys.

— Não tenho tempo para prestar atenção nessas coisas.

— Que mentira. Ela é lindona, e você sabe disso. Pera aí... você está a fim dela?

— Aerys. Vou morrer daqui a 35 dias. Não tenho tempo de ficar a fim de ninguém.

— Mas você acha ela bonita.

— Isso não vem ao caso.

— Você acha mesmo ela bonita — brinca ela. — Contou pra ela que já teve sua meia-vida?

Engulo em seco. Por algum motivo, acho que Aerys *não* aceitaria muito bem o fato de eu não ter contado para September que minha data de vencimento está quase chegando.

— Contei — digo casualmente. Nem pareceu que eu estava mentindo.

— Caraca. E como ela reagiu?

Dou de ombros.

No jogo, o personagem de Aerys pula para tocar uma campainha, chegando ao fim da fase. Enquanto espera a próxima tela carregar, ela encosta o dedo no queixo.

— Sabe de uma coisa? September e os amigos vivem naquele restaurante de waffles belgas na Main Street. A gente podia muito bem ir até lá e "esbarrar com ela casualmente".

— Não vai rolar, Aerys.

— Tá bom, tá bom, seu estraga-prazeres. Mas amanhã a gente volta pra essa ideia.

Amanhã? Misericórdia.

Olho para a casa roxa pela janela. Penso em como seria me sentar ao lado dela e comer waffles com seus amigos. Com seu cotovelo roçando no meu, vendo seus cabelos macios brilhando pelo canto do olho como naquele dia no carro.

Por mais que eu queira, não posso fazer nada além de dar carona para September até os hospitais. Estou prestes a morrer, e se eu tiver que deixar alguém para trás, essa história de morte será infinitamente pior. Se algo... começasse, nós dois acabaríamos destruídos.

A meia-vida acaba com tudo.

*meia-vida do amor*  111

# September

**Meus olhos ardem de exaustão** enquanto leio mais um formulário. Os prontuários médicos que consegui em Merrybrook estão espalhados pela minha escrivaninha, em cima da minha cama, no chão do meu quarto. Venho usando todo intervalo que tenho entre o colégio e o Instituto para estudar minuciosamente a pasta e devorar artigos científicos sobre neuroquímica. Mal posso acreditar que consegui esse prontuário. E mal posso esperar para ver o rosto de Percy quando ele perceber que sua probabilidade de ser o melhor estagiário se espalhou como partículas no Grande Colisor de Hádrons.

Progredi bastante, mas ainda tenho muito a fazer. Não tenho tanto tempo hoje à noite porque vou sair com Dottie e Bo. Não consegui encontrá-los muitas vezes esta semana. Tudo parece igual entre nós três: toda manhã, enquanto o sol nasce, cobrindo a Carbon Junction High, espero sentada num banco o Corolla prateado e antigo de Dottie chegar crepitando e estacionar na vaga de sempre. Entramos no colégio de braços dados, afastando os alunos do primeiro ano do caminho. Na escola, há pessoas mais populares do que a gente — líderes de torcida, nadadores e as fashionistas do TikTok —, mas todos amam Dottie e Bo. E, consequentemente, me amam também.

Nós três percorremos o caminho de sempre pelos armários. Durante a semana inteira, acompanhei a conversa despreocupada entre eles enquanto pegávamos os livros, mas algo me pareceu estranho, como se eu estivesse interpretando um papel num filme. Costumo adorar a correria matinal, pois, quando estou com Dottie e Bo, todos acham que sou uma garota tranquila e descomplicada. Mas nesta semana a morte da minha irmã parece estar presa a mim como um véu preto. Não sei se é porque estou desenvolvendo minha teoria e pensando na meia-vida mais do que nunca, ou talvez eu esteja absorvendo o sofrimento de Flint.

Pego o celular e abro o grupo de conversa que eu, Dottie e Bo temos juntos. Não tem nenhuma mensagem nova desde hoje de manhã, o que é incomum para nós. Por um instante, eu me pergunto se eles não estão trocando mensagens entre si, fora do grupo. Eles eram amigos antes de eu chegar, e seria tolice achar que pararam de fazer isso.

Mesmo assim, isso dói.

Parte de mim quer cancelar nossos planos de hoje à noite, mas é a Noite da Fogueira, e faz semanas que estamos animados para isso. É uma festa de rua incrível criada por alguns britânicos que trabalhavam no Instituto, mas com o tempo se tornou uma tradição local. Há barracas vendendo quentão e salsicha alemã *bratwurst*, palcos para shows e muitas atrações de parque de diversões.

Dottie também organizou uma de suas famosas rodadas de esconde-esconde no escuro, com lanternas. Ela está sempre à procura de prédios abandonados e foi quem nos mos-

*meia-vida do amor* **113**

trou as Ruínas. A Pensilvânia é cheia de prédios antigos caindo aos pedaços, então há locais de sobra. Para a brincadeira de hoje, Dottie encontrou um resort decrépito, e acho que um montão de gente vai aparecer.

Olho para os papéis espalhados pelo meu quarto. Tenho menos de uma hora até precisar sair, mas dá tempo de trabalhar um pouco na pesquisa. A vida inteira de Mitsuki Adams está espalhada pelo meu quarto. Organizei-a pelas fases da vida: bebê, criança de dois a três anos, resto da infância, adolescência, fase adulta. Sei tudo o que aconteceu na vida dela. Bem, ao menos no aspecto médico.

Eis algumas coisas que descobri: ela era intolerante a lactose quando criança, mas depois isso passou. Ela quebrou o braço numa roda punk na década de 1980. Teve vários probleminhas como todo mundo: úlceras causadas por estresse, síndrome do túnel do carpo, enxaquecas. Seu apêndice rompeu aos 22 anos. Ela usava óculos para corrigir o astigmatismo, e já mais velha extraiu um tumor benigno da coluna. Sua meia-vida foi aos 28 anos, um pouco jovem, mas nada absurdo, e faleceu aos 56.

Ela foi reduzida a uma pilha de formulários. Jamais vou saber quais eram seus sonhos, quem ela amava, qual foi o melhor momento de sua vida. Tenho páginas e mais páginas de informações, mas não sei se a conheço de verdade.

Pego a próxima folha e descubro que lhe prescreveram outro remédio alguns meses antes de sua morte. Sublinho o nome do medicamento, converto para o nome da substância e depois a transformo em fórmula química. Tiro a tampa de um marcador permanente e acrescento as novas informações às listas na parede do meu quarto. Gigi permitiu que eu escrevesse direto na parede, então agora tenho meu próprio quadro branco improvisado nos dois metros entre a porta e minha escrivaninha.

Estou em busca de qualquer coisa que possa ter alterado a química do corpo de Mitsuki. Remédios que ela tenha tomado que possam ter ultrapassado a barreira hematoencefálica. Seus tempos de atuação, taxas de decomposição, isótopos conhecidos. Li um artigo científico atrás do outro, decorei a composição de neurotransmissores, psicofármacos, toxinas ambientais, neuropeptídeos.

Largo o último artigo e me jogo na cama. Não dá para avançar tanto na minha teoria com o prontuário de só uma paciente. Preciso de outra anomalia para ver se algo se encaixa.

Meu telefone vibra.

**DOTTIE:** AMIGA, CHEGAMOS!

Pego meu casaco e cachecol e vou correndo para a cozinha. Vasculho as gavetas à procura de luvas, uma lanterna e algum dinheiro para a feira.

Meu telefone vibra de novo.

**DOTTIE:** Você tá vindo? Venha logo! Bo trouxe o namoradinho dele. Ele é um fofo!

**BO:** Para com isso Dotz

**DOTTIE:** Você devia trazer o Billie Eilish!!

**BO:** Aah, isso, traz seu gato! A gente precisa inspecionar esse espécime elegante!

Eles mandam uma chuva de berinjelas e eu reviro os olhos. É claro que eles querem que eu leve Flint. Os dois passaram a semana inteira falando dele.

Ele não é o MEU gato, digito as letras com força.

Porém, logo depois de enviar a mensagem, paro de vasculhar as gavetas da cozinha e dou uma olhada no outro lado do Maynard's Creek.

*meia-vida do amor* **115**

A casa dele está brilhando, toda constituída de triângulos luminosos. Vejo silhuetas se movendo, mas acho que são os pais de Flint, pois são pessoas de estatura normal, não um *enderman* do Minecraft.

Quero contar a ele que terminei de analisar o prontuário de Mitsuki Adams. Sempre que falo da minha pesquisa para Dottie e Bo, percebo seus olhos desfocarem. Mas quando falei de coisas científicas para Flint, ele se concentrou em mim de um jeito que me fez sentir muito *ouvida*. O mundo pareceu ficar mais definido, cada detalhe ampliado e saturado.

Fecho os olhos por um instante, sentindo a adrenalina repentina zunir no meu sangue.

TÁ BOM. Vou convidá-lo, digito.

Guardo minhas coisas na bolsa e saio. Estou na metade da subida do lado da casa dele do riacho quando ouço a porta de correr se abrir na varanda dos fundos. Uma silhueta alta sai da casa.

— Por favor, me diga que você trouxe bolo de banana — fala Flint, com a voz tão sombria quanto a noite, grave e rouca. — Meu pai não vai te perdoar se você tocar a campainha sem um bolo.

Estendo as mãos vazias.

— Foi mal, não trouxe nenhuma comidinha dessa vez — sussurro. — É melhor eu ser discreta, então.

— Pois é, é melhor.

Passamos um instante em silêncio, com ele apoiado no guarda-corpo da varanda, e eu o encarando de baixo.

— Espera um instante — diz ele. — Vou descer.

E então ele aparece bem na minha frente, e mais uma vez a familiaridade de sua tristeza me abala. Se fosse qualquer outra pessoa eu diria algo alegre, entediante, normal. Mas,

**116** BRIANNA BOURNE

em vez disso, penso no que ele disse no carro. *Você não precisa ser assim comigo.*

É bom tirar um pouco a máscara. Passar alguns minutos sem tentar ser todas as coisas que as pessoas esperam de mim.

Ele põe as mãos nos bolsos.

— Então... você veio até aqui só para ver se estou bem? — pergunta ele.

Aperto os olhos enquanto a ficha cai.

— Você viu que eu estava vindo — digo.

— Não sei se você percebeu, mas seu cabelo é bem chamativo.

Sim, ele é chamativo. Mas ele não brilha no escuro nem nada do tipo. Se ele me viu foi porque já estava olhando para a minha casa.

Por algum motivo, isso me faz querer sorrir com o corpo inteiro.

— Vim te convidar para ir comigo à Noite da Fogueira — digo, gesticulando na direção do brilho laranja em meio às árvores. — É uma festa anu...

— Eu sei o que é — diz ele. — Eu cresci aqui.

Ah. Ele cresceu aqui? Guardo essa informação. Ele me contou tão pouco sobre si.

— Meus amigos estão lá me esperando. Vamos andar em alguns dos brinquedos, comer alguma coisinha, depois fugir para o jogo de esconde-esconde com lanternas. Queria que você viesse comigo.

Ele me encara.

— Por quê?

Hesito por um instante.

— Eu... não sei — balbucio.

*meia-vida do amor*  **117**

Mas não é verdade.

Desvio o olhar — as palavras que estão loucas para sair da minha boca são reais demais para que eu consiga encará-lo enquanto as pronuncio.

— Você às vezes não sente que...

Balanço a cabeça. É demais.

Ele espera. Não muda de assunto nem me apressa. Sinto seu olhar em mim.

— É que tipo... eu amo meus amigos — digo baixinho, com cuidado. — Mas às vezes você não sente que os outros simplesmente não entendem as coisas direito? É como se nada terrível tivesse acontecido na vida deles, então parece que eles não percebem que cada segundo de cada dia é mais um momento que desaparece para sempre.

Crio coragem para olhá-lo nos olhos.

Ele me encara por um bom momento.

— Sinto isso o tempo todo — diz ele baixinho.

Eu assinto.

Flint olha para sua casa atrás de si.

Deve ser difícil enfrentar a perda do pai ou da mãe. É um tipo de perda diferente da que eu conheço. Quando nossa família estava fazendo a contagem regressiva, sei que todos nós queríamos que tivesse sido meu pai ou minha mãe. Não Maybelle. Qualquer pessoa, menos Maybelle.

Fogos de artifício explodem em algum lugar do outro lado do vale. Não consigo vê-los, mas a subida sibilante deles e depois a descida crepitante, como se fossem aplausos, lembram-me de que a Noite da Fogueira está no auge.

— Acho que vou indo — digo baixinho. Ele não parece curtir eventos sociais muito cheios, e...

— Eu vou com você — afirma ele.

Ah.

— Sério?

— Claro. É só mostrar o caminho que eu te sigo.

# Flint

30 dias, 4 horas, 22 minutos.

**Desta vez eu contei aos meus pais** aonde ia.

Foi só depois, quando September e eu estávamos abrindo caminho por entre as árvores, com as folhas estalando sob nossos pés no meio das sombras lançadas por sua lanterna pesada, que parei e pensei no motivo de ter aceitado fazer isso.

Esta semana foi a mais terrível de todas até o momento, com os segundos passando um pouquinho mais depressa e minhas horas de sono diminuindo, como se meu corpo estivesse tentando me dizer: *Não durma tanto assim, você não tem tanto tempo.* Até parece que não sei disso.

Quando a vi passar pelo riacho, não resisti à tentação de me sentir só um pouquinho vivo.

A noite está enfumaçada e me parece estranhamente pesada. A fogueira deve estar aquecendo o vale inteiro, pois não estou com frio mesmo só de camiseta e moletom preto.

Assim que viramos na Main Street, sou tomado pela nostalgia. Os cordões de luzes unem um prédio a outro, dando a impressão de que é uma festa de verão de bairro em pleno inverno.

Tem gente *em todo canto*. Sob as luzes, centenas de rostos brilham, sorridentes, calorosos, fascinados. Será que Aerys está por aqui? Deve estar. Nós adorávamos a Noite da Fogueira quando éramos pequenos.

September e eu nos unimos à multidão, ficando ombro a ombro com dezenas de desconhecidos. Passamos por um estacionamento onde barracas de comidas que mais parecem casinhas alemãs de madeira formam um círculo. Elas estão bem iluminadas e vendem *bratwurst*, pretzels gigantes, donuts, *stöllen* e quentão.

September para nas barracas por alguns instantes, apreciando todos os seus pequenos encantos. Hoje não vejo nela nenhum resquício do lado cientista. Seus cabelos estão soltos, longos e volumosos, e em vez do pequeno piercing de rosca que ela estava usando quando a conheci, ela está com uma argola dourada e delicada. Ao lado de September não me sinto nem um pouco descolado.

O ar esquenta à medida que nos aproximamos da fogueira. O Instituto Meia-Vida se impõe diante da Main Street como um deus indiferente, permitindo que festejem a seus pés, mas sem jamais participar da comemoração. Na base da escadaria de mármore, as chamas da fogueira sobem na direção do céu, saindo de uma pilha de *pallets* velhos e de sobras de madeira.

September e eu abrimos caminho até chegarmos à barreira da fogueira. A parede de fogo quase me faz cair para trás, mas as chamas são hipnotizantes. September tenta me dizer alguma coisa, mas, com a música ao vivo e o rugido crepitante do fogo, não consigo ouvi-la.

— Hã?! — grito.

Ela põe a mão no meu ombro e se apoia na ponta dos pés a fim de aproximar a boca do meu ouvido.

— Combinei de encontrar meus amigos no estacionamento da loja de departamento — grita ela. — Vamos?

Faço que sim. Sinto um frio na barriga quando penso que vou conhecer os amigos dela. Não tenho muita experiência nesse tipo de coisa.

September agarra minha mão e me leva para o canto esquerdo da fogueira. Ela só me solta ao ver um grupo de pessoas batendo papo na frente da loja. Fico mais atrás, sem saber o que fazer. Minha mão, agora que ela a soltou, parece dez graus mais fria do que o restante do meu corpo.

Ela se joga nos braços de uma garota de cabelos pretos sedosos, pele negra e óculos de gatinho estilo retrô. Ela me puxa para a frente pela manga do moletom.

— Galera, esse é o Flint — diz September. — Flint, essa é a Dottie, e ele é o Bo.

Um garoto de casaco de lã de caimento perfeito dá um passo para a frente.

— A gente ouviu muito a seu respeito, Flint — diz Bo, os olhos com um brilho travesso.

Estendo a mão para apertar a dele — *não é isso que se deve fazer?* —, mas a garota ao lado dele, Dottie, começa a rir.

— Ah, vem pro abraço — diz Dottie, depois me aperta com tanta força que quase consegue me erguer do chão. — September disse que foi você quem a inspirou.

— Talvez eu tenha dito alguma besteira, mas a teoria é toda dela. Ela é brilhante.

— É mesmo — afirma Dottie contente.

Há mais uma dezena de jovens no estacionamento, mas nenhum está prestando atenção na gente. September aponta para cada um deles, dizendo seus nomes: Amira, Dex, Troy, Heather, Javier. Os outros nomes se confundem sob os postes. Eu me sinto mais envergonhado do que nunca. Ponho as mãos nos bolsos e fico ridiculamente perto de September.

Dottie dá o braço para ela.

— Gata, você está atrasada pra cacete — diz ela. — Temos que ir agora, mas eu sabia que você ia querer se empanturrar, então trouxe um monte de comidas das barracas.

O garoto ao lado de Bo dá um passo para a frente e entrega a September uma embalagem de comida manchada de gordura.

September se anima e encosta a embalagem no peito.

— Você salvou a minha vida!

Antes que eu perceba, estamos todos entrando numa kombi riponga antiga. Não vou mentir... dentro do carro está um nojo. Os bancos laranja devem estar com o estofamento original dos anos 1970 e têm cheiro de Doritos velho.

Enquanto saímos do estacionamento, o rádio está tocando uma música da Lizzo nas alturas, e as outras sete pessoas amontoadas na kombi começam a cantar juntas, fazendo a maior algazarra. Eu não esperava que as festas do ensino médio fossem assim. Mas o que eu entendo do assunto? Não tenho nenhum amigo desde os meus oito anos.

September e eu estamos apertados na fileira de trás com mais duas pessoas, e toda vez que viramos uma esquina, o movimento me joga contra a janela — e, consequentemente, joga September contra mim.

Depois de apenas algumas esquinas, eu fico *muito* ciente desse fato.

Começo a desejar que apareçam curvas no caminho, torcendo para sentir mais uma vez seu ombro, seu cotovelo, seu quadril contra o meu.

*meia-vida do amor* **123**

— Estou esmagando seu braço — diz ela de repente, e tenho vontade de responder, *tudo bem, você poderia até me atropelar que eu deixaria*, mas ela pega meu braço esquerdo, que está entre nós dois, e o passa por cima da cabeça dela.

Meu Deus. Agora estou com o braço por cima do seu ombro, o que não é coisa de amigo.

O corpo dela é quente e irradia calor pelo ponto onde está encostada em mim. Seguro o encosto do banco para que minha mão não sinta vontade de descer e brincar com o cabelo dela.

Depois do que parecem horas de uma maravilhosa tortura, a van finalmente para.

Pelo para-brisa, sombras se formam no meio de um lugar espaçoso: a carcaça em ruínas do antigo resort. Todas as janelas estão quebradas ou já nem existem mais. À nossa esquerda, há uma placa cafona que antigamente talvez estivesse pintada em tons neon: *Resort de Lua de Mel Penn Oasis*.

— Hum, isso vai ser perigoso? — sussurro.

— Bastante — diz September. — Mas vai ficar tudo bem. Dottie planejou tudo.

Mais carros chegam atrás da gente. No total, acho que tem trinta ou quarenta jovens aqui. Eu me pergunto quantos deles se sentaram ao meu lado no chão para ouvir historinhas no ensino fundamental.

Os motoristas deixam os faróis acesos, apontando para o resort de ângulos diferentes. Fico perto de September depois que saímos da van.

Ela me encara.

— Está tudo bem? Você parece um pouco desconfortável.

— Está, sim. É que não saio tanto de casa.

Já ela parece se sentir bem à vontade com tudo isso. Quando ela se vira para o grupo de pessoas perto dos faróis, está com um brilho determinado e intenso no olhar, e então me pergunto se essa história toda — os amigos, a brincadeira e a eletricidade desta noite — não são uma maneira de conter sua tristeza.

Porque ela tem a sua. A dor que apareceu no seu rosto quando ela me fez aquela pergunta — *Às vezes você não sente que os outros simplesmente não entendem as coisas direito?* — foi real.

Cumprimentamos um grupo de cada vez. Sinto olhares curiosos se dirigindo para mim e depois se afastando. Sou a única pessoa ali que eles não conhecem e me sinto muito deslocado. Eu me aproximo ainda mais de September.

Tem um fio invisível unindo nós dois esta noite, e eu não seria capaz de me afastar dela nem se quisesse. Ela também deve sentir a mesma coisa, pois, depois de um tempo, põe a mão na dobra do meu cotovelo e se aproxima de mim enquanto circulamos.

Um cara grita:

— E aí, Setembrona!

September revira os olhos de forma exagerada.

— Até parece que nunca ouvi essa antes, Dex — diz ela, sorrindo.

Depois de alguns minutos, Dottie se afasta do grupo e para na frente dos faróis mais fortes. Ela assobia, e o burburinho é silenciado.

— Escutem aqui, seus desgraçados! — grita Dottie, nitidamente a líder e organizadora da noite.

É uma mistura interessante de pessoas, com atletas, góticos e gente do teatro, como o garoto que está segurando a mão de Bo e que September me disse que é substituto em algum musical.

Um garoto negro alto e magro, de sorriso imenso e eletrizante, vestindo um casaco acolchoado verde neon, está refletindo a energia de Dottie, aplaudindo e assobiando cada frase dita por ela.

— Ei, Jonah! Deixa a Dottie falar — grita alguém

Jonah? Sinto um aperto no peito ao ouvir o nome.

Merda. Eu o conheço. Estudamos na mesma turma no primeiro ano e no segundo, e a gente adorava brincar de queimado no recreio.

Sinto minhas entranhas congelarem de medo. Faz muito tempo, mas pode ser que ele me reconheça.

Não posso deixar que isso aconteça.

Dottie ergue um chapéu com um monte de pedacinhos de papel. Alguém tamborila sobre o capô de um carro e ela tira dois nomes.

— Na primeira rodada, quem vai procurar é... Amira!

A multidão faz uma algazarra, e uma garota de *hijab* rosa-bebê vai dançando até Dottie, nitidamente animada para procurar os outros.

— E... Jonah!

Jonah dá um gritinho e ergue o punho cerrado no ar enquanto corre até Amira.

Maravilha. Agora tenho dois motivos para ficar bem longe dele.

— Então, para quem não sabe as regras — grita Dottie —, vamos recapitular rapidinho. Regra número um: todo mundo precisa escolher um parceiro e ficar com ele. *O tempo todo*.

Olho para September. Ela ainda está com a mão na dobra do meu cotovelo.

— Quer ser meu parceiro? — pergunta ela, com os olhos cor de âmbar cintilando sob a luz dos faróis.

— Eu ia te perguntar a mesma coisa.

Dottie continua falando.

— Regra número dois: é PROIBIDO ir para o primeiro andar. É sério, galera. O piso pode ceder. Heather é quem está no comando da segurança hoje. Ela tem dezenove anos, então tecnicamente temos um adulto presente. Rolando algum problema, é só ligar ou mandar mensagem que ela vai ajudar.

Uma garota mais velha, vestindo um moletom da Universidade de Carbon Junction (UCJ), acena de sua cadeira de rodas ao lado de uma picape gigantesca. Ela toma um gole de seu café grande, parecendo completamente à vontade.

— Vamos marcar dez minutos no cronômetro — prossegue Dottie. — É o tempo que vocês vão ter para se esconder. Vou enviar o mapa do lugar por mensagem para todo mundo agora.

September pega o celular e o inclina para que eu possa ver.

— Jonah e Amira vão ter trinta minutos para procurar. Se você for achado, aponte a lanterna para o alto e volte para onde estão os carros. Depois que os trinta minutos dos dois acabarem, vou marcar um local no mapa. Será o ponto final do jogo, e é lá que o Ídolo de Ouro estará esperando.

A multidão se agita, repetindo em tom de brincadeira *uuuh, Ídolo de Ouro*.

— Se você conseguir chegar ao Ídolo de Ouro antes que os outros te peguem, você vence! Entenderam?

A multidão comemora. Agora o entusiasmo está no auge.

Jonah e Amira entram dramaticamente na van e põem as vendas. Dottie dá o sinal, e os trinta jovens saem correndo pelo estacionamento. September tira a mão do meu

*meia-vida do amor*   **127**

cotovelo, mas agarra minha mão antes que eu sinta falta de seu toque, e então nós dois também saímos em disparada.

A adrenalina transborda do meu corpo. A empolgação desta noite é tão diferente dos últimos oito anos da minha vida que chega a ser engraçado.

E, quando chegamos lá dentro, fico de queixo caído.

O lobby do resort parece o cenário de um jogo de zumbis. A escadaria grandiosa desmoronou como um bolo de casamento destruído, com os corrimões de madeira esfarpados e manchas de mofo no tapete.

September desacelera, iluminando o local com sua lanterna. Há pichações espalhadas pela parede, e as cores se acendem quando o feixe de luz passa por elas. Uma delas, particularmente mordaz, diz: NOSSA GERAÇÃO ESTÁ FODIDA!

— Nossa — diz September.

Ela se aproxima e passa o dedo pelas linhas em neon, assimilando tudo como se fosse um museu de Belas Artes. Mais uma vez, fico impressionado com a coragem que deve ser necessária para simplesmente parar e apreciar as coisas, pois estou começando a entender que a vida dela não foi só arco-íris e unicórnios.

Os sussurros, ruídos e risadinhas nervosas das outras duplas se espalham pela construção abandonada. Espero que toda essa balbúrdia afaste os animais que moram aqui.

September confere o mapa no celular.

— Acho bom dar uma olhada por todo o térreo e depois voltar para o melhor esconderijo antes que os dez minutos acabem — diz ela.

— Pode ser.

Andamos com cuidado por um corredor com portas dos dois lados, ou melhor, com o que costumavam ser portas. Algumas estão penduradas nas dobradiças, outras estão no chão, e outras ainda desapareceram completamente. O chão está repleto de cacos de vidro, terra e sei lá mais o quê.

Dou uma olhada dentro de um dos quartos.

— Aquilo é uma jacuzzi *em formato de coração?* — pergunto.

September ri.

— Pois é. Tem um monte delas na Pensilvânia. Você não sabia? A época dos *swinging sixties* e tal. Ao que tudo indica, foi quando os Estados Unidos finalmente descobriram o sexo.

É inevitável: a palavra *sexo* me faz estremecer.

— Hum — consigo dizer.

September passa por uma cadeira quebrada para dar uma olhada na jacuzzi.

— Era preciso apresentar a certidão de casamento só para fazer uma reserva aqui. Por isso o resort tem o nome de "Lua de Mel".

— Ih, tem até espelho no teto — digo.

Nossos olhares se encontram no espelho embaçado, e uma onda de calor sobe pelo meu pescoço com essa sugestão.

Sou o primeiro a desviar o olhar, desesperado para que ela não veja o sangue faiscando nas minhas veias. Estou me comportando como um virgem envergonhado, o que eu não sou, graças a duas garotas da Filadélfia que tiveram pena de mim no ano passado.

De volta ao corredor, os feixes das lanternas atravessam o ar como lasers, enquanto as outras duplas procuram seus esconderijos. A lanterna de September nos leva a uma academia repleta de teias de aranha, às salas da gerência com escrivaninhas reviradas e a um cômodo de pé-direito alto, com carpete úmido e cadeiras empilhadas, lembrando o auditório de um colégio.

*meia-vida do amor* **129**

— Ei, talvez a gente devesse se esconder ali — digo, direcionando a cabeça para o palco no canto do cômodo. Tem imitações de colunas gregas dos dois lados, com o gesso lascado, mostrando vagamente a brancura de antes.

— Pode ser um bom lugar — concorda ela.

Encosto a bota na cortina de veludo comida por traças, meio que esperando um enxame de insetos sair voando. Quando isso não acontece, puxo a cortina para o lado, deixando à mostra um pequeno palco. Num canto há um piano caindo aos pedaços, sem algumas das teclas, lembrando uma boca desdentada.

— Perfeito — cochicha September.

Nós nos abaixamos entre o piano e um sofá de aparência meio egípcia. O resort vai ficando silencioso à medida que nos aproximamos da marca de dez minutos. Ouvimos os cliques das lanternas sendo desligadas uma a uma, até todo o ambiente ficar no mais completo silêncio.

O frio entra rodopiante, tomando o resort. O palco está um breu, e por um instante a ausência total de luz me dá a sensação de que não existo. Porém, passados alguns instantes, meus olhos se ajustam, e consigo ver o contorno azulado adquirido pelos cabelos cor de cobre de September na escuridão, e um relance de seus dentes brancos.

À distância, uma buzina de carro soa três vezes: é o sinal de que Jonah e Amira estão vindo.

— Começou a brincadeira — cochicha September.

Meu coração acelera.

Seu braço encosta no meu outra vez. Nós dois nos escondermos juntos, sentindo a mesma mistura de medo e adrenalina, o que cria um vínculo ainda mais forte do que passar meu braço por cima do seu ombro, do que ter sua mão no meu cotovelo. Por baixo da superfície de medo criada pela brincadeira, sinto-me contente. Feliz.

September se mexe na escuridão.

— Você está bem? — sussurra ela.

— Estou.

— Está se divertindo?

— Na verdade... sim.

Vejo apenas um pouquinho do seu sorriso, mas sei que ela está sorrindo. Dá para sentir.

Ouço o barulho de plástico. Ela pressiona algo na minha mão — uma de suas famosas balas de caramelo.

— Tem algo que eu deva saber? — cochicho. — Você está sempre comendo esses caramelos. Tem alguma substância viciante neles?

Ela ri baixinho.

— Não tem nenhuma substância, não. É que não consigo parar de comer doces.

Ela já está com a bala na boca, e o cheiro se mistura ao aroma de canela dela.

Desembrulho a minha. Eu coloco a bala na boca e a embalagem no bolso.

É só uma bala.

O único problema é que... é deliciosa. O caramelo derrete na minha boca, mesclando Natal, inverno e lembranças de uma vez só.

Nós relaxamos na escuridão — até ouvirmos vozes do outro lado da cortina. Merda, Jonah e Amira estão vindo.

Achei que aqui era o melhor esconderijo, mas de repente o sofá não me parece uma boa proteção. A alguns metros de distância tem uma lacuna vertical entre dois elementos planos do cenário. Sem dizer nada, aponto para lá. September

*meia-vida do amor*   131

assente, e nós dois nos abaixamos e engatinhamos até o esconderijo mais seguro.

Atrás de nós, as cortinas se abrem, e vejo um feixe de luz.

— Lá vamos nós, hein — cantarola Amira com uma voz infantil realmente assustadora.

Nós nos esprememos na lacuna na hora certa.

As lanternas deles iluminam as pilhas de coisas. September se afasta da luz. Aqui atrás tem menos espaço do que eu imaginava. É como se estivéssemos de pé num caixão, tentando caber um do lado do outro, mas o braço dela ainda está para fora.

Ela me encara em pânico, os olhos arregalados. Temos duas opções, e nós as percebemos no mesmo momento: ou ela se espreme para dentro de costas para mim... ou de frente para mim.

O ar nos meus pulmões transforma-se em gases inebriantes que me deixam zonzo.

Ela escolhe ficar de frente para mim.

Enquanto ela entra, inspiro pela boca e chego para trás, a fim de que ela tenha o máximo de espaço possível. Eu fecho os olhos.

E então nós dois estamos dentro do espaço, espremidos entre duas tábuas de compensado. Nossas pernas estão se tocando do joelho à coxa. Toda vez que um de nós respira, encostamos um no outro, e sinto o levíssimo contato no peito, nos braços, na barriga.

O único sinal de que isso a afeta tanto quanto a mim é uma mudança quase imperceptível na sua respiração. Comprimo os lábios. Não sei onde pôr as mãos.

*Pense em alguma coisa, qualquer coisa.* Não se perca no meio dessas sensações.

Mas seus cabelos têm cheiro de folhas de outono, canela, bolo de banana. É como se ela fosse uma festa em forma de garota, e eu... *meu Deus*. Preciso respirar.

Estou quase me recompondo quando a lanterna de Jonah se aproxima de novo. Minha mão vai até a cintura de September, indicando que ela deve ficar parada.

Sinto seu coração batendo contra o meu peito. Está ficando insuportavelmente quente aqui dentro, com o calor dos nossos corpos se multiplicando, mas não nos atrevemos a nos mexer.

Finalmente, Jonah e Amira desistem, e suas vozes vão sumindo à medida que eles continuam a busca.

September começa a sair do esconderijo, mas, por alguma razão ridícula, meus dedos apertam sua cintura ainda mais, numa súplica silenciosa. *Não saia ainda.*

Está o maior breu, mas de alguma maneira sei exatamente onde está sua boca na escuridão. Consigo *senti-la*, com seu rosto se erguendo na direção do meu. Seus lábios estão a uma minúscula distância, e de alguma forma sei que o que acontecer em seguida vai mudar tudo.

*meia-vida do amor*

# September

**Sinto meu corpo pegar fogo** onde Flint está me tocando.

O ar que inspiro parece álcool desnaturado nos meus pulmões, tornando pensar ao mesmo tempo mais fácil e mais difícil.

Encaro-o, com os olhos arregalados no escuro. Isso está mesmo acontecendo? *Teste*, ordena a cientista dentro de mim, ansiando para avaliar os parâmetros. *Primeiro teste: ponha a mão no ombro dele, devagar, para ver como ele reage.*

No escuro, ele aperta ainda mais minha cintura.

Meu coração está a mil por hora.

*Segundo teste: encoste-se nele, deixe o corpo dele sentir o peso do seu.*

Ele reage na mesma hora — e sinto sua respiração irregular nos meus punhos como um fósforo se acendendo.

Inclino o rosto para cima, ficando zonza enquanto a distância entre nossas bocas diminui.

Porém, antes que isso aconteça, ouço um ruído. Uma arranhadinha vindo do canto à minha esquerda. E então... o barulho suave de patinhas.

Quando sinto o primeiro rato passar por cima dos meus pés, solto um grito.

Tudo fica caótico, e nos contorcemos desajeitadamente para sair do espaço minúsculo. Seu ombro bate no meu queixo, e eu dou uma cotovelada na lateral do seu corpo.

Cubro a boca com a mão para não fazer barulho — mais um grito e Jonah e Amira voltariam atrás da gente. Que nojo. Ratos de laboratório são uma coisa, mas um bando de roedores sujos e possivelmente raivosos passando em cima dos meus *pés*?! Não, obrigada.

Os ratos se afastam, e voltamos ao silêncio total.

— Que porcaria foi essa? — sussurro.

— Pois é — sussurra ele também.

Não consigo acreditar. Acabamos de ser interrompidos por *ratos*?

Acendo a lanterna. De repente, já não me importo se nos encontrarem. Já deu de ficar no escuro.

Flint senta-se no sofá e cobre o rosto com as mãos. Hesito por um instante, depois me sento ao seu lado. Ponho os pés no sofá, abraçando-os perto do peito. Não quero tocar o chão neste momento.

— Você está bem? — pergunta Flint. — Eles não te morderam nem nada, né?

— Não. E você?

Ele balança a cabeça e se recosta no sofá. Ao fazer isso, a lateral da sua perna roça na minha, e minhas terminações nervosas voltam à vida.

Seria de se esperar que o caos tivesse acabado com o crescente zunido dentro do meu corpo, mas não. Ele continua aqui.

*meia-vida do amor*    **135**

Tudo isso — o calor sob minha pele, a ardência e o rubor nas minhas bochechas, os pensamentos emaranhados — é apenas ciência. Muito prestativamente, meu cérebro monta toda uma apresentação de slides com artigos científicos, periódicos e páginas de livros didáticos. A ciência da atração. Feromônios. É tudo questão de química. Testosterona e estrogênio criam o desejo físico. Dopamina, norepinefrina e serotonina criam a atração. $C_8H_{11}NO_2$, $C_8H_{11}NO_3$, $C_{10}H_{12}N_2O$. Mesmo num momento como esse minha mente é perfeitamente capaz de se lembrar das fórmulas químicas.

Do meu lado, Flint não diz nada. Estou louca para saber se ele também está sentindo isso.

Talvez o amor à primeira vista não exista, mas o *desejo* à primeira vista existe, sim. Às vezes, as pessoas confundem os nomes — elas dizem que estão amando quando, na verdade, é apenas aquela primeira atração física e química que nos deixa sem ar. Isso não passa de desejo. Para que seja amor, é preciso que também haja oxitocina para nos unir.

Mas... nenhuma ciência no mundo teria me preparado para o que está acontecendo com meus nervos. Com a *minha pele*. Ainda sinto o toque dele na minha cintura.

Meu celular vibra. É Dottie, dizendo por mensagem onde é o fim da brincadeira: na piscina interna. Estendo o celular para que Flint o veja, e, se ele percebe o tremor nas minhas mãos, não comenta nada. Também chega outra mensagem. *Restam apenas três duplas. Os outros estão à procura delas.*

— Quer voltar para o estacionamento? — sussurra Flint no escuro. — Ou ainda estamos participando?

A pesada cortina de veludo do palco absorve o som de suas palavras, transformando-as em coisas ocas, planas. Não consigo decifrar o que ele está pensando.

— Você que sabe — respondo. Arregaço as mangas do casaco, querendo sentir o ar frio nos punhos. Preciso controlar as substâncias químicas que estão rodopiando dentro do meu cérebro.

— Acho que os ratos não vão voltar — diz ele. — Vamos continuar?

— Pode ser — digo. Obrigo-me a pensar. — Você se lembra do caminho de volta para aquele espaço recreativo? A piscina fica do outro lado.

— Tá bom. Então vamos.

Desta vez, Flint vai na frente. Sigo-o pelos corredores escuros, morrendo de vontade de encaixar os dedos na dobra do seu cotovelo de novo, ou de simplesmente agarrar parte de seu moletom. Mas não o toco, temendo que o mínimo contato provoque mais uma descarga frenética de neurotransmissores.

Ele é como uma torre altiva na minha frente, firme e habilidoso. Talvez me tocar não o tenha afetado. Maravilha. Agora estou me sentindo uma boba. Qual substância química do cérebro é responsável por isso?

Devagar, centímetro por centímetro, cômodo por cômodo, vamos conquistando terreno. Ele parece um ninja sorrateiro num videogame, espiando pelos cantos, entrando nos corredores. Chegamos cada vez mais perto da piscina interna, e até agora ninguém nos achou. Então ouço alguns barulhinhos vindo de outras partes do resort. Passos, cochichos e luzes se acendendo acidentalmente. As outras duas duplas.

Entramos num dos vestiários que vão dar na piscina. Tropeço e quase caio com a palma das mãos em cacos de vidros. Mas Flint me segura, agarrando meu casaco com uma das mãos, enquanto a outra irradia um novo calor nas minhas costelas.

*meia-vida do amor*

— Te peguei — sussurra ele, e sua voz está tão grave e rouca no meu ouvido que me faz estremecer.

Não pode ser *apenas* uma questão científica. Tem que ser mais do que substâncias químicas, pois acho que nada disso estaria acontecendo se não fossem suas botas vintage, o tom escuro dos seus cabelos, a tristeza que o reveste como um manto. A maneira como ele fixa o olhar em mim com tanta atenção sempre que estou falando.

Flint dá uma olhada pelo canto da parede e me chama com a mão.

Chegamos à piscina. A noite entra pelas janelas quebradas, mas o luar nem se compara ao brilho da própria piscina. Ela resplandece, com os azulejos azul-claros mesmo depois de tantos anos, apesar de estarem rachados e com o rejunte mofado. Obviamente a piscina não está cheia, exceto pela poça verde no canto que deve ter seu próprio microbioma complexo.

Na parte mais funda, de um jeito surreal, há uma única espreguiçadeira intacta. Em cima dela, a estátua de ouro reluz.

O feixe de uma lanterna errante forma um arco no teto.

Flint me puxa de volta para as sombras.

Vemos Jonah e Amira saindo do vestiário do lado oposto, protegendo o caminho que vai dar na piscina. Nunca vamos chegar à estátua com os dois vigiando assim.

Porém, ouvimos um estrondo abafado vindo de um ponto distante à esquerda — uma das outras duplas. As lanternas de Jonah e Amira se viram para investigar.

— Agora — sibila Flint.

Nós dois saímos em disparada do esconderijo. Os destroços fazem barulho sob nossos pés enquanto corremos. Ele salta para dentro da piscina e se vira para me oferecer a mão, com os olhos brilhando, determinados.

Meu pulo é bem mais ruidoso do que o dele. O som ecoa pela piscina vazia como um tambor.

Amira grita do corredor.

— Merda! Eles nos ouviram — diz Flint.

Descemos correndo a rampa que vai dar na parte mais funda da piscina, derrapando nos azulejos quebrados e no mofo.

Tocamos a estátua dourada no mesmo instante.

Amira e Jonah voltam correndo, com as lanternas balançando, mas já é tarde. Ganhamos.

Flint desmorona na espreguiçadeira da piscina, expirando a adrenalina e soltando a primeira gargalhada verdadeira que ouço vindo dele.

Agarro o troféu como se fosse a cura da meia-vida. Desta vez, é um bode dourado com a palavra *vencedores* inscrita. Dou uma risada e o entrego para Flint.

Ele afasta o cabelo da testa.

E... sorri.

E, meu Deus do céu, o *sorriso* dele. Um de seus caninos é pequeno e afiado demais, dando-lhe uma aparência um pouco infantil. Ele é sempre tão sério e sombrio, mas isso? Meu coração está tão enternecido que parece que vai explodir.

É então que percebo: esta é a primeira vez que o vejo sorrir.

O resto da noite é um borrão. Participamos de mais duas rodadas, mas Flint e eu somos pegos bem no começo ambas as vezes. Não temos outra oportunidade para nos espremer dentro de armários ou closets, o que me deixa bastante decepcionada.

*meia-vida do amor*  **139**

Entre uma rodada e outra, ele não sai do meu lado. Ainda estou tentando conter a tempestade de substâncias químicas, um pouco inebriada com o aroma de cereja negra. É estranho o quanto me sinto intensamente alerta perto de Flint, em comparação aos outros rapazes de quem gostei — num dado momento, encontramos Bryson Oliveira, que namorei por algumas semanas durante o verão, e o contraste me surpreende. Bryson era divertido, e era fácil interagir com ele. Estava sempre com uma camiseta de time de basquete e com os cabelos castanhos bagunçados, e decidi ficar com ele porque isso fazia parte da nova personalidade que assumi em Carbon Junction, e eu estava tentando acompanhar o ritmo de Dottie e Bo. Estranhamente, eu me sinto mais eletrizada sentada ao lado de Flint na última fileira de bancos de uma kombi — e olha que Bryson e eu nos pegamos algumas vezes.

Quando a kombi nos deixa no estacionamento da loja, no início da madrugada, inspiro de verdade pela primeira vez desde que saímos do resort. A multidão foi para casa. Os bombeiros circulam os resquícios incandescentes da fogueira, cuidando das brasas até elas se transformarem em cinzas e carvão. Alguns voluntários andam de um lado para o outro, coletando o lixo.

Nós nos despedimos de Dottie e Bo. Desta vez, Flint parece mais relaxado com os abraços, e até solta uma piadinha. Dá para perceber que Dottie e Bo gostaram dele, mesmo sem terem tido a oportunidade de conversar hoje.

Dottie me abraça.

— Preciso saber das novidades assim que possível. Parece que a gente não se falou nadinha durante a semana.

Engulo em seco. Quer dizer que ela percebeu que eu me distanciei deles.

— Assim que possível — concordo, esperando que ela não perceba a relutância na minha voz.

E então fico a sós com Flint.

Não dizemos nada, apenas nos viramos ao mesmo tempo e começamos a andar na direção da Gravel Ridge. Parece natural, como se fizéssemos isso o tempo todo: September e Flint saindo juntos de uma festa.

Há uma alta concentração de material particulado no ar, graças à fogueira. A luz dos postes atravessando a fumaça parece sinistramente cinematográfica.

À medida que a energia da Noite da Fogueira se esvai, começo a sentir minha teoria me chamando de novo. É tarde, mas estou alerta, então posso passar uma ou duas horinhas organizando os dados coletados e preparando a próxima fase.

Paramos na frente da casa de Gigi.

Cruzo os braços por conta do frio.

— Obrigada por ter sido meu parceiro hoje — digo.

Flint assente.

— Obrigado por me convidar — diz ele, com a voz mais rouca e baixa devido ao horário. — Na verdade... foi bem divertido. Não costumo me permitir curtir muito as coisas.

Passamos alguns momentos em silêncio.

Faço uma pausa.

— Flint? Lembra quando você disse que eu podia ficar triste às vezes? Talvez você possa *não* ficar triste às vezes.

Ele me encara e desvia o olhar para a noite.

— Talvez — diz ele, pondo as mãos nos bolsos.

Ele se vira para ir embora e para. Olha para trás.

— Boa noite, September — diz ele baixinho.

Vejo-o desaparecer no meio das árvores, a escuridão se mesclando à escuridão.

*meia-vida do amor*

# Flint

28 dias, 21 horas, 45 minutos

**Quando entro em casa,** às duas e quinze da manhã, meu coração está acelerado. Não estou acostumado a me permitir querer nada, e eu *realmente* queria ter beijado September. Ponho a mão nas costelas até conseguir controlar meus pensamentos.

Alguma coisa faz um barulho no escuro — um ronco baixinho. Meu pai está deitado no sofá, dormindo debaixo de uma coberta.

Franzo a testa. Ele não se cobriria desse jeito sozinho. Minha mãe deve ter feito isso. Num instante, consigo imagina-la desligando a televisão e o cobrindo. Não sei se é algo que já vi antes, uma memória embaçada de quando eu era pequeno ou apenas imaginação.

A pressão no meu peito se transforma num tipo diferente de dor.

Há dois pratos na mesa de centro, com migalhas formando sombras. Parece torta de noz-pecã, a predileta da minha mãe. Meu pai prepara tortas deliciosas e deve ter feito uma para ela.

Eles estão se dando melhor do que eu esperava.

No meu quarto, acendo a luz e dou um suspiro, me lembrando de tudo o que aconteceu no dia.

Esta noite foi... incrível. Durante algumas horas, esqueci que estou morrendo. Foi algo que eu jamais esperava num momento em que me restam só quatro semanas de vida.

Começo a tirar o celular do bolso para carregá-lo, mas, só hoje, não quero ver a contagem regressiva na tela de bloqueio.

Então, em vez disso, adormeço de moletom e calça jeans, com o celular no bolso. Imagino a vida se drenando dele, à medida que a bateria vai acabando, até ele se transformar num pedaço de metal frio e morto.

Quando Aerys aparece na minha casa dois dias após a Noite da Fogueira, sinto apenas uma irritação passageira — *por que é que ela está aqui mesmo?* — antes de me resignar a passar mais tempo com ela.

Não sei como Aerys me convenceu, mas, antes que eu perceba, estamos andando pelo centro nos corredores da loja de departamento de três andares de Carbon Junction. Ela tem um cheiro convidativo e amadeirado, lembra pinheiro e a borracha de galochas novinhas em folha.

— Você saiu de casa alguma vez desde que fui lá? — pergunta Aerys.

— Talvez você fique chocada, mas saí, sim. Fui a um mercado de pulgas com minha mãe ontem.

— Sério? Olha só quem está desfilando pela Pensilvânia inteira como uma grande socialite.

Fico tenso. Não sei se me sinto pronto para contar a Aerys sobre a Noite da Fogueira e sobre o que quase aconteceu entre September e eu. Sempre que penso naquele momento no nosso esconderijo fico zonzo, despenco como um Cessna em queda livre após uma falha no motor.

Aceitei ir ao mercado de pulgas sobretudo para compensar ter furado com minha mãe no programa de colher maçãs. Deve ter dado certo, pois ela estava toda falante e animada durante a viagem de carro até local. Passamos horas andando por fileiras e mais fileiras de coisas velhas e antiquadas, à procura de móveis para seus clientes, e eu até encontrei algumas coisas nas quais gastei o dinheiro que ganhei de Natal no ano passado. Não é como se eu fosse precisar depois que morrer.

Disse a mim mesmo que não havia problema em me divertir só um pouquinho, como com a bala de caramelo na Noite da Fogueira. Talvez eu possa passar mais tempo com meus pais e Aerys — não o bastante a ponto de tornar minha data de morte mais sofrida para todos nós, mas uma coisinha aqui e ali não deve fazer um estrago tão grande, não é mesmo?

Aerys para e prova um par de luvas de ciclismo.

— Lembra que tentamos fazer *parkour* na frente do consultório do seu dentista e você ferrou os dois joelhos?

Faço uma careta, me lembrando do sangue e do cascalho grudado na minha pele machucada.

— Lembro, sim. Tenho as cicatrizes até hoje.

Ela põe as luvas no lugar.

— Pô, a gente fazia tanta besteira naquela época que dava até vergonha.

Fico surpreso e solto uma gargalhada.

— Era muita besteira mesmo — concordo.

Inspiro para afastar essa pontada de nostalgia. Eu e Aerys tivemos bons momentos.

Quando viramos em outro corredor, sinto que ela quer que eu também compartilhe alguma lembrança da nossa infância. Consigo pensar em algumas, como quando tentamos recriar a coreografia da nossa estrela pop preferida, ou quando montamos um imenso labirinto de caixas de papelão no quintal dela, ou aquela vez que pedalamos até Philipsburg para tomar sorvete e tivemos que ligar para nossos pais pedindo para eles irem nos buscar.

Não sei se tirar essas recordações do fundo do baú fazem bem a ela ou a mim. Não é que eu não queira me lembrar dessas coisas — elas não me incomodam tanto quanto outros assuntos (como meu futuro inexistente, ou se vou ser enterrado de terno ou não). É que... será que falar disso não vai fazer com que *ela* sofra mais? Por que fortalecer um vínculo antes de rompê-lo?

— Ah, ei — diz ela. — Você ainda curte aviões? Ainda vai a shows aéreos e tal?

Esse é um dos assuntos que costumo evitar.

Não fui a nenhum show aéreo desde o dia da minha meia-vida.

Uma lembrança vem à tona: um céu perfeitamente azul, seis aeronaves pairando em formação. Quase consigo sentir o cheiro de grama recém-cortada, de cimento quente e combustível. Sinto minha mãozinha na imensa mão rígida do meu avô, as pontas dos meus dedos grudentas de açúcar, e estou vestindo um macacãozinho ridículo e um boné com o símbolo da Força Aérea.

Os shows aéreos só me fazem pensar na dor de cabeça. Na convulsão. No dia em que todos os meus sonhos acabaram.

E meu avô... na última vez em que estivemos juntos, antes de tudo ficar esquisito — antes de *eu* ficar esquisito e me afastar —, ele me fez uma surpresa. Ele disse que íamos almoçar, mas na verdade me levou ao aeroporto regional

*meia-vida do amor*   **145**

onde ele dá aulas de voo. Ele tinha programado para que eu fosse voar com Jen Polaris, um famoso piloto acrobático. Sei que ele estava apenas tentando me alegrar e me tirar do meu declínio sombrio. E por trinta maravilhosos minutos deu certo — lá em cima foi o paraíso, com loopings, voo invertido e várias manobras aéreas.

Porém, quando o trem de aterrissagem tocou na pista no fim... voltar à realidade foi a pior sensação de todas.

Voltar da Noite da Fogueira com September está começando a me dar a mesma sensação.

Aerys acena para alguém no corredor seguinte e dá um *oi* amistoso. O rapaz responde, mas parece tão rancoroso que a interação me constrange. Tem algo rolando.

Acho que essa história de amizade precisa ser uma via de mão dupla.

— Hum, o que aconteceu com aquela sua namorada? — pergunto. — Com quem você terminou recentemente?

— Ah, a Darcy. Ela era incrível. Passamos dois anos bem grudadas. Mas eu meio que passei a me concentrar só nela, e minhas outras amizades acabaram. Quando a gente terminou, eu não tinha ninguém com quem contar, ninguém para almoçar, essas coisas. Mas está tudo bem. Em breve vou cair fora daqui, eu me inscrevi para fazer faculdade na Penn State. Vai ser bom conhecer gente nova.

Eu devia ter convidado ela para a Noite da Fogueira. Fico com o coração apertado por ela, mas não sei o que dizer além de *na Penn State vai ser maneiro*.

Ela parece aceitar tudo isso muito bem e fica encarando algumas varas de pescar, espero que imaginando um futuro mais animado, cheio de amigos, longe dessa cidade.

Não pensei muito no que planejo fazer no meu último dia em Carbon Junction. Com uma aflição relutante, lembro que vou partir em breve.

Enquanto Aerys vai experimentar uma calça jeans no provador, vou até uma sessão com barracas de camping. Dou uma volta na plataforma, de olho nas barracas menores. Ainda não sei para onde vou. As Ruínas estão fora de cogitação. September e os amigos costumam ir para lá, e não posso correr o risco de ser encontrado, muito menos por ela. Acho que vou simplesmente começar a andar para o oeste, subir a montanha Gravel Ridge e descer do outro lado. Vou precisar de uma barraca e de um saco de dormir. Além de uma lanterna de camping e pilhas. Um pouco de comida e água, e uma mochila onde eu possa guardar tudo, imagino.

— Por que está olhando isso aí? — diz Aerys.

Eu tenho um sobressalto.

— Meu Deus do céu, quer me assustar, é?

— Cara, mas a gente tem mesmo que ir acampar! — Os olhos dela brilham. — Lembra quando a gente montou aquele forte com um toldo no meu quintal e passou uma semana dormindo lá? Fingindo que estávamos presos numa ilha perigosa, cercada de tubarões?

— Lembro, mas era verão. Nem ferrando que eu topo acampar nesse clima.

— Diz o garoto que nunca usa casaco.

— Nada de acampar — digo, depois vou para outro corredor, afastando-a das barracas.

— Hum, Flint? Você não vai fazer nada impulsivo, né?

Fico tenso.

— Impulsivo? Tipo o quê?

*meia-vida do amor*   **147**

— Sei lá. Você não está... planejando um *grand finale*, está? Você ouviu falar que na semana passada uma seita pulou da Empire Tower na data de morte coletiva dos membros?

— Não fiquei sabendo, não — balbucio.

—A polícia demorou uma eternidade para limpar a calçada. Passou em todos os noticiários. *Crianças* viram aquela merda.

Minha nossa.

— Você não vai fazer nada assim, né? — insiste Aerys.

— Não! Meu Deus, não.

— Tá bom. Ótimo.

Mais tranquila, ela deixa o assunto de lado.

E então, no fim do corredor, vejo um flash repentino em tom avermelhado. Meu coração pulsa uma vez, num movimento forte, irregular. Aerys não percebeu. Sigo pelo corredor e pego uma vela, fingindo cheirá-la enquanto me inclino para o lado.

Não é September.

O fato de meu coração ter apertado quando percebi que não era ela é... um problema. O que quer que seja isso entre nós dois não pode acontecer. Eu tenho um prazo de validade. Literalmente

Sei que eu deveria cancelar as outras idas aos hospitais. Mas September está tão desesperada para conseguir os prontuários, e apesar de saber que eles não vão me salvar, não posso atrapalhar a possibilidade de que salvem outra pessoa.

Consigo passar mais algumas horas no carro com ela. Só preciso garantir que não vou esquecer nem minha contagem regressiva, nem os planos que tenho para meu último dia.

Saímos da loja, e Aerys se despede de mim na calçada com um abraço. Vejo-a virar numa esquina e desaparecer, e então volto lá para dentro e compro a barraca verde-musgo.

# September

**O laboratório zune ao meu redor** enquanto aperto os botões do espectrômetro de massa, mas estou com a cabeça a quilômetros daqui. Mais especificamente na interessante pinta acima do lábio de uma certa pessoa, e no que quase aconteceu entre a gente naquele palco escuro.

Não consigo parar de pensar nisso. Um calor atordoante toma conta de mim nos momentos mais inoportunos: no meio das entrevistas da Admissão, durante o jantar com Gigi, no meio da aula de inglês. O jeito como ele me tocou, a expectativa ofegante cheia de oxigênio que surgiu entre nós como...

*Bip.*

O espectrômetro de massa grita insistentemente comigo. *Bip, bip.*

Merda. Devo ter apertado algo errado. Esfrego os olhos. Talvez eu não devesse ter ficado acordada até tão tarde ontem à noite, simplificando a maneira como estou compilando meus dados. Não me arrependo — cada minuto de trabalho na minha teoria é valioso. Hoje, mais dez pacientes foram do térreo ao primeiro andar para morrer, e isso é ape-

*meia-vida do amor* **149**

nas uma pequena fração das pessoas afetadas pelo botão da morte todos os dias.

Percy aparece do meu lado, segurando outra bandeja de amostras que ele preparou para que eu as analisasse no espectrômetro.

— Gostei da joia — diz ele casualmente.

*Ah, merda.* Levo a mão ao nariz bem depressa e noto que ainda estou com a argola dourada. O que tem de errado comigo hoje, hein? Nunca esqueço de tirar a argola antes de entrar aqui.

Percy continua emanando arrogância enquanto ele se senta à sua estação de trabalho, onde está mexendo com tubos de ensaio e amostras de sangue dos pacientes da Admissão.

Lanço um olhar crítico para o seu trabalho.

— Você não deveria estar usando um tubo 522 PP para isso? Assim tem menos impurezas paramagnéticas.

— Não achei necessário — retruca ele. — Essas amostras não são tão preciosas assim.

Num dia normal, isso se tornaria uma partida de pingue--pongue em que discutiríamos qual é o melhor tubo, mas temos trabalho demais a fazer. E não ajuda em nada o fato de que, toda vez que penso em Flint, meu cérebro libera outra dose dessas substâncias químicas que me deixam zonza.

Do canto do olho, vejo o celular da dra. Juncker se iluminar com uma chamada. Ela tem entrado e saído no laboratório hoje e deixou o aparelho com a tela virada para cima na mesa.

Estou prestes a desviar o olhar, mas então a chamada para, e a tela de bloqueio reaparece. Sei que não devo ver a foto que ela escolheu como fundo de tela, mas está bem na minha cara.

**150** BRIANNA BOURNE

É uma foto dela com um homem nórdico de beleza rústica. Eles estão com os rostos sorridentes coladinhos, rugas nos olhos demonstrando alegria.

Franzo a testa. Alguma coisa desperta minha memória. Esse rosto...

A porta do laboratório se abre, e meus olhos se voltam depressa para o meu trabalho.

A dra. Juncker entra folheando um grosso relatório. Ela nem sequer olha para a tela enquanto pega o celular e o guarda no bolso do jaleco. Eu me encurvo por cima da minha papelada, anotando números que não fazem nenhum sentido só para parecer ocupada.

Depois de um tempo, ela guarda o relatório num armário e dá uma olhada por cima do ombro de Percy. Ela assente, satisfeita — acho que ele está usando os tubos corretos, no fim das contas. Então ela vem para o meu lado da mesa, confere o espectrômetro e olha todos os seus diferentes componentes.

— *Mein gott* — diz ela de repente. — Srta. Harrington, isso não está correto.

Hã? Não estou totalmente concentrada na tarefa, mas tenho certeza de que fiz tudo certo...

Com uma sensação súbita de desânimo, percebo meu erro. É terrível.

— Percy, venha aqui. Assuma a espectroscopia — pede ela, com pânico e decepção se infiltrando em sua voz, e na minha corrente sanguínea.

Ele se levanta na mesma hora, esse babaca. Louco para tomar o meu lugar.

— O conjunto de dados inteiro está arruinado — diz a dra. Juncker.

*meia-vida do amor* **151**

Estou tremendo. Nunca errei desse jeito. E isso não teria acontecido se eu tivesse me concentrado no que estava fazendo. Tenho andado tão distraída com Flint e minha teoria que, por um instante, esqueci que tenho que arrasar nesse estágio e que Percy e eu estamos disputando a vaga de bioquímica da UCJ.

Eu *não posso* perder para ele.

Faço o possível para compensar o erro, mas a decepção da dra. Juncker comigo não diminui. Quando ela finalmente nos dispensa pelo resto do dia, eu me sento num banco na entrada do prédio e pego o celular.

Passei a tarde inteira com uma coisa na cabeça, mesmo durante meu momento de pânico e humilhação: tinha algo de estranho naquela foto na tela de bloqueio da dra. Juncker.

Pesquisei o nome dela antes de me inscrever no estágio, mas me concentrei mais em suas credenciais científicas. Desta vez, digito "Uta Juncker marido" na busca.

O primeiro resultado é exatamente o que eu temia encontrar.

Um obituário.

Dou uma olhada ao redor para conferir que não tem ninguém me vendo e clico no link.

As datas de nascimento e morte de Magnus Juncker estão listadas. Faço as contas em um segundo. Ele tinha apenas 38 anos. O que significa que sua meia-vida foi aos dezenove.

Então ela devia saber disso quando se casou com ele.

Largo o celular ao meu lado no banco. Eu sabia que ela era uma excelente cientista, mas meu respeito por ela agora dispara. Nunca a vi demonstrar um pingo de emoção dentro do Instituto. Ela se controla, e é o que eu deveria fazer sempre que estou aqui. *As emoções só embaçam a lente científica.*

Ela sabe que, aqui dentro, não há espaço para tristeza.

*

Paro na fila do refeitório no colégio, tentando entender quando foi que minha vida começou a balançar como uma centrífuga descontrolada.

Será que foi a pulseira de Aubrey Vásquez? Ou foi só porque conheci Flint — será que seu luto constante está trazendo o meu à tona? Pisco e demoro um milissegundo a mais para abrir os olhos outra vez. Talvez tudo isso seja porque tenho dormido pouco para tentar provar minha teoria.

Não posso desistir da pesquisa, então... talvez eu precise desistir de passar tempo com Flint? Meu corpo se rebela imediatamente com essa ideia.

Vou para a frente da fila e passo minha carteira de estudante na máquina. Eu me viro com a bandeja contendo pizza que mais parece papelão e brócolis empapado e avisto Dottie e Bo na nossa mesa de sempre. Porém, ao me aproximar, meus passos vacilam. A cabeça de Bo está encurvada por cima da comida, e Dottie acaricia suas costas para consolá-lo.

— Oi, gente — digo, sentando-me cautelosamente na frente deles.

Bo ergue a cabeça, parecendo cansado e estressado.

— Oi, docinho — diz ele. — Não ligue pra isso, é só porque acabei de tirar nota baixa em mais uma prova de matemática.

Observo Dottie segurar a mão dele e apertá-la, sussurrando que eles só precisam encontrar um professor particular, como já tinham mencionado, e que assim ele certamente vai tirar nota máxima da próxima vez. O mundo parece encolher ao redor deles. De repente, me sinto excluída dessa amizade. O desconforto se espalha por todo o meu corpo, e não sei o que dizer, nem onde pôr as mãos, nem se devo começar a comer ou não.

*meia-vida do amor* **153**

Bo recompõe-se e olha agradecido para Dottie. Por um instante, eu penso: *Isso não seria legal?* Poder mostrar a alguém que você está abalado e saber que a pessoa vai reagir bem.

Mas uma irmã morta é um pouco diferente de uma nota ruim.

— September? Tá tudo bem? — pergunta Dottie. Eu devia estar olhando para o nada.

— É só cansaço — respondo. — Fiquei acordada até tarde.

— Por causa do dever de casa ou da ciência?

— Da ciência. É sempre a ciência.

— Sabe do que vocês dois precisam? De waffles — diz Dottie. — Que tal nos encontrarmos às oito, depois que eu sair do trabalho?

Sinto um nervosismo.

— Não sei se vou conseguir, gente. Tenho muito trabalho para fazer.

Pelo menos eles são educados a ponto de parecerem decepcionados.

— Tá bom. Mas a gente precisa de um desses encontros em breve. Você ainda nem nos atualizou sobre Flint.

Quero compartilhar as coisas com eles, mas sempre que começo a falar de Flint caio em armadilhas nas quais o que estou prestes a dizer só faz sentido se a pessoa souber que tenho uma irmã morta. Era fácil não falar de Maybelle antes, pois eu tinha tudo sob controle. Agora, à medida que as coisas se emaranham dentro de mim, os galhos das lembranças e da dor crescem e escapam cada vez mais, e está ficando mais difícil fingir que estou bem e alegre.

Quando o sinal toca, Dottie me dá um de seus fortes abraços.

— Estou com saudade, lindona — diz ela.

Meus olhos ardem.

— Eu também — sussurro. Que bom que ela não consegue ver meu rosto.

— Aguenta firme aí. Depois que acabar essa pesquisa você volta pra gente.

Mas não é a pesquisa. Não tenho coragem de lhes dizer que... acho que nunca mais as coisas vão ser como eram.

Acho que *eu* nunca mais serei como era.

Volto para casa e encontro Gigi sentada numa almofada no chão da sala de estar, com álbuns de fotos espalhados ao seu redor.

Ela tira uma foto do plástico, posiciona-a sob uma luminária de mesa e tira uma foto com o celular.

— Achei que estava mais do que na hora de digitalizar essas fotos — diz ela.

Franzo a testa.

— Você sabe que tem gente que trabalha com isso, né?

Gigi balança a mão com indiferença.

— Isso me custaria um rim. — Ela fecha um álbum e pega outro. — Quer se sentar numa almofada e ver fotos comigo? Este álbum é de quando fui visitar vocês na época da sua feira de ciências alguns anos atrás.

Dou um passo rápido para trás.

— Dispenso.

Ela sorri, folheando as páginas.

— Lembro que, quando era bem pequenininha, você se sentava e passava horas vendo fotos dos seus pais.

Eu me aproximo do canto da sala. Não são as fotos dos meus pais que não quero ver. Tem fotos *dela* nos álbuns.

*meia-vida do amor*   **155**

Enquanto observo Gigi folheá-los despreocupadamente, sinto uma certa inveja surgir no peito. Não sei como ela consegue fazer isso. Eu estou muito melhor do que meus pais, mas Gigi parece capaz de encarar uma perda de frente e sem sequer se abalar.

Penduro o casaco e avisto um pacote embalado com papel pardo e barbante. Meu nome está escrito num cartãozinho na frente.

— Gigi? O que é isso?

— Ah, chegou um pacote para você. Encontrei na frente de casa hoje de manhã. E seu pai está tentando falar com você, querida.

— Depois eu ligo para ele, Gigi. Tem muita coisa acontecendo agora.

— Foi o que eu falei para ele. Então talvez amanhã, pode ser?

— Tá bem. Até parece que ele se importa com o que eu digo nessas ligações — murmuro.

Gigi para de separar as fotos e olha para cima com uma preocupação repentina.

— Seus pais vão melhorar — diz ela afetuosamente.

*Quando?* É o que eu gostaria de perguntar. Porque o mais estranho é que eu pensei que a gente ficaria bem. Depois da meia-vida de Maybelle, acho que minha mãe passou a dormir um pouco mais e meu pai a trabalhar um pouco mais. Porém, parecia que estávamos lidando com as coisas. Eu já estava bem interessada em genética antes, e depois da meia-vida de Maybelle ela passou a ser uma obsessão à qual eu dedicava todas as minhas horas fora da escola.

Meus pais tinham uma regra clara: nenhum de nós podia falar da situação de Maybelle na frente dela. Mas aí nós meio que... acabamos nunca tocando no assunto. Agíamos como se não fosse acontecer.

Entendo por que não podíamos contar para ela. Eu concordei com essa decisão. Ela não teria entendido, e sua breve vida só teria piorado. Então todos nós fingimos que ela viveria para sempre. Ensinamos Maybelle a decorar cantigas de ninar, a contar até dez, a escrever o próprio nome, muito embora ela jamais fosse precisar fazer essas coisas.

Então, quando meus pais surtaram totalmente depois que ela faleceu, foi um choque. Acho que eu esperava que eles fossem acordar no dia seguinte e agir como se ela jamais tivesse existido.

— September? — chama Gigi, pondo as fotos no chão e começando a se levantar.

— Não, pode continuar mexendo nos seus álbuns, Gigi. Tenho pilhas de dever de casa para fazer.

Sorrio para lhe mostrar que estou bem, e depois fujo, sentindo como se eu tivesse engolido algo gigantesco que está prestes a fazer um buraco no meu peito e se soltar.

Já no quarto, acendo a luminária e me jogo na cadeira da escrivaninha. Minhas listas de neurotransmissores, psicofármacos e neuropeptídeos estão espalhadas pela mesa.

Viro o embrulho misterioso nas mãos. Tiro o cartão e o desdobro.

SEPTEMBER,

VI ISTO AQUI E PENSEI QUE TALVEZ DOTTIE FOSSE GOSTAR.

E, OLHA SÓ, TINHA ATÉ LIVROS PARA BO.

— FLINT

*meia-vida do amor*

Rasgo o papel e vejo uma maleta de maquiagem vintage do tamanho de uma lancheira. Está revestida com um tecido vibrante com estampa de cereja.

Ah, *nossa*. Dottie vai amar. Ela é louca por cerejas e por qualquer coisa dos anos 1950, como mostram os looks que ela monta com as peças do Rag House.

Debaixo da maleta estampada vejo brochuras desgastadas: *Como ser um produtor, Como ganhar dinheiro no show-business, Produção teatral*.

Flint comprou presentes para os meus amigos. E nem foram escolhas arbitrárias — foram coisas que Dottie e Bo vão mesmo amar. Se fossem presentes diferentes, ou se ele tivesse escrito outra coisa, seria meio estranho, e eu tentaria entender por que ele fez isso. Mas isso parece... uma gentileza genuína.

Feromônios e atração física são uma coisa. Acho que o que estou sentindo agora é diferente.

# Flint

22 dias, 13 horas, 2 minutos

**Entro no Jeep no sábado de manhã.** Tem uma neblina densa e rodopiante no ar, e parece que sou a única pessoa acordada no mundo inteiro.

Surpreendentemente, a semana não foi tão ruim. Em algumas manhãs, até acordei sem pensar instantaneamente em quantas horas me restam. Em vez disso, pensei primeiro em September, o que me causou vertigem.

Paro no meio-fio na frente da casa de September. Ela está sentada num degrau da varanda, com seu casaco vermelho-escuro de sempre, rabiscando algo num caderno. Ela não se levanta de imediato; em vez disso, ergue o dedo — *só um minutinho* — e continua escrevendo. Isso me faz lembrar dos símbolos e números que ela anotou na parede das Ruínas, e me pergunto se é isso que ela enxerga dentro de sua cabeça o tempo todo.

Meu celular vibra com uma mensagem. É Aerys dizendo: *Divirta-se hoje e não faça nada que eu não faria!*

Sinto o rosto corar e desligo a tela bem na hora em que September abre a porta do passageiro.

*meia-vida do amor* **159**

— Bom dia — diz ela, sentando no banco do carona.

Ela sorri para mim, delicada e tímida, e isso faz meu coração rachar no meio.

Está na cara que vou precisar de lembretes bem frequentes hoje. Obrigo-me a pensar na barraca que comprei na loja de departamento, que ainda está guardada no porta-malas, embaixo do fundo falso onde fica o estepe.

September tira duas garrafas térmicas da bolsa.

— Quer café? — pergunta ela.

— Hum, claro.

Dou um gole. Está quente e tem uma quantidade absurda de creme açucarado. Fico surpreso por um instante — faz muito tempo que não sinto um gosto tão intenso e doce.

Devolvo a garrafa a ela, e tem algo de tão *normal* na nossa interação, tão confortável. É apenas nossa segunda viagem, mas de repente imagino a gente fazendo isso todo fim de semana, um vislumbre de um futuro com viagens de carro, jantares, partidas de esconde-esconde no escuro...

Um futuro que não tenho.

— Hoje vamos para o meio do mato — diz ela, interrompendo meus pensamentos. — Low Wickam. Fica a duas horas daqui. Pode ser? Não é muito longe?

— Não tem problema — digo, engolindo o nó na minha garganta.

Desta vez, pedi permissão aos meus pais para viajar, e os dois vão tentar trabalhar hoje para tirar a segunda de folga.

Na primeira meia hora, September e eu ficamos em silêncio. O mundo está acordando, e nós dois também, tomando nossos cafés e piscando para despertar mais.

— Foi mal pelo silêncio — diz ela. — Não sou muito animada de manhã.

— Tudo bem. O silêncio não me incomoda.

— Aliás — diz ela, virando-se no banco —, obrigada pelos presentes. Dottie passou a semana inteira andando com a maleta de cereja pelo colégio, e ontem no almoço Bo estava sublinhando trechos de um dos livros.

— Que bom que eles gostaram — digo meio rouco.

— Sério, foi muito gentil da sua parte.

Engulo em seco, assentindo constrangido. Não costumo ouvir muitos agradecimentos e não sei como reagir a eles.

— Ainda não consigo acreditar que a gente ganhou no esconde-esconde — diz ela, passando os dedos pelos cabelos. — Você tem que ser meu parceiro na partida do mês que vem. Dessa vez Dottie quer fazer na fazenda de árvores de Natal.

*Dezembro. Natal.*

— E aí? O que acha? Você topa? — pergunta September, virando-se no banco com um sorrisinho de quem não desconfia de nada.

Eu não estarei *vivo* no Natal.

Preciso contar para ela.

De repente, acho extremamente errado não ter lhe contado a verdade naquela tarde nas Ruínas. Em minha defesa, não imaginei que isso fosse acontecer, pensei que nunca mais a veria.

Vai ser um caos contar agora, mas é necessário.

Preparo as palavras na minha cabeça, organizando-as na língua.

— September? — digo com a voz rouca. — Tem algo que preciso te con...

Ela se mexe no banco, virando-se para me dar toda sua atenção, e seu braço roça no meu em cima do console. Ela tirou o casaco, então minha pele toca a sua.

*meia-vida do amor*  **161**

Sinto isso e me dá um branco.

— Flint? — diz ela.

— Hum?

— Você ia contar alguma coisa?

— Eu... ia, mas esqueci o que era — minto.

— Depois você lembra — diz ela, voltando o olhar distraidamente para a janela e tomando um gole da garrafa térmica.

*Vou contar a ela hoje*, prometo a mim mesmo.

Tem que ser hoje.

— Você ter comprado aqueles presentes para Dottie e Bo foi, na verdade, maravilhoso — diz September depois de um tempo. — Ultimamente... as coisas andam um pouco estranhas entre a gente.

— Estranhas como?

—Acho que tenho andado mais fechada. Tenho pensado mais nas coisas do que de costume. Sabe aquilo que mencionamos na outra noite, sobre o tempo ir se esgotando? — Sua inspiração trêmula. — Tem algo que não quero contar para eles. Algo que aconteceu antes de eu vir pra cá. Sinto que, se eu contar, posso perdê-los. Não perdê-los completamente, tipo, eles não vão sair correndo nem nada, mas nossa amizade nunca mais vai ser tão simples e leve como agora.

Faço que sim, medindo cuidadosamente minhas próximas palavras.

— Nunca se sabe — digo com cautela, pensando em Aerys. —Acho que as pessoas conseguem enfrentar as coisas melhor do que imaginamos.

A estrada zune sob os pneus.

— Pela minha experiência — acrescento com cuidado —, percebi que fingir estar bem dá mais trabalho do que simplesmente se permitir sentir a dor.

— Pois é — diz ela, mexendo numa costura da saia. — Você está certo, dá mais trabalho mesmo.

Fico curioso com o que ela disse: *algo que aconteceu antes de eu vir pra cá*. Porém, sinto que ela sequer se permite pensar nos detalhes.

— Mas não sei se você deveria aceitar meus conselhos — respondo. — Não é muito fácil conviver comigo. Ou pelo menos é o que me dizem.

— Eu acho fácil conviver com você — diz ela baixinho.

Fico em silêncio, e esses pensamentos permanecem na cabeça até vermos uma placa enferrujada que diz *Low Wickam – 25 quilômetros*.

Saímos da estrada e pegamos uma rua estreita cheia de buracos. Quanto mais entramos na região rural, mais precárias as coisas ficam. De poucos em poucos quilômetros aparece uma igrejinha com campanário e passamos por dezenas de trailers velhos em cima de concreto, com bandeiras dos Estados Confederados esvoaçando ao lado de pilhas de ferro-velho.

Mais à frente, um outdoor descascando chama minha atenção.

SE FOR A DATA DA SUA MORTE,

E VOCÊ PRECISAR CONVERSAR COM ALGUÉM,

LIGUE PARA A NOSSA CENTRAL DE MEIA-VIDA: 484-555-0169.

OU NOS VISITE EM WWW.INSTITUTOMEIA-VIDA.COM/CENTRAL

Que legal. Uma lembrança da morte até mesmo aqui.

E de repente estamos passando pelo que deve ser o centro de Low Wickam: uma fileira de lojas na frente de outra fileira de lojas. E é isso. A cidade é só isso.

*meia-vida do amor*

Viramos na próxima saída. O Jeep resmunga por cima do cascalho até chegar a uma pequena clínica protegida por árvores altas.

September troca toda a roupa, exatamente como da outra vez. Talvez isso seja mais do que apenas querer ficar com uma aparência profissional.

— September? Você sabe que não é uma cientista pior só por causa das suas roupas, né?

Ela olha para o jaleco com uma expressão no rosto que não consigo decifrar.

— Claro. Hum... sei, sim — balbucia ela, saindo.

Acompanho-a até a porta da clínica. Está trancada, mas tem gente lá dentro. September bate, e um segundo depois uma mulher robusta de óculos com armação de tartaruga se aproxima.

Ela abre uma fresta de alguns centímetros da porta. Seus olhos estão frios e pétreos.

— Vocês não são daqui — diz ela. — Mas não temos nenhum horário disponível. O dr. Deke está no hospital County General por causa de uma emergência. O que vocês desejam?

Eu me afasto para que September faça sua mágica.

— Sou do Instituto Meia-Vida — diz September, tranquila e profissional, uma cientista dos pés à cabeça. — Precisamos do prontuário médico de um paciente de vocês. Não deve demorar.

Ela mostra o crachá para a mulher, depois começa a guardá-lo de volta por trás do jaleco. Porém, desta vez não estamos lidando com uma universitária simpática como Eloise de Merrybrook.

— Espera aí, menina. Não guarde o crachá ainda. Quero olhar.

A mulher se aproxima e semicerra os olhos para o crachá.

— Você é uma estagiária — diz ela. — Não vou te dar prontuário nenhum.

O sorriso de September fica tenso, mas não cede.

— O Instituto já entrou em contato com vocês para algo assim?

— Claro, e normalmente é por telefone ou e-mail, então estou achando tudo isso um pouco esquisito. — Ela inspeciona September com olhos desinteressados e uma expressão de suspeita. — Mas se você está tão desesperada para pegar o prontuário hoje, posso ligar para sua chefe e conferir.

— Minha chefe não está trabalhando hoje, infelizmente — diz September com tranquilidade. Tenho que tirar o chapéu para September: ela demonstra incômodo na medida ideal e parece completamente composta. — Posso pedir para ela ligar para você na segunda.

— Hum. Tenham um bom dia — diz a mulher, com uma insinceridade tão amarga que azeda o ar ao nosso redor.

September volta bem depressa para o Jeep. Quase sinto-a chacoalhar, prestes a perder a compostura. Saio do estacionamento, e, de fato, ela se descontrola assim que perdemos a clínica de vista.

— Merda — diz ela. — E se ela realmente ligar para a dra. Juncker?

— Para quem?

— Minha chefe. A dra. Juncker. Ela não pode descobrir que estou fazendo isso. Vou ser demitida. — Ela cruza e descruza as pernas. Fica balançando os joelhos para cima e para baixo. Morde a unha do polegar. Ela está surtando. — Preciso muito daquele prontuário — diz ela, com a respiração ficando mais entrecortada a cada segundo que passa.

*meia-vida do amor* **165**

— September...

— E se ela ligar mesmo? Isso é terrível, Flint. Muito, muito terrível.

— Ela não deve ligar — respondo.

— Nem conseguimos o prontuário — diz September, e agora ela está bem agitada, irradiando uma preocupação nervosa. Ela põe a cabeça entre os joelhos.

Como se fosse fumaça, a solução sobe facilmente até minha cabeça.

— Ei, September, pare.

Ela não me ouve.

— September — digo com mais firmeza. — Eu posso roubá-los para você.

Isso chama sua atenção.

— Flint, que coisa ridícula. Você não pode fazer isso.

Dou a seta e desacelero para virar à esquerda.

— Tinha um aviso na porta dizendo que eles fecham para um intervalo de almoço de uma hora, a partir das treze horas. Aposto que aquela mulher gosta de sair no intervalo. Sugiro que a gente vigie o local, espere até ela ir embora de carro, e aí eu entro escondido e pego o prontuário.

— Flint, isso... a gente não pode fazer isso. É uma ideia péssima.

O jeito como ela está me olhando, contudo, com os olhos intensos, brilhando de interesse, sugere outra coisa. Ela quer o prontuário.

— Prometo que não vou ser pego — digo. — Ninguém vai nem saber que entrei lá.

Ela passa um minuto em silêncio, mordiscando a unha do polegar.

— Tem certeza?

Faço que sim. Eu não descumpri todas as minhas regras pessoais para que voltássemos de mãos abanando. E se eu for pego, não ligo. O que eles vão fazer, me jogar na cadeia dessa cidadezinha ridícula? Vai ser um ótimo fim de ano quando meu cadáver começar a feder.

Não tenho nada a perder, e September, e talvez o mundo, tenham muito a ganhar.

Viro o Jeep e dirijo de volta até a clínica. Encontro um esconderijo para estacionar, e então esperamos.

Quando dá 12h59, a mulher sai e tranca a porta. Ela não nos vê.

Espero cinco minutos para garantir que ela não vai voltar, depois saio. Tem uma câmera de segurança em cima da porta da frente da clínica, então vou cuidadosamente até os fundos.

Aqui não tem câmeras. Hesito por um instante — *essa é a ideia mais estúpida que já tive* —, depois apanho uma pedra e a lanço numa janela dos fundos da clínica. Se eu for cauteloso, eles não vão dar falta de nada.

Ponho o braço no buraco da janela, tomando cuidado com as pontas do vidro, e giro a maçaneta por dentro. Paro por um instante e tento ouvir o bipe de algum sistema de segurança, mas a clínica está silenciosa.

Depois de entrar, logo encontro o prontuário que September está procurando. *Marvin Ferret.* É mais fino do que o da semana passada, então não demoro para fazer uma cópia na máquina de xerox bem antiga. Dou uma olhadela na última página o cara morreu por uma facada no meio de uma briga, por incrível que pareça. Quem é que se mete numa briga com facas no dia da morte? Isso não deveria me surpreender, existiam reality shows em que as pessoas escolhiam a maneira como iriam morrer, entre várias opções malucas. Logo

*meia-vida do amor* **167**

depois, aprovaram uma lei que proibia os programas de TV de transmitirem mortes reais.

Quando acabo de xerocar, guardo o prontuário onde o encontrei e volto correndo para o Jeep. Saímos em disparada às 13h16, bem antes de a recepcionista voltar do almoço.

A adrenalina turva os próximos quinze minutos, transformando-os numa espécie de película bem brilhante e nítida. Eu apenas *dirijo*, tendo dificuldade para ficar abaixo do limite de velocidade, dando olhadas pelo retrovisor. September fica inquieta no banco, também olhando para trás.

— Puta merda. Não acredito que você acabou de fazer isso — diz ela quando estamos longe o suficiente da clínica para respirar.

Pela primeira vez na vida, com esse caos elétrico fluindo pelas minhas veias, acho que entendo por que as pessoas que têm a meia-vida ainda jovens fazem idiotices.

September folheia o prontuário, empolgada com nossa vitória.

— Isso é incrível, Flint. Muito obrigada mesmo.

Sem tirar os olhos do relatório, ela estende o braço distraidamente e aperta minha perna logo acima do joelho. A cintilação do seu toque se espalha pelo meu corpo. É ainda melhor do que a adrenalina.

# September

**Encosto a cabeça na janela,** deixando o sol da tarde pintar fogos de artifício atrás das minhas pálpebras fechadas. Estou exausta — deve ser o cansaço batendo após o caos do roubo de Flint.

Acabo cochilando, aquecida pelo sol. E então começo a sonhar.

Também chamamos de sonho quando se trata de uma lembrança? Porque o que estou vendo agora é tão detalhado, tão fiel ao que aconteceu no dia. Um dia que faço de tudo para não lembrar.

O sol resplandece num céu azul perfeito, refletindo no escorregador de metal no parquinho do nosso bairro.

— Tember, olha! — chama uma voz.

*Maybelle.*

Estou sentada no balanço ao lado do seu, mas meu celular apitou com uma notificação um minuto atrás com uma *newsletter* do Instituto Nacional de Saúde, e parei de me balançar para lê-la.

*meia-vida do amor* **169**

— Tember — diz Maybelle agora, choramingando.

— Só um segundinho — respondo.

Eu me perdi na *newsletter* — preciso voltar e reler o trecho onde estava.

*Eu deveria ter olhado para ela.*

Meu pai tira Maybelle do balanço, e ela vai andando desajeitada até o escorregador. Ela me chama de novo, apontando para que eu fique parada e a segure quando ela descer. Ranjo os dentes, mas guardo o celular no bolso.

No sonho, ela é a Maybelle de dois anos de idade, com olhos azuis imensos e cabelos ondulados do mesmo tom dos meus. Ela está virando uma pessoinha, finalmente. Antes de ela nascer, enchi um caderno com uma lista das coisas que iríamos fazer juntas como irmãs: montar cabaninhas, fazer festas do pijama, e, quando mais velhas, passar dias em spas e fazer viagens de carro. Ainda quero fazer tudo isso, mas está demorando muito para ela chegar à idade em que vou poder interagir de verdade com ela.

— Você vai pegá-la? — pergunta meu pai, e eu assinto, preparada.

Estou olhando para ela no alto do escorregador quando acontece.

Seus olhos ficam embaçados, sem foco. Um pequeno tremor se espalha pelo seu corpinho. E então ela começa a convulsionar.

Eu me mexo primeiro — subo o escorregador, com meus sapatos chiando no metal. Chego ao topo antes que ela caia. Seguro sua cabeça nas minhas mãos enquanto ela treme. Meu pai está presente, contendo suas pernas, seus braços.

*Ela não, ela não, qualquer pessoa menos ela. Por favor.*

E então acaba. Maybelle pisca e acorda, confusa. Ela não sabe o que acabou de acontecer. Ela não sabe o que é a meia-vida nem o que a palavra *morte* significa.

Mas eu sei.

Minha irmã chora enquanto voltamos a pé para casa, pois estamos perplexos demais para falar com ela. Meu pai a carrega, e a expressão em seu rosto é a coisa mais apavorante que já vi na vida. Os olhos de Maybelle estão arregalados e fixos nos meus, inundados de lágrimas e de confusão, suplicando para que eu a ajude a entender, para que eu explique por que o papai está se comportando de um jeito esquisito, mas não consigo falar nada.

Minha mãe não acreditou no que contamos quando chegamos em casa. Durante dias, ela tentou nos convencer de que tínhamos nos enganado quanto ao que vimos. Não tínhamos.

Meu coração fica apertado. Não consigo respirar. *Maybelle.* Dois anos de idade. Teríamos apenas quatro anos com ela.

Tudo que eu tinha listado no caderno... perdido num instante.

Uma voz se infiltra no sonho, dizendo meu nome, mas isso não está certo. A voz não pertence a essa realidade.

— September?

O sonho se inclina. Meu corpo se encurva para a frente quando a vida real me traz de volta. Abro os olhos piscando-os, e não estou mais no parque, estou num carro, no banco da frente de um carro, e...

Flint.

O Jeep está parado. Ele estacionou no acostamento. Um carro passa bem depressa ao lado da gente e buzina com agressividade. Flint me encara com preocupação, pânico e medo nos olhos.

*meia-vida do amor*  **171**

— Parei o carro — diz ele. — Você estava com a respiração bem ofegante. E estava... chorando.

Encosto nas minhas bochechas. Estão úmidas.

Eu nunca chorei. Nem quando ela teve sua meia-vida, nem quando ela faleceu. Houve momentos em que deu vontade, mas eu tinha que manter meus pais unidos. Acho que eu tinha medo de começar a chorar e nunca mais parar.

Encaro as pontas úmidas dos meus dedos. Eu chorei, e nem sequer estava acordada.

*Pareceu tão real.*

As lágrimas estão tentando vir mais uma vez. O soluço está na minha garganta, pronto para sair.

*Não.*

Se eu tiver uma crise agora, não vou conseguir provar minha teoria.

Eu resisto à compaixão no rosto de Flint.

— Pare... pare de me olhar *assim.*

— September, o que quer que tenha acontecido, você pode...

— Foi só um pesadelo — digo com firmeza.

Flint passa um bom momento em silêncio, me observando.

— Um pesadelo.

— Isso. Nem consigo me lembrar dele direito — minto.

Flint faz que sim, mas ele me encara de um jeito tão penetrante que preciso desviar o olhar.

Largo minhas coisas na mesa da cozinha quando chego em casa. Tem um monte de mensagens no grupo com Dottie e Bo, mas não tenho energia para responder.

De onde foi que veio aquele sonho? Minhas lembranças de Maybelle têm se aproximado perigosamente da superfície, e está ficando mais difícil pôr de volta no lugar as máscaras a que costumo recorrer.

*Ela partiu.*

Uma tristeza densa vai subindo pelo meu peito, até que bate uma vontade de gritar.

Em algum lugar na casa, uma porta se abre e ouço vozes. Gigi e uma de suas clientes.

— Então tá, querida. Nos vemos daqui a duas semanas para o retoque, pode ser? — ouço-a dizer.

Balanço a cabeça com força, afastando a escuridão na hora certa. Gigi entra agitada na cozinha com seu avental preto de cabeleireira.

Ela sabe que há algo de errado assim que me vê.

— Tember, o que aconteceu?

Abro um sorriso falso.

— Nada. Como está seu dia?

Ela me analisa por um instante. Não consigo olhá-la nos olhos. Eu cairia no choro.

É para agirmos como se estivéssemos bem. Desde o momento em que me mudei para cá, esse era o nosso plano implícito. Agir como se algo devastador não tivesse acabado de acontecer.

— É por causa da sua irmã? — diz Gigi baixinho.

A cozinha fica dolorosamente silenciosa.

Gigi estende o braço para segurar minha mão relaxada.

— Você sabe que se um dia precisar conversar com alguém sobre Maybelle, é só me avisar, não é?

Mas a maneira como ela diz o nome de Maybelle, sem sequer hesitar, sem nenhum indício de dor... desperta uma

*meia-vida do amor*   **173**

chama de raiva no meu estômago. Talvez eu seja totalmente diferente de Gigi. Seu sorriso não é uma máscara. Sua simpatia com os clientes é calorosa e verdadeira, não uma ferramenta que ela usa para ocultar um sentimento.

Não faz sentido. Sei que ela amava Maybelle, mas Gigi não parece ter nada semelhante a essa ferida infeccionada que carrego no coração. Troco o curativo todo santo dia, mas ela se recusa a sarar. Às vezes, as feridas precisam respirar, mas sou mais esperta: sei que, se eu tirar o curativo, vou sangrar até morrer. Tenho essa certeza assim como também tenho certeza de que podemos descrever o decaimento exponencial com a fórmula $N(t) = N0e^{kt}$, que o ponto de fusão do mercúrio é -38,83 graus Celsius, que a força da gravidade na Terra é 9,807 metros por segundo ao quadrado.

Já meus pais sequer se dão ao trabalho de usar um curativo. Eles cutucam sem parar as bordas irregulares de suas feridas. Ainda moram na mesma casa no Colorado. Deixaram o quarto de Maybelle do mesmo jeito que estava no dia em que ela morreu. Sua cama de criança ainda está lá, com a poeira se acumulando em seu travesseiro, no trio de porquinhos de pelúcia no canto. Suas roupas usadas ainda estão no cesto. O último livro que ela leu antes de dormir repousa no braço da cadeira de balanço, suas colherezinhas na gaveta de talheres, suas mamadeiras no armário da cozinha, sua...

Suprimo um grito.

Eu estou aqui, na Pensilvânia, porque não aguentava ficar lá.

— Tember?

Os olhos de Gigi estão repletos de compaixão. De pena.

Fico tensa. Por que parece que a ferida dela já se fechou, transformando-se numa lustrosa cicatriz?

Inspiro pela boca a fim de me acalmar. Não sou como meus pais. Eles foram destruídos pela morte de Maybelle, e eu não posso fazer o mesmo. Hoje mais um andar de pacientes faleceu no Instituto, e talvez essa teoria os tivesse salvado.

Perdi minha irmã, mas isso não vai acontecer com mais ninguém. Vou trabalhar nessa teoria, ou em outra, ou ainda em outra, vou fazer tudo o que for preciso, até que ninguém mais tenha que perder sua Maybelle para a meia-vida.

*meia-vida do amor*

# September

**O prontuário de Marvin Ferret** assume o controle da minha vida.

Com um marcador permanente na mão, preencho mais uma parede do meu quarto com equações, subteorias e cálculos sobre a meia-vida.

Todo isótopo de um elemento tem sua meia-vida. Uma taxa de decaimento mensurável, previsível. A maioria das pessoas ouviu falar do carbono-14, pois é ele que é medido na datação por carbono, mas elas não devem saber que a meia-vida dele é de 5730 anos. Sei que a meia-vida do ástato-213 é de menos de um microssegundo, o que significa que quase ninguém o viu. Sei que a meia-vida do telúrio-128 é 160 trilhões de vezes maior do que a idade do *Universo*. É só dizer o nome de um elemento que eu lhe digo qual é a meia-vida dele. De alguma maneira não científica, estranhamente espiritual, me pergunto se sou a pessoa perfeita para essa pesquisa, para esse momento da história.

A meia-vida química, a meia-vida humana... existe uma ligação entre os dois, eu sei que existe.

Encosto na tela do celular. *Meia-noite.* Solto um palavrão. Tenho dedicado tantas horas ao prontuário de Marvin e parece que não progredi nadinha. Por que ainda não achei nenhuma conexão entre Mitsuki Adams e Marvin Ferret? É óbvio que há algumas semelhanças, remédios que ambos tomaram, mas nenhuma substância química deles teria se decomposto em algo capaz de cruzar a barreira hematoencefálica.

Ando pela casa silenciosa, iluminada pelo luar. Na cozinha, preparo uma xícara de café — assim consigo trabalhar mais umas duas horas e acordar a tempo de ir para o colégio. Provavelmente. Volto para o quarto, e é então que percebo um quadrado de luz amarela brilhando por entre as árvores.

*Flint.*

Pego meu casaco e abro a porta dos fundos.

Tem algo de diferente no ar esta noite, está mais pesado. Deve ser a pressão barométrica, digo a mim mesma, ou a lua cheia. Vejo em meio das árvores que a luz da sala de estar de Flint continua acesa. Se for ele, e não seus pais, ele não vai saber que estou aqui — minha casa está escura.

Mordo o lábio.

Não sei o que me leva a fazer isto, mas balanço a mão para que a luz do antigo sensor de movimento se acenda. Uma luz fraca reveste o deque desgastado. Eu espero, tentando escutar alguma coisa.

Um minuto se passa. E então... eu o vejo. Sua silhueta escura já tão familiar. Conheço seu jeito de andar a passos largos, seu contorno com as mãos nos bolsos. Observo-o andar entre as árvores, cruzar o riacho e subir a rampa até minha casa.

É nesse momento que ele deixa de ser uma sombra e se torna uma pessoa.

*meia-vida do amor* **177**

Ele para bem na frente da área iluminada pela luz da varanda. Será realmente o mesmo rapaz com quem passei dois dias inteiros num carro? Nossa ligação, ou o que quer que seja isso, é esquisita. Às vezes me sinto insuportavelmente próxima dele, mas em seguida lembro que mal o conheço.

Ele me olha fixamente, com seus cabelos escuros macios absorvendo a luz do luar. Meu Deus, talvez eu ainda esteja dormindo. Tenho medo de falar alguma coisa e acabar com o sonho, mas alguém precisa dizer alguma coisa.

— Você quer entrar? — pergunto a meia-voz.

Ele olha para minha casa, pensando. Nega com a cabeça mas estende a mão.

Hesito por um instante e depois a seguro.

Flint nos leva até a beira do riacho que corre entre nossas casas. Parecemos dois sonâmbulos. Tudo parece mais turvo do que deveria, os ruídos da floresta se calaram, a água jorra mais suave. Esta noite, até mesmo as folhas estão silenciosas sob nossos pés.

Flint solta minha mão e se senta num tronco caído. Sento-me ao seu lado, perto o bastante para que nossos ombros se encostem.

Por algum tempo, tudo o que fazemos é observar o movimento da água.

— Não conseguia dormir — diz ele baixinho, finalmente. O timbre ondulante de sua voz é como uma lareira morninha numa acolhedora casa de campo.

— Nem eu — respondo. — Não durmo bem desde... faz muito tempo.

A névoa de tristeza que sempre o envolve parece latejar e escurecer. Se eu me aproximar um pouco talvez perceba que dentro dela é mais silencioso. Talvez eu sinta que estou me libertando.

Essa escuridão ainda me parece tão familiar, embora ele ainda esteja do outro lado de seu luto. Ele está enfrentando uma perda, e a minha se encontra no passado.

— Ei — sussurro.

Ele vira a cabeça, fixa seu intenso olhar em mim.

— Quero que você saiba que... é muito bom nunca ter que fingir que estou feliz com você. Eu costumava ser alegre e animada o tempo todo, de verdade, mas nos últimos meses tem sido puro fingimento.

— Que bom — diz ele com a voz grave, sério como sempre.

Não consigo desviar o olhar.

— Naquele dia no carro, eu queria te ajudar — afirma ele com cuidado. — Queria que você tivesse deixado.

Começo a responder, mas tem alguma coisa na noite e na maneira de Flint carregar o próprio luto que me faz sentir segura para me abrir um pouquinho mais com ele.

— Sabe o que eu não quero contar para Dottie e Bo? — pergunto, medindo as palavras. Ele balança a cabeça. — Bem, onde eu morava antes, as pessoas sabiam. Quando descobriram, elas se afastaram de mim quase que imediatamente.

— Sei como é — diz ele. — Parece um veneno, né? Ele se infiltra em tudo ao nosso redor.

Faço que sim.

— Eu tinha uma melhor amiga lá. Nós duas éramos inseparáveis desde o jardim de infância. Depois que descobriu, ela simplesmente... parou de falar comigo.

— Algumas pessoas não sabem lidar com as coisas. Ou apenas não querem lidar com elas.

Ela passa um bom tempo em silêncio.

*meia-vida do amor*  **179**

— September?

— Hum?

— Eu sei lidar com as coisas — diz ele baixinho.

Seu olhar calmo e fixo quase me faz contar a ele que eu tinha uma irmã.

Quase me faz contar a ele como ela teve sua meia-vida. Como ela morreu.

Flint não tira os olhos dos meus. Removo o curativo, pronta para lhe mostrar os pedaços em carne viva da ferida que a perda de Maybelle deixou em mim.

No entanto, esqueci o quanto ela ainda está sangrando.

— Não consigo — digo com dificuldade. — Desculpa, não consigo.

Ele estende a mão, mas já ergui minhas barreiras de novo. Mas as minhas mãos não receberam essa mensagem e se unem às dele, segurando-as bem forte.

— Não precisa conversar comigo sobre isso — diz ele, com uma delicadeza que quase me despedaça. — Mas se tentar evitar o assunto, ele vai te destruir, o que quer que seja.

Não consigo dizer nada.

Olho para nossas mãos, o que me deixa desesperada por algo que não sei definir.

Depois de perder a mãe, ele terá a mesma ferida que eu, e talvez então isso possa se tornar alguma coisa. Talvez ele possa ser a pessoa a quem recorro quando a escuridão falar mais alto, e eu possa ser essa pessoa para ele.

— Não consigo — sussurro. — Ainda não.

— Eu entendo — murmura ele.

E, como ele está sempre cercado por sua nuvem de luto, pela primeira vez na vida acho que talvez alguém realmente me entenda.

# Flint

20 dias, 23 horas, 46 minutos

**September está tremendo.** Ela precisa enfrentar o que quer que seja que há em seu interior — e logo. É algo que está prestes a despedaçá-la.

Depois de um tempo, ela passa a segurar minhas mãos com menos força, mas não as afasta. Acho que vamos simplesmente fingir que é normal ficar aqui de mãos dadas no meio da noite. Por mim, tudo bem – também não quero soltar suas mãos.

— Você veio do nada — diz ela, balançando a cabeça sem acreditar. — Eu não sou assim com mais ninguém.

Abro um sorriso meio desanimado.

— Eu vim da Filadélfia.

Ela solta uma risadinha.

— Você sabe o que eu quis dizer.

— Eu tenho pensado a mesma coisa sobre você, sabia? — digo.

Eu definitivamente não esperava que... o que quer que seja isso acontecesse nas minhas últimas semanas de vida.

September olha para baixo.

*meia-vida do amor*   **181**

— Eu também vim de outro lugar. Vim morar com Gigi quando consegui o estágio. Mas sou do Colorado.

— Hum. Faz sentido.

Parece combinar com ela. É como se ela tivesse sido esculpida a partir das montanhas banhadas de sol e do ar frio de outono de lá.

Ela estremece de novo.

— Não faço a mínima ideia de como você aguenta ficar aqui fora sem casaco.

Envolvo suas mãos com as minhas para aquecê-las e percebo que as mangas rendadas que aparecem por debaixo de seu casaco são pretas.

— Você nunca usa preto — observo.

Ela dá de ombros.

— Há uma primeira vez para tudo.

Sinto algo se contrair dentro de mim. Meu Deus, será que a convivência comigo está sugando a cor dessa garota?

Afasto minhas mãos das suas, sentindo uma desesperança repentina. Daqui a vinte dias, terei que arrumar meu equipamento de camping e vir para esta floresta, deixando tudo para trás, pois assim vou poder morrer sem traumatizar ninguém. Inclusive ela.

— Ei — diz ela baixinho. — O que aconteceu? Você ficou todo... sério e triste de novo.

— Não aconteceu nada — sussurro.

O toque de seus dedos sob meu queixo é delicado, mas mesmo assim sinto um leve choque. Porém, em vez de virar meu rosto para si, ela guia meu queixo para cima, a fim de que eu olhe para o céu noturno.

— Às vezes é melhor se entregar — diz ela. — Mas às vezes é preciso ignorar e apenas *estar presente* no momento. Veja.

As estrelas estão frias acima de nós. É uma beleza maior do que qualquer coisa que tenhamos em nossas vidinhas terrestres.

Respiro, e sinto a pureza do ar noturno nos meus pulmões.

Por que essa garota me passa a impressão de que é possível desacelerar? Olhar, ouvir e simplesmente *aproveitar*? Nos últimos oito anos, tudo que tenho feito é controlar as coisas. Eu me proibi de comer minhas comidas preferidas, de ouvir minhas músicas preferidas, de ler qualquer coisa que não fosse a literatura russa mais deprimente. Ela está prestes a acabar com o garoto que eu era quando cheguei a Carbon Junction.

Quanto mais encaro a lua, mais me sinto grato por estar aqui. A gratidão é perigosa — quanto mais eu amar o mundo, mais vou sentir falta dele quando partir.

— Tem algo de estranho na noite de hoje — diz September.

— Achei que fosse a lua, mas agora... sei lá.

Nós paramos de encarar o céu na mesma hora, e nossos olhos se encontram.

Por um longo momento, ficamos presos nesse olhar, ofegantes.

Então, como se em transe, ela ergue a mão. Seu primeiro toque é leve. Ela apenas encosta na minha testa e afasta meu cabelo. O momento parece tão frágil quanto uma borboleta pousando na ponta de um dedo.

Devagar, e com todo o cuidado, ela passa os dedos pelos meus cabelos.

Mal consigo ficar de olhos abertos. Que sensação *incrível*.

Seu olhar lateja com uma pergunta: *O que é que está acontecendo?*

Não sei responder. Tudo que sei é que o frio desapareceu.

Na maior parte do tempo, consigo me comportar como uma pessoa normal ao seu lado — bom, uma versão normal

*meia-vida do amor* **183**

*de mim mesmo* —, mas tem rolado uns momentos entre a gente em que eu simplesmente sou tomado por... isso. Como no resort abandonado, quando estávamos no escuro um colado no outro.

Ela passa os dedos pelos meus cabelos mais uma vez. Sinto faíscas crepitarem na minha cabeça e depois descerem pela minha coluna, com uma pressão quase insuportável surgindo dentro de mim.

Ela se afasta, mas não muito. Em seguida encosta a cabeça no meu ombro, e eu fico parado, maravilhado com a onda de calor que percorre meu corpo.

— É melhor eu voltar pra casa antes que pegue no sono no seu ombro — diz ela, com uma pitada de relutância em sua voz sussurrante. — Toda vez que fecho os olhos, vejo cálculos sobre a meia-vida.

Olho para minha casa.

— Acho que vou ficar mais um pouquinho aqui fora.

Uma brisa fria desce o riacho, e dessa vez sou eu que estremeço. September começa a se mexer do meu lado, e então algo pesado é colocado sobre os meus ombros.

Ela tirou o casaco e o pôs em cima de mim.

— September...

— Amanhã você me devolve. Boa noite, Flint — diz ela com um leve sorrisinho nos lábios.

Vejo-a andar por entre as árvores e subir os degraus da varanda. Ela se vira para trás e acena, depois entra em casa.

A floresta aquieta-se, e fico esperando o calor dentro de mim passar.

Abaixo o rosto e levo as mãos até ele. Vim a Carbon Junction pensando que seria possível... me afastar de tudo. Desapegar. As coisas não estão acontecendo conforme o planejado.

Mesmo com o casaco de September nos meus ombros, está frio demais para ficar aqui fora. Sou um suspiro e me levanto.

Quando volto para casa, a sala está vazia. Apago as luzes, tranco as portas. Já no meu quarto, dou uma conferida no material de acampamento.

*Faltam vinte dias.*

Pego no sono com o casaco de September nos braços, o nariz encostado na gola, pois tem o cheiro dela.

*meia-vida do amor*

# September

— **Hoje o plano é diferente** — anuncia a dra. Juncker quando eu e Percy nos reunimos na sala dela. — Sr. Bassingthwaighte, você vai ajudar os médicos no segundo andar. Sra. Harrington, duas coisas: preciso que você ligue para o Cedars-Sinai e peça todos os arquivos de uma paciente chamada Araminta Kovak. Tenho uma apresentação para a equipe do Instituto às quatro horas como preparo para a revisão por pares e vou precisar da sua ajuda. Encontre-me no auditório depois de fazer a ligação, por gentileza.

Ela pega o notebook e vai embora antes que possamos pedir mais detalhes.

Percy está furioso, o que é conveniente — quando fica zangado, não vem me encher o saco. Uma apresentação no auditório é bem importante, quase tão importante quanto ser o principal palestrante de uma conferência sobre biomedicina. Como foi que não registrei que isso ia acontecer hoje? Bem, pelo menos vou poder assistir, diferentemente de Percy.

Ligo o computador e dou um suspiro. Tenho andado constantemente cansada. Ontem à noite, encontrei algumas ligações superficiais entre Marvin e Mitsuki, como ciclos de antibióticos e vacinação padrão na infância, mas nada que pudesse afetá-los de uma maneira biologicamente relevante a longo prazo.

Digito o nome que a dra. Juncker me deu no Arquivo Global de Mortes. *Araminta Kovak.*

Data de nascimento, data de morte, ok... pera, o que é isso aqui?

Ela é uma anomalia.

Uma alegre descarga de adrenalina percorre meu corpo. Pego o telefone e disco o número que temos no registro para o departamento de arquivos do Cedars-Sinai.

A ligação dura menos de cinco minutos. O Cedars-Sinai tem um dos arquivos digitais mais sofisticados que existem, e o de Araminta Kovak deve ser muito pedido, visto que ela é uma anomalia. Ela não apareceu na minha busca porque eu tinha limitado os resultados a menos de quinhentos quilômetros — o Cedars-Sinai fica em Los Angeles. Dois minutos depois de desligar, ouço *ding* do meu e-mail do estágio.

Aqui está: um anexo de 183 páginas em formato PDF.

Por um instante, tudo o que consigo fazer é encará-lo, perplexa.

Isso foi o *maior* golpe de sorte. Eu só preciso encaminhar esse PDF para o meu e-mail pessoal e depois apagar no histórico o e-mail que enviei para mim mesma.

Como foi que isso chegou até mim? Não consigo acreditar. Tenho um prontuário novinho em folha sobre uma anomalia. Tem sido difícil encontrar semelhanças entre os prontuários de Mitsuki e Marvin, e compará-los a um terceiro conjunto de dados fará uma grande diferença. Não vejo a hora de contar a Flint, ele vai...

*meia-vida do amor* **187**

Fico paralisada.

Será que isso significa que... não precisamos ir para mais nenhum hospital juntos? Não sei o que pensar disso. Porém, quanto mais prontuários, mais dados tenho para comparar.

Minha decisão não tem nada a ver com o que senti quando passei os dedos pelos cabelos dele. Alguma coisa mudou entre a gente naquela dia na floresta. Eu me senti eu mesma. Foi diferente, e nenhuma parte de mim estava toda compartimentalizada em caixinhas. Ainda estou zonza.

Fecho os olhos, tentando me livrar da descarga de substâncias químicas que chega à minha corrente sanguínea. Está ficando evidente que não posso pensar nele enquanto trabalho.

Bloqueio o computador e desço. O auditório no térreo do Instituto é imenso, com os assentos em níveis diferentes como numa sala de universidade, e há um burburinho de entusiasmo no ar. Sento-me a uma mesinha ao lado do púlpito, pronta para ajudar com qualquer coisa que a dra. Juncker precise durante a apresentação. Ela assente bruscamente para mim, leva alguns minutos me falando dos folhetos que devo distribuir e em seguida para ao lado da porta, cumprimentando os colegas que chegam.

Dois minutos antes do horário marcado para ela começar a palestra, seu celular toca.

O jeito como ela atende me faz endireitar a postura e prestar atenção. Ela fica estática e em seguida vira as costas para o auditório. Sou a única pessoa capaz de ver seu rosto e de ouvi-la responder em alemão. É uma ligação curta, e embora eu não entenda nada do que foi dito, percebo sua linguagem corporal. Alguma coisa a abalou bastante.

Depois de desligar o telefone, suas mãos ficam trêmulas e ela limpa uma única lágrima imperturbável do canto do olho.

Fico nervosa. Olho para a plateia — eles não vão perder o respeito por ela se a virem assim?

Mas não preciso me preocupar. Observo a dra. Juncker se recompor, virar-se de volta para o púlpito e se aproximar do microfone. Quando ela inicia a palestra, sua voz está serena como sempre. Ela vai passando os slides da apresentação, revelando suas descobertas para um auditório lotado com os cientistas mais inteligentes do mundo. Sou a única pessoa capaz de ver que, atrás do púlpito, ela está segurando o celular com toda a força do mundo.

A apresentação da dra. Juncker é o maior sucesso, e acabo ficando no Instituto até as oito horas para ajudá-la. Ela nunca me deu tantas responsabilidades e está me tratando como uma verdadeira assistente, pedindo que eu distribua seus materiais. Ela até deixa que eu responda a algumas perguntas de outros cientistas enquanto eles aguardam a vez de falar com ela.

Quando finalmente tiro meu jaleco e saio pelas portas de vidro do Instituto, está escuro. Carbon Junction brilha abaixo de mim. Dou uma olhada no celular, mas não tenho nenhuma mensagem e nem dever de casa de inglês para fazer hoje. Inspiro, e o ar está frio e puro, quase composto só de nitrogênio e oxigênio. Tenho um novo prontuário sobre uma anomalia para estudar.

Estou na metade da Main Street, andando depressa para casa, quando vejo a familiar tinta prateada descascada do velho Corolla de Dottie. Ela deve ter saído do trabalho agora. Ela acaba de entrar na Main Street e se afasta de mim conforme o carro ganha velocidade. Acelero o passo na esperança de que ela pare no próximo sinal ou me veja pelo retrovisor.

*meia-vida do amor*  **189**

Estou louca para contar a novidade sobre a anomalia, apesar de estar mais ansiosa ainda para contar para Flint.

Estou prestes a pegar meu celular e ligar para ela quando o Corolla entra no estacionamento na frente do Liberty — o cinema *art déco* onde são exibidos apenas filmes independentes.

Franzo a testa. Talvez ela esteja indo buscar comida no restaurante ao lado.

Mas então a porta do passageiro se abre, e Bo sai do veículo. Paro bruscamente.

Dottie tranca o carro, e os dois se encontram na calçada. Ouço a risada dos dois, que conheço mais do que a minha própria, ser transportada pelo ar gélido da noite.

Pego meu celular. Talvez eu não tenha visto alguma mensagem.

Não tem nada.

Eles não me convidaram.

Eles vão até a bilheteria de vidro do Liberty, pulando na ponta dos pés de tanto frio.

*É culpa minha*, percebo, com a dormência da estricnina se espalhando pelo meu corpo. $C_{21}H_{22}N_2O_2$. Estou tão envolvida com o estágio, com a minha teoria, com Flint, que eles provavelmente imaginaram que eu estaria ocupada.

Ou talvez seja por causa do abismo que tem se alargado entre a gente, da rachadura que se abriu quando palavras que não consigo dizer começaram a surgir de dentro de mim.

Eu poderia me aproximar deles. Poderia contar tudo aos dois. Poderia dizer: *Ando meio estranha, desculpa, achei que eu estava bem com essa história da morte da minha irmã, mas não estou.*

Bo se vira enquanto Dottie paga seu ingresso, soprando nas mãos a fim de esquentá-las e vendo os carros passarem.

Sinto uma imensa vontade de entrar num beco para me esconder.

Eu me encosto no muro mais próximo. De repente, tenho dificuldade para respirar.

Talvez eu esteja exagerando. Não é nada demais. Eles eram amigos antes de eu chegar à cidade. Talvez eles saiam o tempo todo sem mim.

Mas eu achava que éramos um trio.

Observo de longe os dois agradecerem ao funcionário da bilheteria, e a distância entre a gente parece insuperável.

A conversa em grupo faz meu celular se iluminar às onze e meia, enquanto analiso o PDF de Aramita.

**DOTTIE:** Ei, topa ir comer waffle amanhã?

Meu coração magoado quer apenas fingir que não viu a mensagem. Ignorá-los, embora tenham me acolhido tão bem quando me mudei para Carbon Junction, arrasada e sozinha, sem perguntar nada.

Mas, se eu ignorá-los, não sei se vai ser possível salvar a amizade animada e descomplicada que temos.

**SEPTEMBER:** Topo.

E então tenho uma ideia.

**SEPTEMBER:** Posso levar o Flint?

Talvez a presença dele me ocupe mais e me impeça de pensar em algo triste. Ele detém o monopólio da tristeza, e perto dele vou até parecer alegre.

**BO:** MAS É CLARO QUE SIM

**BO:** Sim para o waffle e para você levar o Flint

**DOTTIE:** Pode. E não acredito que você ainda não atualizou a gente sobre ele. Vocês têm passado muito tempo juntos?

*meia-vida do amor* **191**

**SEPTEMBER:** Um pouquinho.

E é verdade. Nós nos vimos apenas algumas vezes. Mas nessas ocasiões acabamos passando horas juntos.

Durante alguns minutos, ninguém digita nada, e então percebo que minha resposta foi bem seca.

**SEPTEMBER:** Foi mal, estou trabalhando na teoria. Mas conto mais em breve.

Acrescento alguns corações para amenizar o tom da mensagem, depois viro a tela do celular para baixo.

Eu ia até trabalhar mais um pouco, mas termino desligando a luminária da escrivaninha e indo me deitar.

# September

**Estou no canto da nossa mesa** de sempre no Le Belgique. Bo está ao meu lado, e Dottie de frente para a gente, mas não consigo me inserir na conversa dos dois, e nenhum deles menciona o filme que viram ontem — o que, por algum motivo, acho ainda pior.

Balanço a perna sob a mesa enquanto esperamos Flint, tensa de tanta expectativa.

Ouço o sininho acima da porta, e então o vejo sair da chuva e entrar no restaurante. Sinto-me viva no mesmo instante, com uma mescla de substâncias químicas na minha pele.

Dottie e Bo o avistam um segundo depois.

— Jesus amado — diz Bo, e eu dou uma cotovelada de leve nele antes que ele assobie ou faça algo igualmente vergonhoso.

Flint dá um aceno de cabeça lá da porta, indicando que nos viu, depois vem até a nossa mesa.

Todos nos levantamos de um jeito esquisito para cumprimentá-lo.

— Gata, você está doidinha por ele — diz Dottie. — Você estava toda distraída desde que a gente chegou aqui, e

*meia-vida do amor*   **193**

foi só ele entrar que seu rosto se iluminou feito um letreiro da Broadway!

— Para com isso — murmuro, porque Flint está aqui, em toda sua estatura diante de nós três.

Todos se cumprimentam e se abraçam ao lado da mesa. Quando Flint para na minha frente, quase recuo e dou um *oi* constrangido, mas seria estranho não abraçá-lo. Então fico na ponta dos pés, e Flint põe os braços ao redor da minha cintura.

Nosso abraço dura um segundo a mais do que é socialmente aceitável.

Bo agarra o braço de Flint.

— Venha se sentar perto de mim, rapazinho. Os manos têm que ficar juntos, né não?

A palavra *manos* saindo da boca de Bo me parece absurda, mas Flint apenas engole em seco, com o pomo de adão se movendo, e responde:

— Claro.

— Bom, primeiro eu preciso dizer que essas botas são um arraso — diz Dottie para Flint enquanto todos nós nos sentamos. — Você devia passar no Rag House qualquer dia. Posso pensar num look pra combinar com elas. — Ela dá uma coçadinha no queixo. — Mas talvez seja um pouco desafiador. Você parece muito mais velho.

Flint ergue a sobrancelha.

— Dizer que uma pessoa aparenta ter mais idade significa apenas que ela já esgotou seu estoque de dopamina.

Bo solta uma gargalhada.

— Que sombrio. Mas eu meio que adorei.

O papo vai progredindo, e Flint se sai surpreendentemente bem sem nenhuma ajuda minha.

E então, do outro lado do restaurante, uma família de quatro pessoas se acomoda a uma mesa.

Duas meninas, tinha que ser. Irmãs.

A irmã mais velha está olhando o celular, e, durante os dois minutos em que as observo, ela nem presta atenção na irmã caçula. A menininha está de chuteiras e com um uniforme de beisebol manchado de grama, brincando com os talheres como se quisesse que alguém lhe desse um pingo de atenção.

Primeiro é a dispneia — a respiração ofegante — que me deixa tonta na mesma hora, e eu já sei o que vem em seguida, a...

Debaixo da mesa, Flint pousa a palma da mão no meu joelho.

Fico parada, sem mover um músculo.

Ele aperta meu joelho delicadamente, e a tontura passa. Consigo me concentrar de novo. Por cima da mesa, ele me encara. Sinto que estou em terra firme novamente — foi como se eu estivesse sendo levada pela correnteza de um rio e de repente me agarrado a uma pedra firme.

A tristeza de Flint é silenciosa, tranquila, constante. É exatamente disso que preciso no momento. Já o meu luto é caótico, e parece avassalador e enorme demais para que eu o enfrente.

Flint mantém a mão no meu joelho por alguns minutos, fico sentindo o calor palma da mão dele através da meia-calça, até que consigo me inserir na conversa entre Dottie e Bo. Só aí ele tira a mão do meu joelho.

Bo nos atualiza sobre *Pippin*. Ele tinha razão: o garoto que teve sua meia-vida desistiu da peça. Sinto um aperto no coração por ele. Então Bo menciona casualmente que seu

*meia-vida do amor* **195**

*namorado* Troy vai assumir o papel principal, e todos nós começamos a comemorar e a parabenizá-lo.

Depois de alguns minutos, Dottie dá uma olhada na lateral da mesa.

— O que é que você está aprontando aí? — pergunta ela para Flint.

Flint enrubesce e mostra um lindo aviãozinho de papel que fez com o cardápio. Inclino a cabeça para o lado — é a terceira vez que ele demonstra interesse por aviões.

— Parece complexo — diz Bo. — Será que voa?

Flint dá uma risadinha.

— Claro que voa.

Ele ergue o braço, prepara o punho e mira. O avião paira por cima da cabeça das pessoas na mesa ao lado, vai para a esquerda com a corrente de ar em cima das máquinas de waffle, e aterrissa na mesa de um casal de meia-idade que está comendo monotonamente. Eles congelam quando o avião pousa na pilha de waffles do homem. Os dois olham ao redor, chocados, enquanto o homem tira o aviãozinho de cima da calda de xarope de bordo.

Todos nós rimos baixinho, tentando não parecer suspeitos.

— Pode fazer um pra mim? — pergunta Dottie parecendo uma criança animada.

— Claro — diz Flint, e ele transforma outro cardápio em um tipo diferente de avião de papel, com um nível de habilidade de quem faz origami. Onde foi que ele aprendeu isso?

Finalmente, quando Dottie e Bo começam a conversar entre si, Flint me olha.

*Tudo bem?*, articula ele com os lábios.

Faço que sim.

E então, debaixo da mesa, seu joelho encosta no meu.

Ergo os olhos até encontrar os seus, e a primeira emoção que vejo no seu rosto é surpresa. Diferentemente da mão no meu joelho minutos antes, desta vez foi sem querer.

Ele se mexe, e não estamos mais encostando.

Ainda não estou pronta para me afastar. Eu me movo para a frente.

Quando meu joelho encontra o seu, ele me lança um olhar tão intenso que parece mais real do que o ponto em que nossos corpos estão tocando.

Ele se inclina para a frente, e seu joelho vai subindo pela lateral da minha perna. Sinto a aspereza de sua calça jeans através da minha meia-calça. A sensação se espalha para todo o meu corpo.

Olho rapidamente para Dottie e Bo, mas eles parecem duas crianças no Natal, usando os gizes de cera do restaurante para colorir os aviõezinhos de papel. O segredo é inebriante. Meus amigos não fazem ideia do que está rolando debaixo da mesa, a meros centímetros deles.

Quando Flint faz o mesmo com a outra perna, deixando as minhas entre as suas e as pressionando, eu quase derreto.

Dottie escolhe esse momento para prestar atenção.

— Está se sentindo bem, gata? — pergunta ela.

Estou tão nervosa que mal consigo responder:

— Estou, sim.

Uma garçonete chega, finalmente, e nós nos afastamos, mas Flint mantém meu pé entre os dele. Quando chega a vez de Flint fazer o pedido, ele diz que quer mais um copo de água e uma torrada.

Todos nós o encaramos. Não dá para pedir torrada no Le Belgique.

*meia-vida do amor*

— Eu vou pedir para ele — digo, interrompendo. Flint começa a protestar, mas ergo a mão. — Nada de discussão. Você vai gostar, prometo.

Enquanto esperamos nossa comida, um pensamento me incomoda. Pedir só torrada e água... a maneira como ele sempre se inquieta quando lhe ofereço uma bala de caramelo... será que ele está se privando de certas sensações de propósito? Será que ele está meio que... se punindo por alguma coisa? Não pode ser.

Quando chega a pilha de waffles com cobertura de maçã e canela, com maçãs cozidas, bolas de sorvete e calda de caramelo, ele a encara com um olhar frustrado.

Depois que ele dá a primeira mordida, eu sei que o convenci.

— Está gostoso?

Ele saboreia a garfada, parecendo que vai morrer de prazer.

Ele se inclina para a frente, e estamos tão concentrados um no outro que é como se Dottie, Bo e o resto do restaurante nem existissem.

— Você vai pagar por isso — diz ele, com um olhar sombrio e penetrante, prendendo-me ao meu assento.

Estou pegando fogo por dentro. *Mal posso esperar*, penso.

Enquanto o observo devorar os waffles, percebo que... quero mais disso. Não quero que nossa amizade — ou o que quer que isso seja — acabe quando minha pesquisa chegar ao fim.

# Flint

17 dias, 12 horas, 19 minutos

**Depois da noite no Le Belgique,** uma coisa ficou bem evidente: estou louco por September Harrington.

Tenho sentido uma euforia estranha, e me pergunto se isso é algo que acontece quando a pessoa está perto do fim, ou se é apenas por causa de September.

Estou começando a ficar agitado, preso dentro dessa casa. O que foi que September disse lá na beira do riacho? *Às vezes é preciso ignorar e apenas estar presente.* Talvez eu possa me permitir aproveitar algumas coisinhas e lidar com a morte iminente ao mesmo tempo.

Se eu fosse me permitir um pouquinho de diversão... o que eu faria?

Tenho uma ideia. Sento na beira da cama e mando uma mensagem para Aerys.

**FLINT:** Ei. Quer fazer alguma coisa depois do colégio?

Meu polegar paira em cima do botão de enviar. Todo instinto que tive nos oito últimos anos me diz que é uma má ideia.

Que se dane. Aperto o botão de enviar.

Ela responde em segundos.

*meia-vida do amor* **199**

**AERYS:** QUERO!!! A aula acaba quinze pras três, quer vir me buscar? EU TÔ TÃO FELIZ COM ISSO.

Recebo uma segunda mensagem um minuto depois.

**AERYS:** Tô orgulhosa de você, seu velho ermitão.

Dou um sorrisinho e pego a chave. Pela primeira vez, sou eu que vou buscá-la, e não o contrário. Só preciso passar num lugar antes.

Paro numa vaga para visitantes da escola às 14h42.

Nem mesmo as paredes de tijolos abafam o som do sinal do colégio, e segundos depois milhões de jovens saem de todas as portas do prédio.

Procuro uma cabeça com cabelos cor de cobre, apesar de saber que September sai mais cedo para ir para o Instituto.

Aerys se aproxima do banco do passageiro do Jeep e bate na janela, o que me assusta.

— Você finalmente se convenceu? — pergunta ela enquanto entra no carro. — A gente vai fazer uma viagem de carro pelo litoral da Califórnia?

— Nada de viagem de carro, infelizmente. Mas arranjei algo para fazermos agora à tarde.

Aponto a cabeça para o banco de trás.

Aerys puxa um dos sacos de papel pardo. Põe a mão dentro dele e tira a primeira caixa – um jogo de videogame que ela pediu de Natal oito anos atrás, mas não ganhou, e o próprio videogame.

— Não acredito! — Ela se inclina para ver o que tem dentro dos outros três sacos no banco. — Tudo isso são jogos?

— Isso. Bom, jogos e uma tonelada de balas das antigas. No seu porão ainda tem aqueles pufes?

— Claro.

Meia hora depois, enquanto arrumamos tudo, ela pergunta das novidades em relação a September, e eu conto sobre o roubo do prontuário, a conversa na beira do riacho e o jantar no restaurante de waffles. Suas reações são um pouco distorcidas — ela ainda acha que September sabe da minha meia-vida.

Jogo videogame bem melhor do que quando tinha oito anos. Minhas mãos estão ocupadas, e o cheiro do porão é estranhamente reconfortante, e Aerys está ao meu lado balançando a cabeça no ritmo da música.

Isso é... bem legal.

— Ei, Aerys.

— Oi.

— Que bom que a gente está fazendo isso.

— Também acho.

— Ei, dá pausa por um instante — digo. Quando tenho certeza de que ela está prestando atenção em mim, continuo. — Você se lembra do dia que fui embora de Carbon Junction? Chorei na cabeça do meu boneco Action Man quando passamos na frente da sua casa no começo da viagem. Estraguei o cabelo crespo dele para sempre.

Ela engole em seco e olha para baixo.

— Obrigada por finalmente me dizer algo verdadeiro — responde ela baixinho.

Passamos um tempo jogando num silêncio confortável, e não consigo me lembrar da última vez em que me senti tão em paz. Talvez essa história de *viver* não seja uma ideia tão terrível assim.

— Hum — diz Aerys. —Agora que você é divertido e tal...

— Não exagera — respondo.

*meia-vida do amor* **201**

Ela revira os olhos.

— Tá. Agora que você é *suportável*, vai ter um festão na sexta, lá no Castelo. A gente deveria ir.

Suspiro.

— Sei lá, Aer. Não sou muito de festas.

— Se ajuda em alguma coisa, sei que um certo trio *sempre* aparece nessas festas.

Meus pulmões ridículos têm uma reação curiosa ao ouvir uma menção a September. Se ela estiver lá, talvez eu pudesse enfrentar...

Espera aí. Não posso ir à festa de jeito nenhum. Se as duas se encontrarem — se as duas perceberem que me conhecem, eu estou é ferrado.

— Vou pensar — minto.


Faço questão de voltar para casa antes que meus pais acabem de trabalhar e estou trazendo o jantar: frango frito e purê de batata.

Deixo a chave do carro na prateleira perto da porta.

— Pessoal? Voltei — chamo.

Ninguém responde.

— Mãe?

Nada ainda. Minha voz ecoa pela casa.

Estou começando a achar que eles saíram para comer quando escuto uma risada baixinha. Vou até a janela que dá para a varanda dos fundos.

No fim das contas, meus pais estão aqui mesmo, no bosque na frente da varanda dos fundos. Meu pai está cortando lenha em cima de um toco. Ele corta outro pedaço, recua e diz algo que faz minha mãe, recostada numa árvore, sorrir.

Atualmente, a maioria de seus sorrisos é triste, diluída, mas esse não é tão fraco assim.

Meu pai limpa as lascas de madeira que sobraram em cima do toco e deixa o machado no chão. Ele se aproxima para acariciar o braço da minha mãe de um jeito reconfortante. Então, ele põe o braço ao redor dela e a beija.

Desvio o olhar, envergonhado com toda aquela ternura.

Fico feliz por eles, de verdade. Fico feliz em saber que eles vão ter uma vida depois de mim.


Não consigo parar de encarar a casa de September.

Estou sentado na frente do balcão da cozinha, olhando para a varanda dos fundos. Já se passaram dois dias desde o jantar no restaurante de waffles. A impaciência se espalha sob minha pele — combinamos de ir a outro hospital amanhã pela manhã, mas não sei se consigo esperar tanto tempo para vê-la.

Que droga. Vou passar só cinco minutinhos lá — quero ver como a pesquisa dela está progredindo.

Ao menos é isso que digo a mim mesmo enquanto passo pelo riacho e subo a rampa até a casa roxa.

Bato no vidro frio. Sinto um chiado no ouvido meio que dizendo *Que porra estou fazendo aqui*, mas, um instante depois, uma September sonolenta abre a porta e esfrega os olhos.

— Oi — digo.

— Oi.

Alguma coisa se espalha no ar entre nós dois. Meu Deus, sempre que estou perto dela mais parece que estou tentando resolver uma questão de matemática numa montanha-russa.

— Eu só queria saber como anda sua pesquisa — digo rapidamente.

*meia-vida do amor*  **203**

— Está... indo. — Ela olha para o corredor atrás de si. — Pode vir dar uma olhada, se quiser.

Hesito. *Cinco minutos*, digo a mim mesmo.

— Claro — respondo.

Ela segue pelo corredor, na direção do quarto. Entrar no espaço bagunçado e acolhedor que é a cara de September faz meu coração acelerar.

Depois de entrarmos, ela aponta para a parede atrás de mim.

— Puta merda — exclamo.

A parede está cheia daquelas fórmulas que ela desenhou nas pedras das Ruínas.

Ela muda alguns post-its de lugar.

— Passei quase a madrugada inteira acordada, analisando o prontuário de Araminta. Ainda não encontrei nenhuma ligação entre Mitsuki e Marvin, mas espero que esse terceiro prontuário seja a peça-chave.

— Pera aí... terceiro? Quem é Araminta? — pergunto.

— Ah... Hum, a dra. Juncker pediu que eu solicitasse o prontuário de um paciente para ela uns dias atrás, e era um caso de anomalia. Enviei o PDF para o meu e-mail, o que talvez seja um pouco ilegal, mas não tem problema, porque agora tenho três conjuntos de dados em vez de dois.

Ela me olha, e percebo que uma certa culpa tempera seu entusiasmo por ter conseguido mais um prontuário sobre uma anomalia.

— Que... notícia ótima. — Engulo em seco, e em seguida fico um pouco constrangido por ter ouvido minha garganta no silêncio do quarto. — Então você já deve ter todas as informações de que precisa, né?

Ela baixa o olhar.

— Não sei bem. Na verdade, eu estava pensando... ter quatro prontuários é melhor do que três, né?

Ela ergue a vista e olha diretamente para mim. Talvez seja idiotice da minha parte, mas a frágil esperança na sua expressão faz com que eu me pergunte se as viagens de carro que temos feito são apenas para obter os prontuários. Talvez ela queira uma desculpa para passar o dia comigo, assim como eu tenho feito para passar um tempo com ela.

Faço que sim lentamente.

— Ter quatro com certeza é melhor do que três. Então... a gente ainda vai amanhã?

Ela sorri.

— Sim.

Alguma coisa relaxa dentro de mim — nossa próxima viagem ainda vai rolar.

Aponto para as equações na parede.

— Já conseguiu algo bom?

— Na verdade, não. E tenho tentado de todos os ângulos. Estou prestes a ser reprovada em inglês porque não consigo parar de pensar na teoria durante as aulas. — Ela se joga na cama.

— Talvez você precise relaxar de verdade. Tipo, fora do seu quarto — respondo. E como Aerys mencionou a festa mais cedo e ela ainda está fresquinha na minha cabeça, digo: — Talvez devesse ir para aquele festão no Castelo hoje à noite.

Ela balança a cabeça.

— Tenho muito trabalho para fazer. Pensa comigo: tem gente morrendo hoje, amanhã, depois de amanhã. Todo atraso meu afeta *a vida* de alguém.

— Eu sei — digo.

*Eu sei muito bem.*

*meia-vida do amor*

Ela reflete por um momento. Olha para a parede com as fórmulas e franze a testa outra vez.

— Tá bom. Vou trocar de roupa — diz ela.

Ela se levanta da cama. Está prestes a passar por mim para ir até o guarda-roupa, mas para de repente e encosta no meu ombro.

Uma imagem da nossa cena na outra noite — suas mãos nos meus cabelos, nossos corpos insuportavelmente próximos — parece cristalizar no ar entre nós dois e depois desaparecer.

— Você não está de preto — observa ela baixinho.

Olho para baixo. Estou com uma camiseta cinza, e ela tem razão: é meio estranho. Peguei-a numa prateleira ontem quando fui ao mercado com a minha mãe. Se minha mãe achou imprudência comprar uma camiseta nova tão perto da data da minha morte, ela não disse nada. *Talvez eles decidam me enterrar com ela*, pensa meu velho lado mórbido.

September pisca como se estivesse acordando de um sonho, depois vai para o banheiro do outro lado do corredor. Fico sozinho no quarto dela. O espaço parece estranho sem a sua presença, e preciso me esforçar muito para não pensar no fato de que ela está *trocando de roupa* do outro lado do corredor.

Passo a mão no maxilar.

*Não iam ser só cinco minutos, seu idiota?*

Ir ao Castelo é uma ideia terrível. Mas desde que conheci September pareço estar adorando mergulhar de cabeça em ideias terríveis.

# Flint

16 dias, 3 horas, 11 minutos

**Do lado de fora,** o Castelo parece um mau agouro silencioso, mas, semicerrando os olhos, dá para ouvir uma batida. Uma pulsação que faz o chão vibrar. Música. Fico perto de September, e abrimos caminho em meio ao gramado que cresceu seco e quebradiço. Sinto formas metálicas sob minhas botas: ferrolhos, trilhos, pedaços de máquinas quebradas há muito tempo e sei lá mais o quê. Seguimos algumas pessoas até chegarmos a uma porta de ferro nos fundos da termelétrica. Um rapaz com um moletom da Universidade de Carbon Junction aparece e acena depressa para entrarmos.

— Entrem, entrem, rápido.

Nós nos aglomeramos lá dentro de uma maneira caótica. Quando todos estamos no minúsculo corredor, o rapaz fecha a porta com um estrondo. O lugar parece ter saído de um filme de terror, mas, antes que eu possa me preocupar com o perigo disso tudo, September pega a minha mão e me puxa para um corredor serpenteante de concreto. Alguém pôs cordões luminosos no chão dos dois lados, e isso lembra tanto uma casa mal-assombrada de Halloween que estremeço.

*meia-vida do amor*   **207**

Mas então o primeiro corredor dá numa imensa sala com vigas expostas e pilares de ferro sustentando o teto. E a sensação inquietante e sinistra se transforma em fascínio.

De repente, quero explorar cada centímetro deste lugar e me perder em seu labirinto. Sinto um cheiro frio de ferrugem. Há fileiras e mais fileiras de máquinas enormes, pequenos tanques que só Deus sabe para que servem, com canaletas ao redor que lembram os escorregadores metálicos dos parquinhos. Os tanques estão em cima de plataformas rachadas de cimento, e as grades de segurança que antes tinham cores fortes agora estão descascadas e enferrujadas. Unindo as máquinas, há ferrolhos e rebites maiores do que o meu pulso.

Enquanto andamos pelo Castelo, o toque de September me encontra em vários pequenos gestos, guiando-me. Eu estava precisando tanto ser tocado que acho que já me viciei na maneira como ela se move quando está perto de mim, na maneira como esbarramos um no outro no tempo e no espaço.

À medida que seguimos a trilha de cordões luminosos, a música vai ficando mais alta até chegarmos a um salão cavernoso. O teto é tão alto que nem sei se ele existe. No meio do salão, há uma gigantesca turbina de metal enterrada até a metade. Ao redor dela, os alunos da UCJ e do colégio conversam, dançam, paqueram, bebem. Luzes estroboscópicas pulsam por cima da multidão.

Quando vamos passando, dezenas de pessoas chamam o nome de September. Estamos conectados por algo invisível mais uma vez. Quando não estamos de mãos dadas, seus dedos encostam no meu cotovelo, ou minha mão se aproxima das costas dela. Meu sangue está esquentando, se transformando em um prazer líquido a cada toque da ponta dos seus dedos.

— September!

É Dottie, gritando em meio ao som da música. Nós vamos até ela.

— E aí, o que está rolando, Garoto Alto e Sombrio? — diz ela.

— Não muita coisa — digo. — Eu até sorriria, mas aí meu apelido não ia fazer muito sentido.

Dottie solta uma gargalhada animada.

— Ei, olha só. Encontrei umas camisas incríveis pra você lá no Rag House. Por que não passa lá para experimentar? Escolhi só camisas pretas, mas talvez eu devesse ter variado. Olha só quem está de cinza!

September se aproxima.

— Continuem conversando, vou pegar alguma coisa pra gente beber.

Quero lhe dizer para não me deixar. Gosto de Dottie, mas não me sinto bem quando estou longe de September.

Dottie começa a contar uma história sobre o trabalho, tentando gritar mais alto que a música, e preciso me abaixar e virar o ouvido na direção dela para ouvir. Tento me manter atento à conversa, mas meus olhos não param de buscar September, que ainda está abrindo caminho pela multidão como uma celebridade.

— Para quem não mora aqui há tanto tempo ela parece a rainha do lugar — comento.

— Bom, nossa garota é brilhante, não é?

— E radiante — concordo.

E imensamente inteligente, determinada e resiliente. A garota que ficou tão abalada com um pesadelo se transformou numa pessoa animada, aparentemente despreocupada — e isso me deixa pasmo.

*meia-vida do amor* **209**

September joga a cabeça para trás e ri do que alguém lhe diz, e um sorriso se insinua no canto da minha boca.

Sinto um aperto no estômago. Ah, meu Deus.

Não é só atração física.

— Tudo bem? — pergunta Dottie. — Você ficou quieto do nada.

— Está, sim. Acho que estou um pouquinho apaixonado pela sua melhor amiga, só isso — digo inexpressivamente, pois ainda estou surpreso com essa constatação.

Dottie dá um tapinha na minha mão.

— Acho que é mais do que um pouquinho.

— Pois é. Merda.

September volta até a gente, com cuidado para não derramar o conteúdo dos três copos de plástico que está carregando. Ofereço o lugar onde estou sentado, mas ela nega com um aceno.

— Prefiro ficar em pé. Estou morrendo de calor.

Ela tira o casaco.

O dj diz alguma coisa no microfone, e a música animada se transforma em algo mais lento e triste, cantado por uma garota de voz rouca.

— Vamos dançar — diz September.

— Hã?

— Rápido, vem dançar comigo.

Ela pega minha mão e me puxa para longe de Dottie sem olhar para trás. Quando estamos no meio de um grupo de pessoas dançando agarradinhas, ela põe os braços em volta do meu pescoço. Eu me preparo, e posiciono os braços ao redor de sua cintura.

Seguimos o ritmo da música, e de repente percebo nitidamente que nossos corpos estão a apenas uns cinco centímetros de distância. Eu me concentro num relógio na parede oposta e engulo em seco. Nunca dancei com uma garota antes, e agora estou apavorado.

— Relaxa, Flint — diz ela carinhosamente. — Sou eu.

Olho para baixo, erguendo a sobrancelha.

— Você parece estar se sentindo bem à vontade no meio de toda essa agitação. Não achei que cientistas gostassem tanto de festa.

— Acho que a essa altura você já percebeu que não sou uma cientista comum — diz ela. Seus dedos param nas extremidades do meu cabelo, as pontas de seus dedos roçam delicadamente meu pescoço. Sinto uma tontura.

Antes que eu possa pensar, minhas próprias mãos se mexem, meus polegares sobem pelo veludo do vestido dela. Ela faz um barulhinho bem discreto, e quase reviro os olhos.

Alguém esbarra na gente, nos lançando para cima de outro casal.

— Tem gente demais aqui — digo relutante.

É muita informação para quem está acostumado a passar o dia inteiro sozinho com os pais.

September se mexe nos meus braços.

— Então vamos dar uma volta. Vem comigo.

Faço que sim, embora a última coisa que eu queira seja separar meu corpo do dela.

Ela abre caminho na multidão, indo mais para o centro do lugar. Aqui tem mais cantinhos espalhados do que eu imaginava. Em todas as direções, vejo grupos de amigos rindo ou bebendo, ou casais fugindo para um minuto de privacidade.

Percebemos uma nesga de luar no topo de uma escada ao mesmo tempo. Subimos os degraus e abrimos uma porta pesada que vai dar numa sala com fileiras de medidores,

*meia-vida do amor* **211**

botões e instrumentos. É a sala de controle da termelétrica, imagino.

Entro com September, e nós dois ficamos fascinados com as engenhocas. A luz fria do céu se infiltra por uma janela quebrada do outro lado da sala.

— Melhorou? — pergunta ela.

— Sim — respondo, mas não melhorou, pois não estamos mais nos tocando.

Eu aguentaria uma multidão dez vezes maior do que aquela só para poder ficar com as mãos na cintura dela outra vez.

— Sabe de uma coisa? — diz ela devagar. — Não precisamos parar de dançar só porque não estamos mais lá embaixo.

Sinto um frio na barriga.

— Você tem toda a razão.

Nós nos aproximamos um do outro ao mesmo tempo. Ela ergue o olhar e fixa os olhos nos meus, e o zumbido que sempre senti entre nós se intensifica. Sua mão desliza até o meu ombro, e quando o resto do corpo dela toca no meu, um tremor se espalha por mim.

Ela pega minha mão, então começamos a dançar como num filme da Disney. A música da sala de turbinas lateja e atravessa as paredes de cimento, mas agora não conseguimos ouvir direito a letra.

Seu olhar me penetra, com tom claro e intenso de seus olhos. Sua voz está baixinha, meio que envergonhada, meio que entretida:

— Que bom que a gente saiu de lá. Acho que eu estava prestes a fazer algo inadequado.

Então ela desvia o olhar, mas apenas para observar enquanto os dedos mexem nos meus cabelos do mesmo jeito que ela fez na outra noite, na beira do riacho. Sinto faíscas se espalharem pelo meu corpo, quentes e rápidas como as de um soldador. Ela passa o polegar na minha bochecha e o leva até a pinta acima do meu lábio.

— Você é lindo — sussurra ela.

Fecho os olhos. Nunca imaginei que fosse ser tocado desse jeito. Estou louco para sentir mais de suas mãos em mim, para ter mais deste momento, desta garota.

Então, com o polegar ainda no canto da minha boca, September fica na ponta dos pés e encosta os lábios nos meus com suavidade, hesitação.

No começo, o beijo é meigo. E delicado. E lento. Sentimos nossas bocas tocando uma na outra. Elas já estavam um pouquinho abertas devido à perplexidade de estarmos tão perto, então nossos lábios se encontram da maneira mais terna e extraordinária possível.

Então, sua boca pressiona delicadamente meu lábio inferior, e basta que seus dentes o toquem muito levemente para que tudo dentro de mim derreta e se torne *voraz*.

Sou eu quem intensifica o beijo. Sou eu que pressiono a palma da mão na sua lombar, erguendo-a na minha direção, querendo mais.

Suas mãos sobem e percorrem meus ombros, meu peito.

— Meu Deus, Flint — sussurra ela, ofegando entre um beijo e outro. — A gente devia ter feito isso semanas atrás.

Eu até responderia, mas estou ocupado mergulhando meus dedos nos seus cabelos, segurando sua nuca para beijá-la mais uma vez.

Nós nos movemos juntos e intensamente. Não quero parar nunca, porque nunca senti algo tão bom.

*meia-vida do amor*   **213**

Quando finalmente nos afastamos, é como se tudo no mundo estivesse mais suave. Não preciso pensar em nada que não seja o zumbido, a felicidade, *ela*.

— É melhor a gente voltar para a festa — sussurra ela.

— Precisamos mesmo? — murmuro.

— Podemos fugir de novo depois — diz ela, sorrindo com o queixo no meu ombro.

Quando voltamos da sala das turbinas, parece que estamos carregando uma placa piscante dizendo A GENTE ESTAVA SE PEGANDO. Ajeito meu cabelo, mas não há nada que eu possa fazer a respeito da minha boca manchada de beijo. Vamos até Dottie que, após nos ver de mãos dadas, abre o maior sorrisão. Fico vermelho e me ofereço para ir buscar bebidas para nós.

Enquanto abro caminho na direção dos barris de cerveja, nem ligo para as trinta pessoas que esbarram em mim. Na volta, não tiro os olhos de September, mais uma vez perplexo pela beleza dela.

Mas então alguém se aproxima delas, e sinto uma pontada na barriga que parece dizer *ah, merda*.

Fico paralisado, observando a catástrofe em câmera lenta.

Porque, no meio das luzes se entrecruzando, no meio do empurra-empurra da multidão, September está conversando com *Aerys*.

E, de repente, o sonho no qual eu estava inserido se estilhaça e cai em pedacinhos aos meus pés.

Merda, *merda, merda, merda*.

Já era. O segredo que eu nunca quis esconder de September, algo que começou como uma mentirinha inofensiva, que foi aumentando e aumentando, está prestes a ser revelado. E vai acabar com nós dois.

Alguém me dá um esbarrão, e a cerveja derrama nos meus dedos, mas assim saio do meu estado de transe. E então sinto raiva. O que é que eu tinha na cabeça, hein? Beijá-la lá em cima como se eu tivesse o direito de fazer isso, na esperança de que, por alguns dias, eu pudesse fingir que não estou prestes a morrer?

Minha respiração começa a ficar ofegante, entrecortada. Estou congelado no meio de uma festa ilegal, segurando três copos cheios de cerveja quente, e estou... surtando... pra... cacete.

Largo as cervejas. Abro caminho no meio das pessoas, querendo atravessar a sala a tempo de impedir esse desastre de acontecer. A cada passo que dou, o pavor aumenta no meu peito. Sei por experiência própria que as pessoas demoram cerca de trinta segundos antes de começarem a falar sobre a minha meia-vida.

Aerys me vê e fica tão surpresa que pausa a conversa com Dottie no meio da frase.

— Flint, você veio. — A mágoa se espalha pelo seu rosto. Um bom amigo a teria avisado que viria. Mas ela estende o punho cerrado para me cumprimentar mesmo assim. — Está se divertindo? — grita ela por cima da música.

Faço que sim, chocado demais para falar.

September abre a boca. Inclina a cabeça na minha direção, depois na de Aerys.

Sei o que vai acontecer em seguida: *Vocês dois se conhecem, é?* Não de um jeito esquisito e ciumento, só para puxar papo mesmo.

Não posso deixar que essa pergunta seja feita.

Estou prestes a simplesmente *sair correndo* (o que não seria nada suspeito, Flint, que maravilha de plano) quando Dottie me salva.

*meia-vida do amor* **215**

—Aerys, você já foi na sala com aquela coisa imensa que mais parece um escorregador? — pergunta ela.

—Ah, a canaleta para carvão? É assustador, mas é legal. Ouvi falar que no ano passado, Aidan Nguyen se cortou com um parafuso solto e precisou levar vinte pontos, então não vou descer por aquilo nem a pau. Alguém já tentou descer hoje?

Meu coração está completamente descontrolado. Encosto a boca no ouvido de September.

— A gente pode sair daqui? — sussurro. — Não estou me sentindo muito bem.

É a desculpa mais óbvia do mundo, mas ela acredita, e uma preocupação repentina toma conta do seu rosto.

— Claro. — Ela interrompe a conversa de Aerys e Dottie. — Foi mal, gente. Vamos tomar um pouco de ar fresco. Já voltamos.

Dottie sorri.

— Divirtam-se — diz ela, piscando descaradamente.

Levo September para longe delas, indo direto para a porta que vai dar nos corredores claustrofóbicos da termelétrica. Eu não deveria estar segurando sua mão, mas estou, e isso faz de mim a pior pessoa da história. Porém, soltá-la seria uma pequena crueldade imediata, seria renunciar ao que acabamos de fazer, e não consigo suportar isso. Ainda não.

Sou muito idiota. Eu jamais deveria ter deixado as coisas chegarem a esse ponto. Como foi que isso aconteceu? O combinado era apenas levá-la a alguns hospitais. E então foi uma regra descumprida depois da outra, e agora não sei onde todos os meus limites foram parar.

Estou furioso. Furiosíssimo — comigo, mas com o universo também. Não é justo. Sinto lágrimas arderem nos cantos dos meus olhos. Por que a vida a jogou em cima de mim *agora*?

Eu tinha que conhecer *September* quando me restavam seis semanas?

Que merda. Quero mais tempo.

Abrimos a porta pesada de ferro pela qual entramos, e September me leva até uma pilha de trilhos enferrujados e me obriga a sentar.

— Foi a cerveja?

— Pode ter sido, sim — digo, apesar de mal ter bebido. — Estou só um pouco zonzo. Foi mal, September, mas acho que quero ir pra casa.

Vejo a decepção no seu rosto.

— Claro. É melhor eu voltar e continuar trabalhando na minha pesquisa também.

— Na verdade... — digo, evitando seu olhar. — Talvez a gente devesse adiar a viagem de amanhã.

— Ah... tá bem.

— Agora que você conseguiu um terceiro prontuário, não tem mais tanta pressa, né? — pergunto. — Pode ser no próximo sábado?

— Isso, você tem razão. Não tem mais tanta pressa. Próximo sábado, fechado.

Ela está magoada. Que droga. Quero erguer seu queixo e lhe dizer que amei cada segundo do que aconteceu na sala do primeiro andar, mas não consigo.

E se eu deixá-la assim?

Nada de *e se*. Eu *vou* deixá-la assim. Depois que eu partir, é nisso que ela vai pensar.

Meu Deus.

Deixá-la vai me destruir completamente.

*meia-vida do amor*    **217**

# September

**Flint inclina-se para a frente** na pilha de metal enferrujado da área externa da termelétrica e abaixa a cabeça, encostando-a nas mãos.

Sinto-me entorpecida. Fora do eixo. Meu cérebro está tentando processar a súbita mudança no clima de nossa noite — que foi de barulho, luzes e *beijos* a um silêncio frio —, mas não consigo entender o que aconteceu.

Flint parece mais pálido do que o normal, mas temo que ele não esteja apenas "passando mal". Não é assim que as pessoas reagem depois de se beijarem pela primeira vez, sobretudo quando é um beijo incrível como *aquele*, de deixar os joelhos bambos.

Sinto um aperto no estômago. Será que ele se arrependeu? É por isso que não quer ir a mais um hospital amanhã?

Ponho os braços ao meu redor.

— Vamos levar você para casa — digo, esperando que minha voz não revele minha mágoa e confusão.

Atravessamos a área externa em silêncio. O novo constrangimento entre nós dois paira no ar como vapor. Não achei que a noite fosse terminar assim, e a humilhação começa a esquentar minhas bochechas. Digo a mim mesma que são apenas meus vasos sanguíneos se dilatando, dando-me a energia adicional da reação de luta ou fuga — porque meio que é isso que gostaria de fazer agora: fugir.

E então o barulho de suas botas no chão para abruptamente, e ele pega minha mão. O impulso faz meu corpo ricochetear de volta para o dele, e então ele murmura meu nome e um pedido de desculpas, e, antes que eu perceba, me beija de novo.

É um gesto brusco e desesperado, mas que desperta algo em mim. Não consigo resistir, e retribuo o beijo com a mesma intensidade, segurando os ombros dele para não cairmos.

Ele se afasta, seus olhos procurando os meus, cheios de arrependimento e com aquela tristeza doce e sombria que pertence somente a ele.

— Desculpa por ter pedido para ir embora — sussurra ele. — Por favor, não pense que foi por sua causa.

Seu polegar acaricia minha bochecha, e preciso fechar os olhos ao sentir uma felicidade lenta, crescente.

— Achei que você tivesse se arrependido do que rolou — sussurro.

— Não. De jeito nenhum, September. Eu te beijaria por todos os minutos, pelo resto do tempo, se pudesse.

Meu coração se derrete todo.

E então nos beijamos de novo.

O primeiro beijo me puxa para debaixo d'água, lento e delicado; o próximo me faz voltar à superfície ofegante, agitada.

Saboreio cada onda de calor que atravessa meu corpo. Estou apaixonada pela ciência que há em tudo isso, os neurônios vibrando, as terminações nervosas crepitando, o

*meia-vida do amor* **219**

jeito como este garoto me faz sentir coisas que nunca senti antes. É o antídoto mais poderoso para a fuga das sombras; é mais poderoso até do que rabiscar fórmulas em quadros brancos ou observar meus heróis no laboratório no Instituto, pois minha mente está rodopiando, e simplesmente não há espaço para nenhuma sombra escondida no meio de todas essas *sensações*.

Suas mãos se mexem, e fogos de artifício de serotonina, dopamina, norepinefrina explodem na minha mente e descem como raios incandescentes. Pela primeira vez na minha vida, os $Cs$ e $Hs$ e $Ns$ e $Os$ ficam ali boiando. Eu não saberia dizer a fórmula química de nada no momento, mesmo que me pagassem um milhão de dólares.

Nós só paramos quando um grupo de pessoas sai da festa e bate a porta de ferro, gargalhando no meio da noite, e assim lembramos que estamos ao ar livre, no frio. Nos separamos, mas passamos toda a caminhada até Gravel Ridge de mãos dadas.

Pela primeira vez em semanas não trabalho na minha pesquisa quando chego em casa. Vou para a cama sem nem botar o pijama.

Quando o silêncio toma conta, passo as pontas dos dedos no veludo da gola do meu vestido, bem onde o queixo de Flint roçou no momento em que ele beijou meu pescoço. Encosto o nariz no tecido junto ao meu punho e sinto um cheiro de frio e ferrugem, mas num cantinho, bem num cantinho, tem um pouquinho de cereja negra. Já beijei um monte de garotos e curti, mas *isso*... nem Bryson Oliveira chega aos pés. Penso em como seria ir além com Flint.

Fico deitada no escuro, sorrindo tanto que minhas bochechas chegam a doer.

# Flint

15 dias, 18 horas, 20 minutos

**Está amanhecendo enquanto caminho** pela calçada na direção da casa de Aerys. Acho que dormi um total de duas horas desde que me despedi de September na porta de casa depois da festa no Castelo. Minha mãe me viu hoje de manhã e disse que gostaria que eu conversasse com um terapeuta. Terapia seria o maior desperdício de dinheiro e tempo para todo mundo. Só me restam quinze dias, e depois disso nada do que fiz, disse ou pensei terá importância. Não vai importar se eu estava "triste" antes de morrer.

Merda.

Chuto algumas bolotas de carvalho apodrecendo, fazendo-as se espalharem pela frente da casa de alguém. Tem um desenho ridículo de um peru no meio de uma coroa de flores na porta da casa, o que me deixa ainda mais puto. Como é que as pessoas fazem coisas assim quando a vida é tão frágil, breve e inútil? Quero gritar que deveriam arranjar algo melhor para fazer.

Eu me sento no meio-fio com a cabeça nas mãos. Respira. Não chora, não aqui. Tem vários carros na frente das

*meia-vida do amor* **221**

casas, famílias que vieram para a grande refeição do feriado. Quantas delas estariam observando um garoto ter uma crise na calçada?

Eu adorava o Dia de Ação de Graças. Mas, depois da minha meia-vida, o feriado ficou perto demais do dia 4 de dezembro, a lembrança anual da minha data de morte. O Dia de Ação de Graças significava que minha contagem regressiva estava prestes a avançar. De sete anos para seis. De seis para cinco. Até que a parte de ANOS da contagem desapareceu de vez.

Fico encarando o bueiro até o nó na minha garganta se afrouxar.

Em casa, tudo está tenso. As ligações que minha mãe atende no quarto agora são rápidas e intensas. Parentes distantes, mas preocupados. Amigos com quem ela não fala há anos.

Cada momento naquela casa é como pisar em ovos. Depois que minha mãe preparou o café da manhã, ela parou atrás da minha cadeira e deu um beijo no topo da minha cabeça — que durou um minuto inteiro. Em qualquer outra circunstância isso seria estranho. Fiquei com os olhos cheios de lágrimas.

Meu Deus. Preciso me controlar e fazer o que vim fazer. Eu me levanto do meio-fio e saio andando até parar na frente da casa de Aerys.

Quando fomos embora da festa ontem ela e Dottie estavam conversando. E eu preciso saber se ela contou para Dottie sobre a minha meia-vida. Será que Aerys contou para Dottie quantos dias de vida me restam? Será que Dottie contou para September? Estou com muito medo para ir até a casa de September e descobrir por conta própria, então vou obter minhas informações do jeito mais covarde.

Toco a campainha várias vezes, e bato à porta com a aldrava decorativa de metal também.

Silêncio.

Solto um palavrão baixinho e ponho as mãos nos bolsos, trocando o peso do corpo de uma perna para a outra. Sei que é cedo, mas não dá para esperar. Estou quase surtando quando ouço o clique do ferrolho, e a porta se abre.

O cabelo de Aerys, que costuma estar perfeitamente penteado, está todo bagunçado. Ela cruza os braços e me lança um olhar furioso.

— Sei que está muito cedo — disparo antes que ela consiga falar. — Só queria saber se você se divertiu ontem à noite.

— Eu me diverti bastante — Sua expressão muda e ela fica séria. — Mas teve *uma* coisa que me incomodou. Eu estava conversando com Dottie Reyes, e quanto mais falávamos, mais eu percebia que havia uma enorme lacuna na nossa conversa. Demorou um pouco até eu perceber o que ela *não estava* dizendo. Ela nunca mencionou a sua data de morte enquanto falava sobre o que quer que esteja acontecendo entre você e September.

Ela parece desconfortável, como se estivesse tentando se convencer de que o que suspeita não é verdade.

— Flint, por favor, me diga que você não mentiu quando disse que contou para September.

O tempo parece correr mais lentamente. Ela me encara, desesperada para ouvir uma explicação que desfaça tudo isso, mas eu só consigo encolher diante da esperança dela.

— Não posso dizer isso — sussurro finalmente. — Eu não contei para September.

Aerys recua.

— Que merda, Flint.

Não digo nada. Eu me sinto tão pequeno.

*meia-vida do amor*   **223**

Ela mexe no cabelo, e está na cara que suas emoções quanto a esse assunto refletem as minhas. Eu também me odeio.

Engulo em seco.

— Aerys, preciso saber de uma coisa: você contou para Dottie?

— Meu Deus, Flint, você acha que se eu tivesse contado você estaria aqui se humilhando? A essa hora September já estaria na sua casa acabando com você.

— É verdade. — Um silêncio recai sobre nós. — Fiz merda. Fiz merda *mesmo*, Aerys.

— Não me diga, Sherlock.

— O que faço agora? — pergunto me sentindo desamparado.

Ela me olha como se eu fosse um imbecil.

— Hum... Você *conta* pra ela?

— Não seria melhor se ela nunca descobrisse?

O olhar de Aerys é fulminante.

— Então deixa eu ver se entendi: quer que ela ache que você simplesmente começou a ignorá-la?

— Não é uma opção melhor? — Minha voz treme de pânico, de desespero. Se eu desaparecer, ela vai apenas se perguntar o que aconteceu. Serei uma besteirinha de nada em seu passado, algo que lhe causa um pouco de vergonha quando ela lembra. Um abalo minúsculo e esquecível na sua autoconfiança. Porém, se eu lhe contar que vou morrer em quinze dias, corro o risco de me tornar muito mais do que uma besteirinha em seu passado. — Aerys, não dá. Por favor, não conta para Dottie. Nem para September.

Ela mete o dedo no meu peito.

— Conta para ela, Flint Larsen. Ou você conta, ou eu conto.

# September

**Eu me jogo na cama** e encaro o teto.

Minha mente está agitada, considerando uma possibilidade atrás da outra. Mitsuki, Marvin, Araminta. Tem que haver uma ligação.

Eu me levanto e pego outra folha do PDF de 183 páginas de Araminta que imprimi na biblioteca do colégio quando ninguém estava olhando.

O primeiro sinal de preocupação foi ontem à noite, mas o ignorei. Ainda havia alguns caminhos para explorar, algumas fórmulas para resolver, algumas variáveis para incluir.

Mas a preocupação deu lugar ao desespero.

Não há nenhuma conexão. Já analisei detalhadamente os três prontuários, e Mitsuki Adams, Marvin Ferret e Araminta Kovak não têm nada em comum. Não há nada que sugira que alguma substância ingerida por eles durante a vida teve um efeito diferente no corpo dos três, separando-os dos milhões de pessoas que morreram dentro do horário previsto.

Deveria haver alguma coisa. Algum medicamento, algo com a capacidade de atravessar a barreira hematoencefálica,

*meia-vida do amor*   **225**

que tenha aumentado levemente a quantidade de um elemento específico em seu corpo, o elemento que o cromossomo da meia-vida estava esperando ativar na data de morte deles. Achei que talvez fossem as anfetaminas em que Marvin era viciado, ou o remédio que Araminta tomava para o transtorno bipolar.

Todas as viagens de carro foram em vão. Todas as coisas um pouquinho ilegais que Flint e eu fizemos foram em vão. Juro que posso sentir meu nível do meu cortisol aumentando, o $C_{21}H_{30}O_5$ liberando o estresse diretamente nas minhas veias.

Deixei tantas coisas de lado para trabalhar nessa teoria. Talvez eu não seja reprovada em inglês, mas a chance é mínima. Meu trabalho no Instituto também tem sido bem mediano, e a dra. Juncker não está nada impressionada. Meu sonho de conseguir a vaga na UCJ parece mais distante do que nunca.

Deveria haver alguma coisa. Uma razão. A meia-vida *precisa* ser algo que a ciência possa explicar, caso contrário ela será apenas uma coisa amorfa e misteriosa que levou minha irmã de mim sem nenhum motivo.

Inspeciono tudo outra vez, mas, depois de outra hora debruçada sobre os dados, tenho certeza.

Minha teoria está errada.


Na manhã seguinte, subo a escadaria de mármore do Instituto num misto de exaustão e descrença. Não sei como vou conseguir trabalhar hoje. Estou meio entorpecida. Vi minha teoria se desfazer na minha frente, todos os meus planos grandiosos evaporaram.

Não vejo Flint desde a festa. Mandei uma mensagem — a primeira desde que Flint me deu o número dele no dia da festa no Castelo, para o caso de nos separarmos um do outro —, mas ele não respondeu. Ontem à noite fiquei encarando o outro lado do riacho, torcendo para que a luz da varanda dele se acendesse, e nada. Queria contar para ele, porque Flint é o único que parece entender, mas ele simplesmente sumiu.

O segurança e o recepcionista mal me olham quando passo pelas portas do Instituto. *Feliz véspera de Ação de Graças para vocês também*, penso com amargura.

Mudo de atitude. Eu não sou assim. Preciso dormir.

Amanhã é feriado, mas o andar da Admissão nunca para. A dra. Juncker achou que seria uma boa oportunidade para eu e Percy trabalharmos o dia inteiro. Planejamos isso semanas atrás, e antes das minhas viagens de carro com Flint, eu estava bem animada. Agora, tudo o que quero é voltar para casa e passar uma semana dormindo.

Quando entro na sala da dra. Juncker, Percy está de pé, ouvindo atentamente, com as mãos para trás. Seu jaleco está inacreditavelmente branco e bem passado. Abotoado, como sempre. Mas tem algo errado. Ele parece ainda mais irritante do que o normal, se é que isso é possível. Uma sensação esquisita se acomoda no meu estômago.

A dra. Juncker está ao telefone.

— Não, agradeço por ter me informado. Obrigada. Vou resolver a questão.

Ela desliga o telefone, mas não se vira. Apenas encosta os dedos nas têmporas. A sala está muito quieta. Bem silenciosa.

— Percy, saia da sala por um instante, por gentileza — diz ela. — E feche a porta.

Uma sensação de medo se espalha pelo meu corpo, e minha boca fica seca.

Ela sabe.

*meia-vida do amor*   **227**

De algum jeito ela ficou sabendo.

Percy sai da sala com calma, pegando antes uma prancheta e uma caneta, e abre um sorrisinho malicioso ao passar por mim.

Ele fecha a porta.

A dra. Juncker vira a cadeira para mim.

— September. Fui informada de um incidente envolvendo você. A respeito de uma violação das regras do Instituto.

Meu sangue congela.

— Você foi a Low Wickam a fim de obter o prontuário de um paciente chamado sr. Marvin Ferret alegando que eu o solicitei?

Tudo ao redor adquire a mais alta definição.

— Eu... sim. Fui — respondo.

— Eu tinha a esperança de que essa informação fosse falsa — diz ela. — Você tem alguma explicação para isso?

Balanço a cabeça. Zonza. Enjoada. Confusa.

— Infelizmente, essa foi uma grave violação do contrato que você assinou quando começou a trabalhar aqui. Dessa forma, seu estágio está cancelado, e todas as permissões que você tem serão revogadas de imediato. Você pode sair do prédio apenas com seus objetos pessoais. O setor de Recursos Humanos vai entrar em contato para obter os detalhes da infração e informar se o Instituto vai tomar alguma medida legal.

— Ela balança a cabeça e permite um pequeno momento de humanidade. — Nunca imaginei que teria uma conversa como essa com você.

— Sinto muito — sussurro. — Sinto muito mesmo.

— Percy vai acompanhá-la até os seguranças, e lá você entrega seu crachá a eles. Seus dados já foram removidos do scanner de retina. — Ela suspira. — September, você sabe que isso significa que não poderei recomendá-la para a vaga na Universidade de Carbon Junction.

Isso quase me destrói.

Enquanto me viro para deixar a sala, tudo em mim lateja. Percy está me esperando no corredor, como prometido. Mas passo direto por ele sem dizer uma palavra, concentrada feito um zumbi na tarefa de sair do prédio sem desmoronar. Eu o escuto correr para me alcançar.

*Como, como, como?* A pergunta martela na minha cabeça a cada passo que dou pelo corredor assustadoramente limpo. Como foi que a dra. Juncker descobriu que estive em Low Wickam?

*Foi aquela mulher terrível da clínica.*

Eu deveria ter imaginado que ela ligaria. Não sei por que ela demorou mais de uma semana para me denunciar, mas não importa — agora o estrago já está feito.

Percy aparece e aperta o botão para chamar o elevador. Ele ergue o queixo, todo arrogante.

E então a ficha cai.

Agarro seu braço, puxando-o para que ele se vire na minha direção no corredor.

— Foi você quem atendeu a ligação, Percy?

— Imagino que esteja se referindo à ligação da clínica de Low Wickam alguns dias atrás. Sim. A dra. Juncker ligou de volta hoje de manhã, após consultar o setor de Recursos Humanos.

Meus olhos lacrimejam. É óbvio. Eu sabia que ele era traiçoeiro, mas isso já é demais.

— Sabe de uma coisa, Percy? — Faço uma pausa para garantir que minhas palavras não saiam trêmulas. — Se fosse o contrário, eu não teria te dedurado.

*meia-vida do amor* **229**

Por um breve instante, percebo nele uma hesitação, mas em seguida ele se recompõe.

— Quando a mulher da clínica ligou, achei que era meu dever conferir se algum médico tinha pedido o prontuário de Marvin Ferret, e nenhum deles tinha. Levei a questão à dra. Juncker, o que me pareceu ser a atitude correta a tomar.

— Claro — digo friamente.

Traidor. Eu deveria sentir raiva, mas estou desconectada. Flutuando.

Aperto o botão para chamar o elevador de novo. Por que não chega nunca?

— Espera... September. O que você foi fazer em Low Wickam?

Seus olhos brilham de curiosidade. É o primeiro indício verdadeiro que vejo de que ele é realmente um cientista.

Até parece que ele vai conseguir uma resposta.

O elevador chega, e eu entro com Percy em meu encalço. Ficamos em silêncio durante toda a viagem de elevador.

Tudo foi tirado de mim. Minha teoria. Meu estágio. Meu *futuro. Sinto tanto, Maybelle.* Atravesso a entrada do prédio em estado de transe. Percy pega meu crachá e o entrega aos seguranças, e depois um deles me acompanha até meu armário para pegar meus objetos pessoais e em seguida até a saída do prédio. Fui expulsa, rejeitada.

O vento fica mais forte e bate no meu rosto. As palavras da dra. Juncker se repetem na minha cabeça.

*Não poderei recomendá-la para a vaga na Universidade de Carbon Junction.*

O instinto me faz pegar o celular. Um mês atrás, eu teria ligado para Dottie. Para Bo. Teria ido para as Ruínas ou para o restaurante de waffles. Mas esses não são mais os lugares onde busco consolo.

Antes que eu me dê conta, estou andando pelo limite da cidade, com minhas botas subindo ruidosamente a Gravel Ridge Road. Flint não me deu nenhuma notícia desde o nosso beijo, mas preciso falar com ele.

*Demitida.* Acabo de ser DEMITIDA do estágio. O que vou fazer agora? Vou ter que contar no colégio. Vou ter que assistir a todas as aulas. Minha média vai ficar terrível, mas não importa, pois todas os cursos superiores de bioquímica do país vão jogar minha inscrição direto no lixo.

Subo os degraus da entrada da casa de Flint. Mal consigo respirar de tanta pressão no peito. Sou uma bomba-relógio prestes a explodir.

A porta se abre e olho para cima depois de fungar. É o pai de Flint.

— Preciso ver o Flint — digo.

Ele limpa a garganta.

— Ele não...

— Tember?

Escuto uma voz familiar e o sr. Larsen dá um passo para o lado a fim de que eu veja o cômodo inteiro. Flint não está ali, mas minha avó está. E trabalhando. A mãe de Flint está sentada num banco alto, usando uma das capas para tintura estampadas de Gigi. Ela tem quadradinhos de papel-alumínio dobrados nos cabelos.

— September! Entre — diz a sra. Larson. Percebo que ela quer se levantar, mas continua sentada no banco. — Ainda bem que sua avó existe. Minha raiz estava terrível.

— Flint já deve estar chegando — acrescenta o pai dele. — Acabamos de pedir para ele ir comprar Coca Zero para sua avó.

*meia-vida do amor* **231**

Ver Gigi me faz vacilar um pouco. Vou até minha avó e paro, e devo estar com uma cara péssima, pois um temor surge no rosto dela.

— O que aconteceu? — pergunta ela com a voz baixa.

— É coisa do trabalho. Preciso conversar com Flint.

Lanço um olhar discreto para a mãe de Flint. Ela não me parece muito bem. Talvez tenha alguma doença terminal, pois está abatida e com olheiras arroxeadas. Meu Deus. Ando tão concentrada nos meus problemas que nem sequer perguntei a Flint se ele precisava de... apoio ou algo assim. Ele está prestes a perder a mãe.

Mordisco a unha do polegar. Talvez eu devesse ir embora ou esperar Flint fora da casa. Fico encarando a porta da frente, querendo que ele chegue logo.

A mãe de Flint abre um sorriso doce e cansado para mim.

— É um prazer finalmente conhecê-la, September. Que bom que Flint tem você para ajudá-lo. Tem sido uma época difícil para ele.

Gigi assente compassivamente e aperta o ombro da sra. Larsen. E então o rosto da sra. Larsen se enruga com um luto tão intenso que preciso dar um passo para trás. Será que devo desviar o olhar? Nunca vi um adulto chorar antes, tirando meus pais, e o pânico se espalha pelas minhas veias.

— Acho bom que ele tenha amigos com quem conversar — prossegue ela, fungando. — Ele não quis conversar com os terapeutas do Instituto, apesar de lá ter aquela central para menores de idade.

— Ah, querida — diz Gigi, abraçando a mãe de Flint.

Franzo a testa, pois as palavras não se encaixaram direito. *Menores de idade.* Do que é que ela está falando?

O pai de Flint pega uma caixinha de lenços, parecendo constrangido diante de tantas lágrimas. A mãe de Flint se recompõe e diz a Gigi que ela já pode tirar o papel-alumínio.

Mas tem algo muito errado acontecendo.

— Espera — sussurro.

Ninguém percebe.

— Espera — digo mais alto, e desta vez todos param. Olho para a Sra. Larsen. — Não estou entendendo. Vocês não vieram pra cá por causa da data da *sua* morte?

Ela mexe as sobrancelhas, confusa.

— Não, é claro que não. Viemos por causa da... — Ela para. Um temor surge no seu rosto. — Talvez eu não devesse...

— Não. O que você ia dizer? — pergunto.

Está tão silencioso que ouço o barulho do papel-alumínio enquanto ela respira. Seus olhos se enchem de pena quando ela diz:

— Viemos para a data de morte de Flint.

Pela segunda vez hoje, algo me derruba. Eu só consigo sussurrar:

— O quê?

— Merda, Leslie. — O pai de Flint passa a mão no rosto. — Ela não sabia?

A porta se abre. Nós quatro nos viramos ao mesmo tempo. Flint congela, com uma embalagem de Coca Zero na mão.

E então basta um único olhar.

Nunca vou entender como não percebi antes. A tristeza que o cerca como uma nuvem densa, o mau humor que o cobria quando nos conhecemos. Achei que era porque ele estava prestes a perder o pai ou a mãe. Passei esse tempo todo imaginando isso.

*meia-vida do amor*   **233**

Ele fica confuso por um instante. Sem entender por que chegou e todos nós paramos para encará-lo sem dar um pio.

E então a ficha cai. Ele compreende exatamente o que aconteceu.

A cor se esvai do seu rosto.

— September...

— Sou uma idiota — sussurro.

— Tember... — começa Gigi.

— Não — respondo.

Atravesso a sala furiosa, passo por Flint e saio da casa. Estou girando. Rodopiando. *Tão* magoada que não consigo pensar.

*Porra.*

Flint está morrendo.

Ele já passou da meia-vida.

Desço a colina, cheia de raiva, dor e de um luto intenso, escorregando nas folhas.

Ouço passos vindos do matagal atrás de mim.

— September, espera, por favor...

Eu me viro. Ergo o dedo para alertá-lo.

— Não... se... atreva.

Ele para no mesmo instante.

— Eu devia ter te contado — diz ele, com o rosto tomado pelo remorso.

— Acha mesmo?!

Estou prestes a surtar de vez. Preciso concentrar todas as minhas forças para não empurrá-lo.

— Quantos dias você ainda tem? — pergunto.

— Não é essa...

— Quantos dias, Flint?! — grito, agora descontrolada e furiosa.

— Onze — sussurra ele.

Ponho a mão na barriga. Sinto vontade de vomitar. *Onze?* Tipo, *menos de duas semanas?*

— Sai de perto de mim — rosno.

— September...

— Sai daqui! Não quero te ver *nunca mais*, NUNCA MAIS!

Agora estou gritando. A floresta absorve o barulho, o que me faz querer gritar ainda mais alto.

— Você não entende... eu estava arrasado quando cheguei aqui, e...

— Você acha que não entendo de morte? De luto? Que minha vida não foi afetada por essas coisas? Vai à merda, Flint.

— Não, não acho isso. Sei que não é verdade. — Flint estende as mãos com as palmas para cima. — Você não me contou o que aconteceu, e tudo bem se não quer me contar os detalhes, mas isso também é um segredo e...

Fico PUTA DA VIDA.

— Isso *não* é a mesma coisa. É *totalmente* diferente, Flint.

Agora ele está chorando também. Mas não dou a mínima.

— Desculpe. Você tem razão, e sei que não dá para consertar o que eu fiz. Nem em onze dias, nem em onze décadas. É que... eu não estava esperando nada disso. Não estava esperando *você*. September, por favor.

— Sabe por que vim correndo até sua casa hoje, Flint? Fui demitida. Aquela mulher escrota lá de Low Wickam ligou para o Instituto. Percy me dedurou, e eu fui *demitida*, cacete. Mas isso nem é o pior de tudo. Terminei de analisar o prontuário de Araminta Kovak. Não tem nada.

— Como assim, não tem nada? — diz sua voz trêmula.

— Todas as nossas viagens e o que quer que esteja rolando entre a gente... isso tudo não passou de um desastre,

*meia-vida do amor*  **235**

e nem valeu a pena, porque não tem teoria *nenhuma*. Eu me enganei. Não posso fazer nada a respeito da meia-vida. Ninguém pode.

O choque o faz empalidecer mais ainda. É bom abalá-lo mais um pouquinho.

— Eu preferia nem ter te conhecido — digo essas palavras como se fossem veneno.

Eu me viro e atravesso o riacho furiosa. A água encharca minhas botas, mas nem ligo. Subo o outro lado da colina, deixando o garoto alto, triste e irritado atrás de mim para sempre.

# Flint

11 dias, 12 horas, 3 minutos

**Vejo September atravessar o riacho.** Estou tremendo e não consigo parar de chorar.

Eu sabia que isso ia acontecer. Passei oito anos terríveis tentando me proteger de algo assim, e, agora que aconteceu, vejo que é ainda pior do que eu imaginava. Muito pior.

Caio de joelhos. Quero que a terra me engula, que os minutos da contagem regressiva se compadeçam de mim e corram direto para o zero, pois não consigo lidar comigo mesmo. Essa é a pior coisa que fiz na minha vida inteira.

Tem alguém andando no mato atrás de mim. Antes que eu identifique, meu pai está me erguendo, e voltamos cambaleando para casa. Ele geme de exaustão, e meu corpo ainda está ansiando por September.

Quando entramos em casa, ouço um burburinho, mas estou fora de mim. Meus pais formam a dupla perfeita e cuidam de mim como na minha infância, tirando minhas roupas molhadas e me pondo na cama. Eles se sentam no quarto escuro, um de cada lado da cama, conversando comigo e me

*meia-vida do amor*   **237**

consolando, mas continuo chorando sem parar e nada do que eles dizem ajuda.

Então fico sozinho, e quero suplicar que eles voltem, mas foi minha voz que disse *me deixem em paz*, e meus braços que os empurraram para longe.

O silêncio é pior.

Meu queixo começa a tremer, e pressiono os punhos cerrados nos olhos. Para que eu sirvo? Agora, parece que minha única utilidade na vida foi magoar meus pais e September. Para lhes causar aquela espécie de dor mais profunda e intensa, aquela que se aloja no coração para sempre.

# September

**Escancaro a porta dos fundos** e entro na casa de Gigi, deixando poças de água do riacho no velho tapete felpudo.

Fico girando e me contendo para não cair de joelhos e gritar. Como ele foi capaz de não me contar? Como foi capaz de me beijar daquele jeito no Castelo e não me contar?

Todos os músculos do meu corpo se contraem querendo soluçar e chorar, mas endireito a postura. Não vou chorar por ele. Não chorei por Maybelle, então não vou chorar por causa disso de jeito nenhum. Não estou triste, estou furiosa. Quero sentir a fúria, pois sei que, depois de senti-la, vou entrar em crise.

Se tivesse sido uma coisa só, talvez eu tivesse conseguido enfrentar. O estágio. Minha teoria desmoronando. Flint. Mas são três coisas de uma vez, e não sei como vou continuar de pé. Eu perdi tudo.

*Maybelle.*

A porta dos fundos se abre, e Gigi entra trazendo consigo uma rajada de vento frio.

— Tember? Cadê você?

*meia-vida do amor*   **239**

Ao me ver de pé no escuro, me balançando, ela solta as sacolas e vem logo para perto de mim. Ela me abraça, mas não tenho energia para abraçá-la de volta.

— Estou bem — digo bruscamente. — Só estou zangada mesmo. — Cerrei tanto os punhos que minhas unhas estão prestes a ferir a pele. — Que merda ele tinha na cabeça, hein? Como é que ele não me contou?

Gigi sussurra *shhh* enquanto põe uma mecha do meu cabelo atrás da minha orelha.

— Não faça isso. Eu não vou chorar. Estou furiosa.

Seu rosto se contorce de pena.

— Querida, acho que você precisa conversar com alguém. Nas últimas semanas você mal tem conseguido manter as coisas sob controle.

Afasto-me do seu abraço. Ela acha que *eu* preciso de terapia? São meus pais que precisam, não eu.

— Achei que eu estava indo bem, Gigi. É lógico que não tão bem quanto você. Não tem nem um ano ainda e você já parece bem pra cacete.

Gigi dá um passo para trás.

— Tember...

— Como foi que você arrancou isso da sua cabeça? A morte da sua netinha de quatro anos não te incomodou?

— É claro que me incomodou, eu amava Maybelle dema...

— Não. Não é possível que você a amasse. Não se consegue agir assim, como se não tivesse nenhuma preocupação no mundo.

Ela me lança um olhar de pena.

— Acho que você precisa medir suas palavras, senão vai acabar se arrependendo do que disse quando se acalmar — diz ela, com a voz reconfortante de sempre.

— O que você vai fazer? — grito. — Me expulsar? Eu nem preciso mais morar aqui. Fui demitida do Instituto.

— Hã? Que história é essa?

— Não quero falar disso. Fiz merda e eles me demitiram.

— Ah, Tember. — Gigi balança a cabeça tristemente. — Eu achava que você só precisava de tempo. Não disse nada e isso foi errado. A culpa não é sua, a culpa é minha. Mas não posso ficar parada vendo você se destruir.

— Não estou me destruindo, estou me controlando!

Ela perde a paciência.

— Se controlando? Você está péssima!

Solto uma risada, ofendida.

— Nossa, valeu mesmo, Gigi.

— O jeito como você está reagindo não é saudável e precisamos conversar sobre isso.

— Eu *não quero* conversar! É exatamente o que eu não quero fazer, cacete!

— E acha que não contar a ninguém que sua irmã morreu vai dar certo?

Já deu. Eu me viro e vou depressa para o quarto batendo a porta com tanta força que um quadro cai na parede do corredor.

Estou tremendo por conta da descarga tóxica de substâncias químicas que são uma reação ao estresse. O remorso sobre o qual Gigi me alertou — *será mesmo que acabei de lhe dizer tudo aquilo?* — já está me incomodando, então pego o celular, desesperada por uma distração. Meu polegar, por hábito, clica nas mensagens trocadas com Dottie e Bo.

Faz dois dias que não mandamos nenhuma mensagem.

E o que eu diria? *E aí, galera? O garoto por quem me apaixonei está morrendo, e está sendo difícil pra caralho porque*

*meia-vida do amor* **241**

*já enfrentei a morte de alguém seis meses atrás, e não vou conseguir fazer isso de novo.*

Bato o celular no travesseiro, com a tela para baixo. Perdi o estágio, não tenho Dottie e Bo, minha pesquisa é uma piada. E Flint está morrendo.

Não consigo tirar a mão da barriga. Tenho medo de me mexer um centímetro e meus órgãos se esparramarem para fora. Foi exatamente o que senti quando perdi Maybelle, e odeio Flint por me fazer sentir isso de novo.

Como foi que não percebi? Porque estava na cara quando o conheci, no dia em que o encontrei nas Ruínas. Um misto de tristeza e teimosia o seguia como uma nuvenzinha cinza. Como se ele não quisesse se permitir qualquer diversão. E agora é tudo tão óbvio. É por isso que ele tem uma relação esquisita com a comida. E também porque ele nunca se agasalha. Algumas pessoas têm a meia-vida e buscam todas as alegrias possíveis até o fim. Outras fazem o oposto.

Nunca parei para examinar o luto dele. A minha suposição rápida de que o pai ou a mãe dele era quem estava prestes a morrer simplesmente *grudou* na minha cabeça. Eu estava ocupada demais me apaixonando por ele para juntar as peças. Foram tantas sensações novas: o jeito como o calor se espalhou pela minha pele quando brincamos juntos de durante o esconde-esconde, o jeito como senti um frio na barriga quando passei os dedos nos cabelos dele naquela noite na beira do riacho, o jeito como seu toque no meu joelho debaixo da mesa me deixou inebriada.

Quando penso em como ele me beijou, sinto a necessidade de levar a mão aos meus lábios, sentindo o calor daquela lembrança. Eu fiquei tão feliz. *Ele* ficou tão feliz. Nos minutos seguintes, sua nuvem de tempestade desapareceu.

Uma única lágrima escorre pela minha bochecha.

Bato a palma da mão nela. *Não*.

E daí que meus amigos não mandaram nenhuma mensagem? Preciso sair de casa e me divertir.

Demoro dez minutos para correr até a casa de Dottie. Bato na sua janela, e as cortinas se mexem e depois se escancaram. Quando ela vê que sou eu, sua confusão se transforma em temor. Ela abre a janela e me puxa desajeitadamente para dentro. Afasto o cabelo do rosto, e ah — ela não está sozinha.

Bo está aqui, sentado no pufe no canto do quarto. Fico chateada ao saber que eles programaram de fazer algo juntos sem mim *de novo*, mas é apenas uma feridinha de nada em comparação ao que Flint acaba de fazer comigo.

Bo levanta-se com um pulo.

— O que aconteceu?

Eu não ia dizer nada, ia vir até aqui e fingir que estou bem, mas as palavras simplesmente saem da minha boca.

— Ele já passou da meia-vida — desabafo.

— Quem? — pergunta Dottie. A ficha cai, fazendo toda sua expressão mudar. — Ah, puta merda. Flint?

Faço que sim.

— Ele vai morrer daqui a onze dias.

Dottie arregala os olhos.

— Meu Deus.

E então há um momento esquisito, perfeitamente silencioso, em que os dois ficam aguardando os detalhes. Uma pessoa normal contaria logo tudo. Mas sei que, se eu começar, se eu lhes contar o que estou sentindo a respeito desse luto, não vai dar para deixar de mencionar Maybelle.

*meia-vida do amor* **243**

— Vamos fazer alguma coisa — digo sem pensar. — Ir a Atlantic City, jogar boliche, sei lá. A gente precisa fazer alguma coisa.

O jeito como os dois me encaram, com uma expressão cheia de pena, me dá vontade de sumir. Não era isso que eu queria. Eu queria que as coisas voltassem a ser como eram entre nós três — alegres, leves, divertidas. Quero voltar para como as coisas eram antes de Flint chegar a Carbon Junction e estragar tudo.

— Não consigo fazer isso — sussurro.

E então começo a me mover.

— Tember? O que está fazendo? — pergunta Bo.

— September, pera aí — diz Dottie, mas já passei pela janela e estou indo embora.

# Flint

11 dias, 4 horas, 15 minutos

**Passo horas no meu quarto,** alternando entre lágrimas e alguns cochilos esporádicos. Encaro meu celular, a contagem regressiva na tela. *Tic. Tic. Tic.*

Quando anoitece, passo pelo meu pai, que acampou no chão do meu quarto *só para que tivesse alguém aqui quando você acordasse*, e vou para a sala iluminada pelo luar.

Pela varanda dos fundos, as torres da Coroa assomam por cima de Carbon Junction, acesas e brancas como ossos. Por entre as árvores, a casa de September está escura.

Nunca me senti tão só.

É por isso que eu não devia ter aceitado fazer as viagens de carro com September. Por que eu precisava conhecê-la logo *agora*? Se eu a tivesse conhecido um ano atrás, talvez a gente pudesse ter sido alguma coisa. Talvez eu pudesse ter lhe contado logo a verdade, e ela aceitaria a situação, e a gente teria passado alguns meses bons e ruins juntos.

Encosto a testa no vidro. Vim a Carbon Junction justamente para não deixar para trás nenhum escombro, e agora meus últimos dias vão ser bem piores do que eu poderia ter imaginado. No entanto, por mais que eu esteja sofrendo, não mereço nenhum pingo de compaixão. September foi a vítima de uma injustiça.

Enquanto volto para o quarto, meu cotovelo esbarra no balcão da cozinha. Uma pasta cai e os papéis se esparramam no chão. Eu me ajoelho para pegá-los.

Um comprovante de depósito para um buffet. Outro para um espaço de aluguel para eventos na Main Street. Um documento para obter uma lápide no Cemitério de Carbon Junction.

São... planos para o meu funeral.

Os papéis caem das minhas mãos dormentes. Uma das folhas desliza pelo chão e desaparece debaixo do sofá. Durante um minuto fico imóvel, sentado no chão, mal conseguindo respirar.

Então me levanto e volto para a cama.

Fico encarando o teto até a luz fraca da manhã se infiltrar. Dormi de janela aberta, e o quarto inteiro está com uma sensação de umidade, como quando acampamos. As temperaturas congelantes de dezembro estão chegando, e meu rosto está dormente por causa do frio, mas não quero me sentir aquecido.

Depois de tanto chorar ontem, sinto que estou vazio e exaurido. Sei que vou sentir tudo de novo quando amanhecer, mas, por ora, pareço um zumbi, num transe quase idêntico ao que eu sentia antes de vir para Carbon Junction.

Eu me apoio nos cotovelos. A casa está perfeitamente silenciosa, e há uma quietude revestindo tudo.

É Dia de Ação de Graças.

**246** BRIANNA BOURNE

Não temos grandes planos, só nós três e um peru, então não preciso me arrumar nem nada do tipo. Não que eu fosse fazer isso depois de ontem.

Eu me deito de bruços, depois ponho a cabeça para fora da cama e pego debaixo dela minha barraca do Último Dia.

Vigio a porta do quarto. Não quero correr o risco de ser surpreendido pelo meu pai ou pela minha mãe entrando no quarto, então me levanto e tranco a porta o mais devagar possível, abafando o clique com a outra mão.

Ponho a barraca embalada na cama, depois abro a gaveta de meias e tiro as barras de proteína que tenho juntado. Uma garrafa de água. Uma lanterna de alta potência. No canto do meu guarda-roupa quase vazio, pego minha velha mochila preta e começo a guardar as coisas.

O Dia de Ação de Graças se arrasta, e não saio do quarto. Minha mãe não deve estar a fim de preparar o peru, pois o dia passa e nós comemos apenas cereal e sanduíches. Não comi muito de nenhum dos dois.

Fico deitado na cama, encarando a contagem regressiva no celular e a casa do outro lado do riacho. Folhas entram pela janela aberta, mas não me levanto para fechá-la.

No dia seguinte, a campainha toca.

Eu me sento no sofá onde estava deitado sem fazer nada há horas. Imagino que seja mais uma entrega para minha mãe. Abro a porta, mas, em vez de um entregador, vejo Aerys.

— Oi — diz ela secamente.

Fico irritado.

— Você veio aqui para conferir se já contei pra September? Não contei, mas ela descobriu de qualquer jeito.

*meia-vida do amor* **247**

Aerys põe as mãos nos bolsos do moletom.

— Na verdade, vim buscar meu Wii.

— Ah. — O calor da vergonha esquenta minhas boche-chas. — Tá bem. Vou lá pegar.

— Vou esperar aqui fora — diz ela, cruzando os braços.

Levo o Wii e o coloco nos braços dela. Aerys se vira para ir embora.

— É sério que você veio aqui só para isso? — pergunto.

— Hum... sim — responde ela.

— Então eu cometo um erro e é o fim?

— Não foi "um erro", Flint. Foi um vacilo monumental — diz ela.

— E você acha que não sei? Vou me odiar para sempre por ter feito isso.

Aerys balança a cabeça.

—Ainda não consigo acreditar que você ia simplesmente sumir da vida dela.

— E o que tem de errado nisso? Foi o que você fez com seus amigos quando a primeira garota apareceu.

Aerys arregala os olhos e um silêncio paira entre nós. Percebo na mesma hora que passei dos limites.

— Que interessante, Flint, considerando que você nunca procurou sua *melhor amiga* depois que se mudou.

— Você também nem sequer tentou manter contato co-migo — observo, odiando o jeito como estou levantando a voz. — Além disso, a gente tinha *oito anos*, e eu estava *morrendo*!

— Ah, deixa disso. Faz anos que você está morrendo.

Meu sangue esquenta nas veias. Ela *não faz ideia* de como é viver com um prazo de validade.

Afio minhas palavras como se fossem uma faca.

— Vamos parar de fingimento: você só estava passando um tempo comigo para se sentir melhor consigo mesma. Ter pena de mim não vai compensar o fato de que você ignorou seus amigos.

Aerys expira tristemente pela boca.

— Nunca foi uma questão de pena, Flint.

— Ah, não? O pobre garotinho está morrendo e precisa de uma amiga, precisa sair de casa. Vou te contar uma coisa: eu não queria uma amiga. Não queria que você viesse pra cá, e jamais devia ter passado na frente da sua casa.

Os olhos de Aerys se enchem de lágrimas.

— Meu Deus, como você é babaca, Flint. Todo mundo te dá um desconto e te trata com o maior cuidado do mundo, mas ter a meia-vida ainda jovem não te dá o direito de ser um idiota. — Ela põe as coisas debaixo do braço. — Olha só, a gente já era, tá?

— A gente nem devia ter começado — grito enquanto ela me dá as costas e vai embora.

Só mais tarde, depois que paro de tremer, é que percebo... que nunca mais vou vê-la.

No sábado, saio para o bosque. Passo horas andando, pensando que, se September não tivesse descoberto, estaríamos a caminho de outro hospital neste exato momento.

Acabo indo parar na casa toda destruída onde a conheci. Passo um bom tempo sentado dentro da casa, encostado na parede, como estava no dia em que September apareceu na minha vida.

Eu estaria mentindo se dissesse que não estou meio que procurando um ponto de cor no meio das folhas mortas.

*meia-vida do amor* **249**

Mando uma mensagem para ela. A mesma mensagem que mandei ontem e anteontem. Uma mensagem por dia. Mais do que isso seria irritante.

*Desculpa.*

*Desculpa.*

*Desculpa.*

Talvez uma vez por dia também seja irritante.

Mas não consigo parar.

Será mesmo que nunca mais vou vê-la?

Vou para as Ruínas de novo no dia seguinte, mas desta vez levo minha mochila. Guardo-a dentro de uma sacola à prova d'água e a escondo sob uma pilha de pedras.

Eu temia que esse local não fosse distante o suficiente para o dia da minha morte, mas até agora não vi ninguém por aqui. Está na cara que September também não vai voltar para cá.

Sempre que saio das Ruínas, tenho mais e mais certeza de que é o lugar onde vou morrer.

Mais tarde, minha mãe abre a porta do meu quarto.

— Flint? Vem ver um filme com a gente.

— Para de pedir — retruco. — A resposta sempre vai ser não.

Eu deveria ter mantido meu plano inicial o tempo todo: ser um filho babaca. Assim, quando eu partir, eles vão sentir alívio, e não tristeza.

Depois que a casa escurece e a lua aparece no céu, ouço minha mãe chorar. Agora ela chora todas as noites. Meu pai entra no meu quarto.

— Flint?

— Estou acordado.

Meu pai se senta na cadeira no canto e se inclina para a frente, parecendo exausto.

— Você está dificultando muito as coisas para sua mãe, filho.

Tensiono o maxilar.

— E você acha que não é difícil *para mim*?

— Nós sabemos que é. Sempre soubemos. Mas você não deveria passar sua última semana desse jeito.

— É exatamente assim que devo passá-la. Eu mereço isso.

Ele olha para a janela sem nenhuma reação.

Escondo meu rosto no travesseiro. Queria que eles se desapegassem logo de mim.

Quando dou outra olhada no celular, já passa de meia-noite.

*Faltam sete dias.*

SETE.

Um pavor nauseante se espalha por mim. Meu tempo está acabando.

*meia-vida do amor* **251**

# September

**Já se passaram cinco dias** desde que fiquei sabendo de Flint.

Por fora, parece que estou conseguindo me controlar. Eu me levanto. Eu me visto. Vou para o colégio. Mas por dentro...

Quando a NASA lança um foguete, tudo tem que ser perfeito. A pressão física do lançamento, a força G, as altas temperaturas — se um único parafuso se afrouxar ou se parte da carga mudar de lugar, o centro de massa se desloca. O foguete começa a sacudir, e o efeito dominó se espalha até que o foguete inteiro esteja balançando, tremendo, espiralando — e então ele explode.

Parece que estou na parte do "está tudo tremendo".

Estava torcendo para que, quando parasse de ver Flint, eu conseguisse voltar a ser a September de sempre. Pôr a máscara de volta e enganar todo mundo. Mas eu estava errada, pois agora não consigo mais sorrir para ninguém. Só consegui conviver com uma pessoa quando eu estava me sentindo assim, e agora não posso mais vê-lo.

Odeio o fato de que penso direto em quanto tempo que ele ainda tem. É em todas as aulas, em todos os jantares silenciosos com Gigi, em todas as noites que passo acordada, deitada no escuro. Nem faz tanto tempo que eu estava contando os dias para outra perda, e isso me parece familiar de um jeito insuportável. É o pior tipo de déjà vu.

Hoje lhe restam seis dias, e meu alarme está tocando para que eu vá ao colégio.

Por hábito, olho o celular antes mesmo de levantar da cama. Tem uma mensagem de Bo dizendo que ele vai levar café pra gente. Pressiono o botão para bloquear a tela, um tanto irritada. Depois que saí da casa de Dottie, eles mandaram tantas mensagens que desativei as notificações. Em todos os momentos que passamos juntos na última semana — perto dos armários antes da primeira aula, durante os almoços insuportavelmente longos, na minha nova aula de educação física com Dottie no último tempo —, tive de me esforçar horrores para agir normalmente. Queria que eles me deixassem em paz, ou queria ter coragem de simplesmente não falar mais com eles, mas isso me parece impossível quando nossa amizade está tão emaranhada na minha rotina no colégio. Quanto tempo mais eles vão aguentar antes de me rejeitarem de vez?

Gigi está na cozinha quando chego para tomar café da manhã. Eu me sento na sua frente e pego uma torrada. Ela não disse nada sobre a nossa briga e está me tratando como se não me amasse menos por causa do meu surto. Ainda assim, tenho mantido nossas conversas curtas e práticas, apenas o mínimo para quem vive na mesma casa. Porém, hoje de manhã, Gigi iniciou uma discussão que eu não queria ter.

— Tember? Conversei com a sra. Larsen ontem — diz ela com cuidado.

*meia-vida do amor* **253**

Eu me levanto e empurro a cadeira para trás com tanta força que ela faz um barulho no piso. De costas para Gigi, jogo o resto da torrada no lixo.

— Ele é um mentiroso de merda e merece o que quer que esteja acontecendo — digo, quase cuspindo as palavras.

— Ela disse que ele mal está comendo.

No instante em que ela diz isso, tudo que consigo ver é o rosto de Flint. Uma nova aflição arde dentro de mim. Por que dói tanto saber que ele está sofrendo? Não é justo que alguém faça uma coisa tão terrível com a gente e o amor não desapareça de imediato. É o que deveria acontecer.

Em vez de sair pela porta da frente, volto para o quarto. Depois da morte Maybelle, passei a pegar um artigo acadêmico para ler sempre que sentia a pressão do luto por trás dos olhos. Eu me deito de bruços na cama e entro no site de um dos meus periódicos preferidos com revisão por pares. Mas hoje as palavras não fazem sentido nenhum.

*Seis dias.*

Às vezes, sou pega de surpresa: penso em algo que quero contar para Flint, ou esqueço que não estou mais trabalhando na minha pesquisa e penso em acrescentar um certo elemento químico à minha lista para investigar, ou então pego o celular para mandar uma mensagem para ele. E então lembro que ele vai partir em breve e que nunca mais poderei lhe contar nada.

Perder duas pessoas próximas que tiveram sua meia-vida muito antes do que mereciam me parece extremamente cruel.

Lembro que já sussurrei *seis dias* para mim mesma antes, na minha cama da casa no Colorado. Espero que não tenha sido num daqueles dias em que me dediquei completamente à genética, ainda procurando uma salvação para minha irmã.

Passei dias demais fazendo isso, e dias de menos apenas vivendo com ela.

Por um breve segundo penso... e se eu souber enfrentar isso? Já passei por isso antes com Maybelle, e não é possível ser mais difícil do que aquilo. E se eu me recompuser o suficiente para ver Flint mais uma vez antes de ele morrer?

O toque alto do meu celular se espalha pelo quarto. É meu pai. De novo. Ele tem ligado todos os dias. A irritação me faz apertar o botão verde — se eu falar com ele uma vez, quem sabe ele não me deixa em paz por uma semana.

Não me dou ao trabalho de dizer "alô".

— O que foi, pai?

Na tela, ele contrai o rosto.

— Hum, estou ligando só para saber como você está. Eu e sua mãe estamos preocupados. Gigi contou pra gente do seu amigo.

— Está tudo bem — digo secamente.

— Tem certeza? Porque...

— Tenho, pai. Não é nada de mais. Não é nada em comparação a perder uma irmã.

Meu pai pisca, sem reação. Nunca falamos de Maybelle em nossas chamadas.

— Hum, você pode passar o telefone para Gigi? — diz ele, atrapalhando-se.

— Não dá, estou com pouca bateria — minto. — Ligue para o telefone fixo. Depois a gente se fala, pai.

Encerro a chamada e me jogo nos meus lençóis, puxando o travesseiro para cima da cabeça. Nunca mais quero me mexer. Aqui está escuro, e se eu me obrigar a dormir, talvez consiga aguentar o resto do dia.

*meia-vida do amor*

Franzo a testa na escuridão. Será que é isso que minha mãe está fazendo a milhares de quilômetros de distância? Pela primeira vez, sinto um aperto no peito de compreensão. Agora entendo que, às vezes, sair do ninho da sua cama parece impossível. Que a pessoa só quer se esconder de tudo, adormecer para desligar o cérebro, pois no escuro é como se tudo doesse menos.

De repente, quero abraçá-la. *Mãe*.

Aperto o travesseiro ainda mais sobre a cabeça até a sensação passar.

Saio para o colégio, rumo a mais um dia torturante em que vou me esquivar de perguntas e evitar temas sensíveis. Estou quase chegando quando recebo uma mensagem de Flint. Sei o que ela vai dizer, mas abro a mensagem mesmo assim.

*Desculpa*.

Ele a envia uma vez por dia, o que deveria me enfurecer. Porém, não deixo de sentir um certo puxão no peito que sempre parece vir da direção da casa dele, e isso não é real porque *não tem explicação científica alguma*, mas, ao mesmo tempo... ele me enviar essa mensagem todos os dias significa que está sentindo a mesma coisa. Essa coisa entre nós dois que foi esticada até o limite, sem se romper.

Começo a digitar: *Pare de me mandar mensagens*.

Mas não consigo enviar. Não quero que ele pare, pois, quando ele parar, isso vai significar que ele partiu.


Depois do colégio, ando em círculos pela sala de estar de Gigi. A casa está tão quieta que juro que dá para ouvir os fios do tapete se dobrando debaixo das minhas meias. Meu cérebro se fixou em alguma coisa, como se eu fosse um vídeo carregando com a barra travada em 17%.

Alguma coisa na tarde de hoje me deixou agitada e está se intensificando, como se fosse pânico. A psicologia é uma ciência e, cientificamente, sei que isso é um choque emocional, mas ter consciência disso não significa que consigo voltar ao normal num passe de mágica. Não tenho mais o estágio para me distrair, então estou presa aqui dentro pensando em Flint.

Metade de mim está totalmente chateada com o que ele fez, e a outra metade está presa à lembrança do beijo na termelétrica. Ontem me peguei cheirando a gola do meu casaco, para o caso de ainda restar algo de Flint ali. Fiquei com tanta raiva de mim mesma por ter feito isso que fui até a área de serviço e borrifei um aromatizador na gola.

Sei que o fato de eu praticamente não estar dormindo não ajuda. Ontem à noite, fiquei pensando sem parar que cada batida do meu coração acompanha o movimento do ponteiro menor do relógio. Depois, acordei no escuro, com a pulsação latejando de *pavor* por estar em mais uma contagem regressiva, e por um instante achei que era Maybelle que só tinha cinco dias. E então lembrei que, desta vez, a contagem não é para ela.

Vou até a cozinha. Talvez eu só precise tomar outro café ou comer alguma coisa. Os armários estão meio vazios, só tem umas coisas saudáveis em que Gigi e eu nem encostamos desde que cheguei aqui. Bolachas de arroz, bananada, um pacote de lentilha...

A lembrança me espeta como uma agulha. Consigo ouvir sua voz no momento em que ela provou a bananada pela primeira vez. "Sei por que o nome é bananada, Tember", disse ela, cuspindo e fazendo uma careta exagerada. "Não tem gosto de nada."

*meia-vida do amor*   **257**

A vontade de chorar e a vontade de pôr a mão no peito de tanta ternura se debatem dentro de mim.

Fecho o armário. Não aguento passar nem mais um segundo aqui com todas essas lembranças. Ela está aqui — nos álbuns de fotografias nas estantes da sala, nas fórmulas escritas nas paredes do meu quarto. Tenho medo de admitir isto, mas ela sempre esteve por toda parte — numa embalagem de bananada, nos balanços do parquinho, no meu cabelo ruivo no espelho.

Pego meu casaco e me lanço no frio. Ando para longe da casa de Gigi, para longe do riacho, para longe da casa idiota de Flint. Caminho até a ponta do meu nariz parecer uma pedra de gelo, até o ar frio fazer meus pulmões arderem. Passo tanto tempo pisoteando folhas mortas que começo a me perguntar se não seria melhor pegar meu celular e ver onde estou, mas essas árvores me parecem vagamente familiares.

Quando vejo a primeira pedra, paro bruscamente.

Por alguns longos instantes, apenas a encaro sem reação, com minha mente se recusando a reconhecer onde estou.

Estou nas Ruínas.

Quase me viro. Saí de casa para fugir das fórmulas escritas na parede do meu quarto, mas terminei me enganando e vindo parar na frente da irmã dela.

Em vez de ir embora, passo por cima das pedras caídas e me aproximo com cautela dos escombros da construção. A essa altura, certamente o vento e a chuva já apagaram os sinais da minha presença nas Ruínas. Os gravetos estalam sob minhas botas. Ando um pouco até conseguir ver a parede. Ótimo — só tem uns restinhos das minhas fórmulas.

Eu me viro para deixar isso para trás também e...

Lá está ele.

A cem metros de distância, mas andando na minha direção. Cabisbaixo e de mãos nos bolsos.

Tudo dentro de mim quer correr até ele. Quer se entregar a esse caos que tem se acumulado dentro de mim desde antes de nos conhecermos, quer descontar a tristeza nele porque ele é feito disso e sei que aguenta.

Ele olha para cima como se tivesse sentido minha presença, apesar de eu não ter me mexido.

Seus passos vacilam. Há um momento de descrença, depois um de esperança — e então sua expressão é tomada pela mágoa.

Não consigo me mexer.

Ele começa a andar de novo, devagar, como se tivesse medo de que eu fosse desaparecer.

E então ele chega perto de mim. Tão perto que, se eu desse dois passos para a frente, encostaríamos um no outro.

Por um instante, apenas nos entreolhamos. Estou contendo um milhão de sensações diferentes. Antes que eu desmorone sob o peso de todas elas, desvio o olhar e encaro a floresta.

— Que droga, Flint — sussurro.

Ele dá meio passo para a frente. Para de novo.

— Desculpa, September. *Mil* desculpas.

Não consigo encará-lo. Eu *sei* que ele está arrependido.

— Pode gritar comigo — diz ele baixinho.

— Hã?

— Pode gritar comigo se quiser. Faça qualquer coisa. Só não me mande embora.

Meus olhos lacrimejam. Não tenho energia para gritar com ele como fiz na beira do riacho. E ele entende o que fez — ele está se culpando mais do que eu jamais faria.

*meia-vida do amor*   **259**

— September, eu...

— Estou arrasada — digo antes que eu possa conter as palavras, que pairam no ar.

— Eu também — diz ele.

A escuridão ao seu redor se intensifica, e em vez de me afastar, eu entro nela. Penso em tudo que deu errado na última semana.

Sinto um aperto na garganta e uma ardência nos olhos. Acetilcolina, diz meu cérebro, $C_7NH_{16}O_2^+$, mesmo enquanto é inundado por ela. Está tudo vindo à tona, como se ele fosse um buraco negro e estar perto dele trouxesse toda a minha escuridão para a superfície.

— Foi minha irmã — sussurro.

Flint congela.

— Eu tinha uma irmã. Ela teve à meia-vida aos dois anos.

— Que merda, September.

— Meus pais tentaram me convencer a vir para Carbon Junction antes do último dia. Queriam que eu estivesse longe e não presenciasse nada. Mas eu quis estar presente. Eu estava presente quando ela chegou ao mundo. Ela merecia estar nos meus braços quando partisse dele.

— Meu Deus — diz ele.

Ele estende o braço, e permito que segure minha mão. Ele não tira os olhos de mim. Escuta todo o meu desabafo.

— Não quisemos sair de casa no dia. Não queríamos correr o risco de que ela se machucasse e passasse as últimas horas com dor, num hospital ou acidentada num barranco. Então montamos um forte na sala de estar. Levamos todos os nossos colchões para o andar de baixo e o enchemos de travesseiros e cobertas.

Suspiro e continuo:

— Cantei todas as suas músicas prediletas, brinquei com ela, tentando evitar que ela percebesse o clima pesado. Percebi a confusão no seu rosto algumas vezes, como se ela estivesse pensando: *Mamãe, papai e Tember* não fazem isso comigo todos os dias. Eu estava cantando para ela quando ela partiu. Foi rápido, apenas um tremorzinho. Um olhar distante. Cantei até ter a certeza de que ela não estava mais comigo.

O nó no meu peito está mais duro do que nunca.

— Está vendo? Também sei como é viver com uma contagem regressiva — digo.

Flint parece tão arrasado quanto eu.

— Qual era o nome dela? — sussurra ele.

— Maybelle — sussurro.

É a primeira vez que digo o nome da minha irmã para alguém desde que me mudei para cá.

*Fui eu que escolhi o nome dela.*

Eu me obrigo a respirar. Fecho os olhos. Conto até três. Um, dois...

— Pare de fazer isso — diz ele baixinho.

Abro os olhos e pisco algumas vezes.

— De fazer o quê?

— Sempre que o assunto vem à tona, você o reprime e o enterra ainda mais fundo.

As lágrimas fazem meus olhos arderem.

— E acha que o que você está fazendo é melhor? Até parece que você é um exemplo de alguém que lida bem com o luto.

Ele fica tenso.

— O que você tem feito desde que te vi da última vez, Flint? Acho que dá para imaginar. Você não tem comido. Não tem saído do quarto. Não tem *vivido*. Não é mesmo?

Ele não responde. Apenas encara inexpressivamente o chão.

*meia-vida do amor*  **261**

— O que você me diria se fosse *eu* que só tivesse cinco dias de vida? — pergunto. — Você ia querer que eu vivesse do jeito que você está se obrigando a viver?

Ele se curva para a frente e cruza os braços, mas agora não consigo mais parar. Mesmo que no fim nós dois estejamos deitados no chão, sangrando até morrer.

— O que você diria à minha irmã? Você teve *doze anos a mais* do que ela, e o que foi que fez com eles? — pergunto. — O que você diria a ela, Flint?

# Flint

5 dias, 8 horas, 6 minutos

**Mal consigo respirar.** September está acabando comigo.

Estamos de pé no meio da floresta fria, ambos tão quebrados quanto as paredes ao nosso redor. O ar está calmo, mas dentro de mim há um milhão de coisas se estilhaçando.

Meu coração se parte ao ouvir a história da irmã dela.

Não consigo acreditar que September estava com ela quando aconteceu. Ela teve que ver *tudo*. E, depois, precisou seguir em frente e viver depois daquele terrível segundo que a transformou em filha única.

As palavras de September se repetem na minha cabeça.

*O que você diria a ela?*

Fragmentos dos meus dezessete anos rodopiam ao meu redor, todas as coisas em que eu acreditava e em que não acreditava. Pela primeira vez, parece bem simples distinguir quais delas eram *realmente* verdadeiras.

Tem algo entrando em foco, uma verdade que brilha como um diamante e que até então estava oculta sob os escombros da minha vida.

*O que você diria a ela?*

*meia-vida do amor*   **263**

Penso em todas as vezes em que September encontrou beleza em lugares onde eu só via feiura. Penso nas vezes em que ela me mostrou como saborear algo bom. A doçura de uma bala de caramelo, um pôr do sol, um beijo, uma noite estrelada e silenciosa. Ela me fez olhar de outra maneira. Ela direcionou meu olhar para essas coisas, quando eu não conseguia sequer erguer meu próprio queixo.

Penso que *aproveitei* mais horas da minha vida no último mês do que nos últimos *anos*. Antes de vir para cá, minha vida era um borrão de angústia, mas nas últimas semanas tive muitos vislumbres da felicidade. Brincar de esconde-esconde no resort. Ir ao mercado de pulgas com minha mãe. Jogar videogame com Aerys.

Comer uma pilha de waffles cobertos de caramelo. Andar no meio daquela termelétrica assustadora e bela. Todos os segundos que passei com September.

As lembranças se acumulam no meu peito.

E então, com uma certeza repentina, eu sei: agi errado esse tempo todo.

Eu achava que, se eu me negasse a felicidade, deixar este mundo doeria menos. Mas assim eu só fiz com que *minha vida* doesse.

E isso é uma merda, pois não é exatamente uma grade revelação. Eu *sabia* que estava magoando todo mundo, mas tinha me convencido de que estava fazendo a coisa certa.

*Você teve doze anos a mais do que ela, e o que foi que fez com eles?*

*O que você diria a ela?*

Eu lhe diria para deixar sua família passar o máximo de tempo possível com ela. Ir ao zoológico, à praia, e a todos os museus a menos de cem quilômetros de distância, caso fosse isso que eles quisessem, só para passarem um tempo juntos no carro.

Eu lhe diria para aproveitar todos os momentos de alegria possíveis. Para desacelerar e curtir um belo pôr do sol, um abraço demorado, uma coberta quentinha, sua comida predileta. Para voltar a ser mais próxima de sua amiga mais antiga, que traz consigo tantas lembranças gostosas.

Eu me arrependo de oito anos inteiros da minha vida. É estranhamente libertador admitir isso. E agora posso fazer alguma coisa com os próximos dias.

Inspiro devagar, de forma trêmula.

As pontas dos meus dedos estão formigando, e não por causa do frio. Os escombros foram removidos, e agora consigo perceber que viver significa saborear os bons momentos. Ser capaz de apreciar a beleza, apesar de toda a dor.

Quero passar meus últimos cinco dias absorvendo o máximo possível da vida.

Não quero apenas estar vivo. Quero *viver*.

*meia-vida do amor*   **265**

# September

**Flint está encarando a terra** no chão da casa destruída. Assimilando tudo, imagino. Bom, deixo que ele faça isso.

Eu me afasto alguns metros. Falar do último dia de Maybelle me levou praticamente ao limite. Faz meses que tento suprimir as recordações da minha irmã, esperando que elas fossem se esvair com o tempo, mas elas continuam aqui, mais nítidas do que nunca.

Flint passa longos minutos em silêncio. Estou prestes a lhe perguntar se está tudo bem, mas ele endireita a postura de repente, como se um feitiço tivesse sido desfeito.

— Você tem razão — diz ele baixinho.

Não sei o que eu estava esperando que ele fosse dizer. Mas não era isso.

Ele se vira para me olhar nos olhos.

— Você tem razão — diz ele outra vez. — Não quero continuar vivendo como tenho vivido. Os últimos cinco dias vão ser diferentes de todos os outros. Vou viver um pouquinho antes de partir. E sei que preciso fazer isso sozinho, eu entendo isso. Já exigi muito de você, e peço mil desculpas por ter feito você passar por tudo isso. E agora que sei que você estava com sua irmã quando ela morreu... não vou pedir que passe por tudo isso de novo.

Abro a boca para falar, mas ele prossegue.

— Tem só uma coisa que preciso dizer, depois eu te deixo em paz, paro de te mandar mensagens e tudo mais. September...

Ele respira fundo e me olha tão intensamente que preciso pressionar os dentes no meu lábio para não desviar o olhar.

— September, eu vou me arrepender *para sempre* de ter mentido para você. Mas não me arrependo de ter te conhecido, e sou grato por todos os segundos que passamos juntos.

Ele ergue a mão, quase encosta na minha bochecha e se afasta no último momento.

E depois começa a ir embora.

Observo-o ir, cabisbaixo e com as mãos nos bolsos. O barulho de suas botas esmagando as folhas diminui a cada passo que ele dá para longe de mim. Daqui a um minuto, ele vai desaparecer no meio das árvores.

Sinto um baque no coração.

Talvez eu devesse deixá-lo ir embora. Talvez nós dois estejamos tão quebrados que não tenhamos mais conserto.

Já consigo imaginar como tudo vai acontecer: vou voltar para casa por essa floresta. Amanhã, vou procurar sua mensagem diária dizendo *desculpa*, mas não vou encontrá-la. E então vou acordar no dia 5 de dezembro, o dia depois da data de sua morte, e vou saber que ele não está mais no mundo comigo.

Aí não vai ter mais volta. Nada de *vamos voltar atrás*, nada de *eu deveria ter passado aqueles últimos dias com você*. O tempo está acabando, e eu conheço essa sensação melhor do que ninguém.

*meia-vida do amor*

Eu ainda deveria estar zangada com ele por ter mentido, mas a raiva está passando, diminuindo a cada segundo. E ele... ele é Flint. Agora eu o *conheço* e quero que seus últimos dias sejam repletos de amor. De momentos em que seu rosto ganha vida, seja de encanto, felicidade ou simples contentamento. E sei que posso proporcionar isso a ele.

— Espere — digo, apesar de ele estar longe demais para me ouvir.

O pânico se espalha pelo meu corpo. Saio em disparada atrás dele.

— Flint, espere — chamo.

Ele se vira. Corro até ele e paro tão perto que preciso inclinar o pescoço.

Ele me olha cheio de cautela e esperança. É como se eu tivesse seu coração nas minhas mãos e pudesse ou despedaçá-lo, ou colocá-lo delicadamente de volta em seu peito.

— Não posso permitir que você vá embora — digo, ainda um pouco ofegante da corrida. — Posso te ajudar a ter uma última semana boa. Quero estar ao seu lado. Mesmo que o fim seja terrível, mesmo que seja a segunda experiência mais dolorosa da minha vida. Quero estar ao seu lado.

Ele me olha como se fosse chorar.

— Sério?

— Sim, sério.

Ele se emociona. Sua boca treme, e ele precisa cobri-la com a mão e desviar o olhar para as árvores.

— Tem certeza de que é uma boa ideia? — pergunta ele.

— Não. — Daqui a cinco dias, ele vai ter morrido, e eu ainda estarei aqui, e isso nunca vai deixar de ser uma injustiça. — Mas é o que eu quero fazer.

Ele assente, considerando a ideia.

— Mas acho que a gente deveria ter uma regra — diz ele.
— Você não pode se concentrar só em mim e esconder todas as suas emoções. Você pode se sentir triste.

Balanço a cabeça.

— Não, Flint. Não quero atrapalhar seus últimos dias com a minha confusão. Quero que você seja o foco. Com Maybelle, não era sempre que eu estava presente. Tive dois anos depois da meia-vida dela, e passei a maior parte desse tempo na escola, e o restante com a cara enfiada nos livros.

— Você estava presente no final — diz ele.

Estava. Nas últimas semanas, não toquei em nenhum livro e apenas passei o máximo de tempo possível com ela. Posso fazer isso por Flint também.

Ele passa a mão nos cabelos, e suas sobrancelhas se unem de preocupação.

— Fico preocupado com você, September. Vai fazer a mesma coisa depois que eu partir? Vai enterrar seus sentimentos e passar o resto da vida tentando fugir deles?

— Provavelmente. Mas, Flint, não quero ficar como meus pais. Nem como você, com todo respeito.

— Tudo bem.

— Tenho medo de não fugir das emoções e... ficar triste o tempo todo.

— Sei lá. Acho que é possível enfrentar o luto, mergulhar a fundo nele e sair vivo. Não sei exatamente como, porque obviamente não foi o que fiz, mas deve ser possível, sim.

Balanço a cabeça com tristeza.

— Não sei se tem como sair do luto, Flint. Acho que não dá para ser a mesma pessoa depois de perder alguém tão próximo.

Ele reflete por um longo instante.

*meia-vida do amor*  **269**

— Não, você tem razão. Nunca mais seremos os mesmos. Mas isso deve ser melhor do que não enfrentar, não acha?

Fecho os olhos, sentindo uma nova fisgada.

— Talvez.

Uma rajada de vento passa por entre as árvores. Flint se enrijece e esfrega os braços para se aquecer.

— A primeira coisa que vou fazer é começar a usar casaco — murmura ele.

Tiro meu cachecol. Eu me aproximo para enrolá-lo no pescoço de Flint. Ele fica parado e me olha enquanto me espera terminar. Flint quer que eu o veja, mas me concentro no cachecol, pois meus batimentos disparam.

— Pronto — digo baixinho, encostando no nó.

— Obrigado — responde ele baixinho.

Há um momento intenso que me faz pensar nas conversas tão sinceras à meia-noite, nos embrulhos de papel pardo, na mecha de seus cabelos escuros entre meus dedos.

Ainda está tudo aqui. A atração, a respiração ofegante. Não sei o que fazer com isso, mas ainda está aqui.

O mindinho de Flint toca o meu.

— Talvez a gente não devesse... — sussurro.

Não sei se dá para continuar de onde paramos.

— Tudo bem — diz ele, dando um pequeno passo respeitoso para trás. — Só o fato de você ainda estar aqui comigo me deixa feliz. Não tem problema se for só amizade.

*Só amizade.*

— Tá bom — respondo.

Agora que isso foi decidido, algo entre nós relaxa. Vou ter que me despedir dele, mas não hoje.

Pensar que tenho mais cinco dias com ele é como inspirar oxigênio puro.

# Flint

5 dias, 6 horas, 45 minutos

**Meu cérebro está a mil** quando me aproximo de casa. Preciso fazer uma lista. Quero encher todos os dias de momentos, de experiências, de *vida*.

Entro pela porta da frente.

— Mãe? Pai? — ecoa minha voz pela estrutura da casa.

Eu disse a September que precisava conversar com os dois e perguntei se a gente poderia se encontrar daqui a duas horas. Agora estou inquieto, vibrando, pois me restam cinco dias e *tem tanta coisa que eu quero fazer neles*.

Minha mãe aparece no corredor, andando como se sua bateria estivesse acabando.

— Flint? — Ela franze a testa e olha para a porta do meu quarto, ainda fechada. — O que está fazendo aqui fora?

Vou até ela e a abraço.

— O que está acontecendo? Por que está me abraçando? — diz ela, e sua voz parece tão engraçada abafada no meu ombro que preciso sorrir.

— Cadê o meu pai? Queria conversar com vocês.

*meia-vida do amor*　**271**

Ela recua e percebe o cachecol amarelo que ainda está no meu pescoço.

— Encontrei September — explico.

—Ah, querido. — Seu olhar se enche de pena.

— Não, foi bom. Não se preocupe.

A porta dos fundos se abre, e meu pai entra com os braços cheios de lenha. Ele para e nos encara.

— O que aconteceu? Está tudo bem?

— Preciso conversar com vocês. Sentem-se.

Eles vão até o sofá desconfiados. Minha mãe pousa a mão na do meu pai, e eles se preparam para o que quer que eu esteja prestes a dizer.

— Não precisam ficar tão assustados. É algo bom. Prometo.

Pego uma manta e cubro meus ombros. Cansei de passar frio.

Começo a contar que fui parar nas Ruínas e que o que September disse me deu vontade de viver.

— Me desculpem. Sei que faz anos que vocês estão tentando me dizer isso.

Espero a reação deles, com a culpa corroendo meu estômago.

Minha mãe assente devagar.

— Tudo bem, Flint. Às vezes a pessoa precisa ouvir a mesma coisa de um jeito diferente.

Sou tomado pelo alívio.

— E o que está planejando fazer agora, garoto? — pergunta meu pai.

— Por enquanto eu estava pensando numa coisa... vocês querem jogar algum jogo de tabuleiro ou algo assim? Sei que minha mãe trouxe alguns lá de casa.

O rosto da minha mãe se alegra, é o primeiro sorriso genuíno seu que vejo em anos.

— Que ideia maravilhosa.

Nós nos sentamos no chão da sala de estar e jogamos todos os jogos da pilha. Meu pai fica olhando para a porta do meu quarto e depois para mim, como se não acreditasse que estou aqui fora, realmente *com* eles, realmente *tentando* pela primeira vez em anos.

Num dado momento, o lado competitivo da minha mãe vem à tona; ela tenta desesperadamente ficar com mais pontos, e os dois começam a discutir, mas de um jeito brincalhão, e sinto algo no meu peito que eu não sentia há muito, muito tempo.

Não é exatamente o espetáculo empolgante que eu tinha imaginado, mas já é um começo.

# September

**Depois da conversa de Flint com os pais,** nós nos acomodamos numa mesa no melhor restaurante japonês de Carbon Junction, com decoração de bambu e iluminação dramática. Vejo Flint provar sua primeira peça de sushi. Ele nunca comeu sushi antes, e, sendo bem sincera, não sei o que vai achar.

— Meu Deus. Que coisa incrível. — Ele chama o garçom. — Por gentileza, poderia trazer o cardápio de volta?

Eu rio enquanto ele pede mais *seis* coisas. Enquanto esperamos, faço um nó com o guardanapo no meu colo. Ele também está inquieto, vibrando com uma energia que mal consegue conter. Agora há uma certa urgência que quase se transforma em pânico. Ela se manifesta como um zumbido no ar, e nós dois não conseguimos relaxar de verdade.

— Então... cinco dias — digo, embora as palavras tenham que contornar o nó na minha garganta. — O que a gente deve fazer?

— Eu estava esperando que você fosse ter uma ideia ou outra. Pesquisei no Google listas de coisas que as pessoas gostariam de fazer antes de morrer, mas todas elas requerem uma viagem de avião ou não fazem parte do calendário social de Carbon Junction em dezembro. Eu teria adorado fazer algumas das atividades dessas listas. Ir a uma Festa da Espuma, a uma Parada do Orgulho LGBTQIAPN+, em um Festival do Renascimento todo fantasiado ou numa daquelas discotecas silenciosas.

Sorrio.

— Fazer essas coisas teria sido incrível.

Dói saber que ele não tem mais tempo para elas.

Ele empurra o wasabi com o hashi.

— Acho que eu deveria estar mais preparado. Tive anos para pensar no assunto. — Ele olha para cima. — O que você amou? Quando você pensa em "atrações imperdíveis da vida", o que aparece na sua cabeça?

— Não sei ao certo. — Empurro o arroz no meu prato. — Quando as pessoas fazem essas listas na internet, elas pensam mais em coisas grandiosas, chamativas, como subir na Torre Eiffel, nadar com golfinhos etc. Mas elas fazem isso para postar no instagram, ou porque acham que é o que deveriam querer fazer. E imagino que essas coisas impressionam mais os outros. Mas todos os melhores momentos da minha vida de que me lembro foram tão... pequenos. Como... correr no verão no meio dos irrigadores de grama ligados com minha melhor amiga. A primeira vez que minha irmãzinha sorriu ao me ver fazendo uma careta para ela. Quando descobri algo importante no laboratório de bioquímica.

*Nosso beijo*, penso. Minhas bochechas enrubescem — valeu, vasodilatadores. Na mesma hora, tento afastar o pensamento. *Amigos*.

Flint faz que sim.

— Então talvez não dê para planejar essas coisinhas mais intensas.

*meia-vida do amor*

— Talvez não.

Há um silêncio desolador, mas ele se anima novamente, o que é mais do que tenho conseguido fazer ultimamente.

— Tá bom, então que tal uma adrenalina intermediária? — decide ele e pega o celular. — Vamos fazer uma lista? Saltar de paraquedas e fazer *bungee jump* estão fora de cogitação. Essas coisas são o ápice da adrenalina, e não quero terminar com o corpo todo engessado. Mas e algo como tirolesa? Eu sempre quis esquiar também. — Ele põe um sushi de enguia na boca. — Nossa. Hum, não sei se curti muito esses de enguia.

— Acho que a pista de esqui da rodovia I-99 acabou de abrir — observo.

— Sério? Tenho certeza de que meus pais topariam levar a gente. Minha mãe queria que esse período fosse cheio dessas coisas, então acho que eles têm um pouco de dinheiro guardado. Vou pedir para eles.

Ele tira o guardanapo do colo e o coloca ao lado do prato vazio. Nunca o vi comer tanto de uma só vez.

Há um momento mais quieto, e percebo por que ele tem falado tanto agora à noite. Sempre que tem silêncio, a contagem regressiva dá as caras, lembrando-nos de cada segundo que passa.

Ele parece tão *vivo*. É bizarro estar sentada na frente de alguém tão perfeitamente saudável sabendo que daqui a uma semana ele vai partir. Não dá para entender, apesar de eu já ter passado por isso antes.

— Acho melhor a gente voltar pra casa — digo.

Ele balança a cabeça.

— Não quero encerrar a noite ainda. — Ouço o que ele está realmente dizendo: *Nosso tempo está acabando*. — Podemos fazer alguma coisa que nos aqueça?

Pego meu celular.

— Vou ver o que encontro aqui.

— Pesquise aí: "Melhores coisas para fazer na Pensilvânia antes de bater as botas."

Ignoro a sugestão dele e mexo no meu celular. Ele quer algo quentinho...

— Acho que encontrei o lugar perfeito.

Enquanto andamos de volta para o Jeep, tento ignorar a coluna branca e imponente do Instituto no topo da cidade. Lembro a primeira vez que a vi, eu era criança e vim passar o Natal com Gigi. O prédio era bem esquisito, e eu tentava imaginar o que acontecia lá dentro.

Agora eu sei. A dra. Jackson deve estar andando pelo laboratório do último andar, anotando equações no quadro branco. Percy deve estar sentado no meu lugar na sala de observação neste exato momento, preparando-se para assumir a vaga no programa de bioquímica da UCJ, prestes a ter a carreira que eu queria. A vida que eu queria.

Flint para de andar.

— Ei. Tudo bem?

Dou de ombros. Ele sabe a resposta. Não dá para pensar na minha imensa mancada profissional neste momento. Isso — e todo o resto — pode ficar para a próxima semana.

Continuamos andando. Seu braço toca no meu uma vez, assim como no dia da festa na termelétrica, mas ele não deixa que o movimento se repita.

Quando passamos pela loja de departamento, com as vitrines enfeitadas com luzinhas natalinas e manequins, Flint pega minha mão e diz:

— Pera aí, tive uma ideia.

*meia-vida do amor*   **277**

Ele me puxa para dentro da loja e vai direto para uma arara com dezenas de casacos de inverno.

— Que cor devo escolher? — pergunta ele.

— Preto, não — respondo, com um sorriso se insinuando no canto da boca.

Ele revira os olhos.

— Tá bom, nada de preto. — Ele pega um casaco, tira do cabide e veste. — Vai ser este aqui.

As etiquetas encostam no seu pulso enquanto ele vai até o caixa já usando o casaco.

É laranja queimado e combina perfeitamente com a cor do meu cabelo.

De acordo com a lista que encontrei de "Dez melhores coisas para se fazer no outono na Pensilvânia", o pomar de macieiras e a plantação de abóboras em Sugar Grove ficam abertos até tarde para suas "noites outonais acolhedoras". Lá tem uma fogueira ao ar livre, cercada por uma variedade de cadeiras de balanço, redes suspensas e balanços de madeira. Eles até emprestam mantas.

Quando Flint e eu nos sentamos num dos balanços para dois, o sol ainda estava aparecendo, todos os lugares estavam ocupados, e crianças corriam por toda parte. Agora, contudo, tem apenas um casal mais velho.

— Bom, não sei se *Tomar sidra de maçã* já apareceu na lista de alguém, mas deveria ter aparecido — diz Flint. — Para mim, isso entra na categoria de adrenalinas intermediárias.

Tomo um gole da minha caneca. É bem gostoso.

— Você está se sentindo aquecido? — pergunto.

Ele olha para o casaco laranja novinho em folha e para a grossa manta xadrez cobrindo a gente.

— Não.

— Para com isso. Antes você saía de camiseta nessa mesma temperatura e nem sequer tremia.

— Não sei se você lembra, mas eu cheguei a *desmaiar* por causa dessa escolha — diz ele.

Na meia hora que passamos sentados aqui, percebi muito bem o quanto estamos próximos. Ele tem mexido nosso balanço o tempo todo. Não é tão tarde, mas o movimento do balanço e a fogueira me deixaram sonolenta.

Levo a coberta até o queixo.

— É uma pena que a adrenalina dessa atividade não seja maior.

Ele me olha, e sinto alguma coisa pairando entre nós dois. É como se ele estivesse tentando dizer que apenas estar comigo *já é* uma adrenalina.

Desvio o olhar.

Meu Deus, isso seria bem mais fácil se não sentíssemos atração um pelo outro.

Na nossa frente, as últimas duas pessoas se levantam, dão boa-noite e vão embora.

Agora estamos a sós. O fogo crepita, e o pomar sussurra ao nosso redor. As estrelas estão claríssimas acima de nós, mas hoje está difícil ver a beleza delas.

Flint para de nos balançar, inclina-se para a frente e põe a caneca vazia diante da fogueira. Ele estende a mão para pegar minha caneca, e, quando a entrego, seus dedos cobrem os meus por acidente.

Basta esse toque para meu cérebro lançar uma pequena descarga daqueles neurotransmissores que me deixam zonza. *Dopamina, norepinefrina, serotonina.* $C_8H_{11}NO_2$, $C_8H_{11}NO_3$, $C_{10}H_{12}N_2O$.

— Foi mal — diz ele baixinho, como se achasse que não devesse me tocar.

Como teriam sido as últimas cinco semanas se ele tivesse me contado desde o início que estava morrendo? Será que a gente teria tido uma história de amor dramática e cheia de emoções contraditórias? Provavelmente não. Eu o teria deixado sozinho e não teria me envolvido.

Fecho os olhos.

— Não consigo fazer isso — sussurro.

Flint se encurva.

— Tudo bem — murmura ele. — Bem que achei que seria difícil demais ficar até o fim, e entendo perfeitamente. Tudo bem, eu...

— Não. Não foi isso que eu quis dizer.

Toco no seu braço, mas ele não me olha.

A gente não vai ter uma história inteira de amor, do tipo que dura anos ou décadas, mas teremos os próximos dias.

— Flint.

Estendo o braço e encosto as pontas dos dedos no seu queixo para guiá-lo de volta para mim. Nossos olhos se encontram, e tento expressar por eles tudo o que estou sentindo.

— Acho que não quero ser só sua amiga. Sei que não temos muito tempo, e que eu deveria ficar zangada para sempre por você não ter me contado da sua data de morte, mas tem algo entre a gente, e é insuportável ficar me afastando de você, e eu...

Hesito. *Eu não consigo parar de me apaixonar por você, mesmo que você não vá estar mais aqui em cinco dias.*

— Eu... não quero passar os próximos cinco dias fingindo que somos apenas amigos.

Minha declaração paira no ar. A luz da fogueira ilumina seu rosto. Espero ele dizer alguma coisa. *Qualquer coisa*.

O velho Flint está em guerra com o novo Flint. Dá para perceber que ele está tentando conter a preocupação, pensando "e se você sair ainda mais magoada", "isso pode ser uma péssima ideia".

Finalmente, a energia entre nós dois muda.

— Que bom — diz ele baixinho. — Porque eu também não quero fingir.

A empolgação vibra dentro de mim.

— Então... agora que não somos amigos... — diz ele devagar —, isso significa que você quer que eu... faça coisas... assim?

Ele se inclina para a frente e dá o beijo mais delicado do mundo no meu maxilar.

Sinto uma enxurrada imediata de substâncias químicas. Minha pele zune e fica tensa. Assinto, sem conseguir reagir às sensações.

— E... isso? — pergunta ele baixinho.

O próximo beijo é na minha bochecha, logo abaixo dos meus cílios.

— Pode ser também — digo.

Antes que ele possa perguntar "e isso?" de novo, seu lábio inferior roça levemente no meu.

Isso me faz perder o controle. Eu me lanço para a frente, e nossos lábios se unem tão perfeitamente que me dá vontade de chorar. Ele passa a língua no meu lábio inferior, despertando algo dentro de mim, fazendo-me puxá-lo, segurá-lo.

A manta cai, e ele a puxa de volta, cobrindo nossos ombros. O calor debaixo dela aumenta, chamuscando os pontos onde suas mãos param, onde minhas mãos param.

— Meu Deus, September — diz ele.

*meia-vida do amor*   **281**

Sua voz mal consegue sussurrar, toda trêmula e zonza.

A gente se beija de novo, e de novo, até que tudo seja cereja negra e fogueira, e não quero que isso acabe nunca.

# Flint

4 dias, 15 horas, 3 minutos

**Na manhã seguinte,** depois de uma hora de estrada, meus pais, September e eu saímos do Jeep, e nossas botas se afundam na neve fresca e estaladiça.

Parece que estamos em outro mundo. Tudo está branco: o céu, a montanha incompreensivelmente grande diante de nós, o hotel reluzente à nossa esquerda. Tem pessoas por toda parte — as pistas estão repletas de esquiadores descendo a montanha, a alguns a milhares de metros de altura parecendo formiguinhas, outros tão perto de nós que é possível esbarrar neles enquanto andamos pelo centro de ski do resort.

Meus pais vão na frente. A mão de September encosta na minha, e apesar de ser algo bem leve, é eletrizante. Entrelaço meus dedos nos seus e olho para ela para confirmar: *Tudo bem fazer isso?* Parece que ainda estamos descobrindo como voltar um ao outro.

— O aluguel do equipamento é ali — diz meu pai, apontando.

Quando chega nossa vez na fila, September pega uma prancha de *snowboard* e diz ao rapaz que entrega as botas:

*meia-vida do amor*  **283**

— Tamanho 36, por favor. Se tiver da marca Burtons eu prefiro.

Fico surpreso.

Ela abre um sorriso discreto.

— Sou do Colorado, lembra?

— Vou parecer o maior novato do seu lado, não é?

Ela ri.

— Vai.

September me mostra como pôr os esquis, e pegamos um teleférico para chegar ao topo de uma pequena colina onde fica a pista para iniciantes.

A neve, espalhada na minha frente, brilha e reflete um milhão de raios solares.

— Está pronto, garoto? — pergunta meu pai, apertando meu ombro.

— Claro. Lista de desejos, aqui vou eu — respondo.

É... difícil. Meus pais também já esquiaram antes, então os três ficam gritando dicas para mim e rindo dos meus erros.

— Acho que estou pegando o jeito — digo na minha quinta ou sexta descida.

Durante dez segundos incríveis, eu voo. O vento bate em meus cabelos e a adrenalina percorre minhas veias.

*Estou livre.*

Também estou ganhando velocidade — *bastante* velocidade. Tento formar um "v" com os esquis, mas não consigo.

— faça o v! — grita September, mas meus esquis estão grudando um no outro e... não consigo parar e...

Levo um tombo. Um tombaço.

Olho para cima, cuspindo neve pela boca, batendo no rosto para tirar os pedacinhos de gelo dos meus cílios.

September vem depressa e para na minha frente com sua prancha de *snowboard*, fazendo subir uma parede de neve que a deixa com uma aparência maneiríssima.

Depois de se certificar de que não me machuquei, ela começa a rir.

— Pessoal, odeio ter que admitir isso, mas sou desajeitado demais para esquiar. Acho melhor devolver os esquis. Que tal apenas deslizarmos na neve com boias?

— Como uma criança? — provoca September.

— Sim, como uma criança. Só se vive uma vez, e, quem diria, deslizar na neve está na minha lista.

O Sol está mergulhando no horizonte quando saímos do restaurante com tema dos Alpes onde jantamos.

— Descer com a boia é irado — digo para o meu pai. — Inclui toda a adrenalina, mas sem o risco de quebrar as pernas.

Minha mãe me abraça.

— Que bom que você não quebrou nada, mas queria ter gravado seu tombo mais cedo — responde ela.

Aperto as costas dela. Meu coração se enche de ternura por todos os três.

Por hábito, pego o celular para conferir a contagem regressiva.

É como um soco no peito.

Um segundo atrás, eu estava bem, e agora preciso reunir todas as minhas forças para não ter uma crise e chorar, para não reclamar de como isso tudo é injusto, para não pegar um pedaço de madeira naquela pilha de lenha toda perfeitinha no canto e arremessá-la pela linda janela do resort com decoração de Natal...

*meia-vida do amor* **285**

A mão de September pega a minha.

Meus batimentos se acalmam.

Afasto o rosto de todos enquanto me recomponho. A montanha gigante está bem na minha frente.

— Quero ir até o topo — digo de repente.

September semicerra os olhos na direção do pico, receosa — é onde começam as pistas avançadas.

— Não para descer de esqui — esclareço. — Só quero ver. Quero ir ao topo da montanha com ela.

Meu pai começa a andar na direção do teleférico, mas minha mãe o detém.

— Vocês dois podem ir sozinhos.

Andar no banco do teleférico é quase tão empolgante quanto esquiar. Meus pés balançam no ar, e sei que a única coisa que me impede de cair é essa barra de metal. A ideia de ficar tão perto da morte me parece ainda mais empolgante agora que me resta tão pouco tempo.

No topo, nós avançamos pela neve até o ponto de observação. O vale se espalha a nossa frente. No meio da neve, o anoitecer tem uma beleza etérea. Inspiramos o ar frio e nos encantamos com o cenário a nossa volta. E isso é apenas um único vale, em uma única montanha, em um único continente deste imenso mundo que conheci tão pouco.

É fácil enxergar a beleza em lugares como este. É mais difícil enxergá-la — como September consegue fazer — em Merrybrook com todo o seu cinza, ou nas rampas das casas antigas do centro histórico de Carbon Junction. Em mim.

Um forte vento atravessa o ar, mas não me incomoda. Nunca me senti tão saudável, tão forte. E isso parece uma piada de mau gosto.

Durante algumas horas, nossos problemas não pareceram reais, e me pergunto se parte dessa mágica não veio do fato de termos saído de Carbon Junction.

— Aqui diz que tem um deque de observação de onde podemos ver o vale pelo outro lado — diz September.

Para chegar lá, andamos por uma passagem estreita ladeada por imensos pinheiros. Ficamos completamente sozinhos por alguns minutos. As únicas duas pessoas do mundo. Eu me viro para ela, que está tão linda que preciso parar de andar.

Ela se vira, provavelmente para me perguntar por que parei, mas as palavras morrem nos seus lábios.

Por um instante, nós apenas nos entreolhamos.

Então algo muda e ela vem para cima de mim, jogando-se no meu peito, colando os lábios nos meus..

Meu corpo reage a ela de mil maneiras diferentes: um calor que desce pela minha coluna como se fosse lava, um desejo inquieto que se acumula nos meus pulmões. Meu coração bate de maneira irregular, fazendo meus ouvidos latejarem. Quero mais dela.

Seus dedos agarram meus cabelos de um jeito quase doloroso, e seu corpo se arqueia. Puxo ela mais para perto. Quando sinto suas unhas se mexerem debaixo do meu casaco acolchoado e da minha camiseta, meu peito inteiro se arrepia.

Eu me afasto para recobrar o fôlego.

— É errado querer passar o dia inteiro fazendo isso?

Ela encosta a cabeça no meu peito, ofegante.

— Se for errado — diz ela —, eu também estou, Flint. E não quero fazer *só isso* — acrescenta ela com um sussurro.

Meu corpo inteiro esquenta. Só de *pensar* em mais meu cérebro vacila, então, para mostrar o quanto concordo com seu plano, beijo-a outra veza, intensamente.

*meia-vida do amor* **287**

Estou viciado no fato de que a presença dela faz a contagem regressiva sumir da minha mente.

Eu poderia passar o dia inteiro aqui, mas ela finalmente pega minha mão e me puxa na direção do deque, e lá é tão bonito quanto do outro lado. Estamos voltando para o teleférico quando ela pergunta baixinho:

— Flint? Você já... alguma vez?

— Sim. Duas vezes. No ano passado, coloquei na cabeça que era melhor não morrer virgem.

— Que sensato — murmura ela.

Olho para minhas botas, temendo seu olhar.

— E você? — pergunto.

— Sim. Algumas vezes, com um garoto que namorei no verão passado.

Fico um pouco aliviado. Se fosse de outra forma — se algum de nós fosse virgem —, as coisas poderiam se complicar mais ainda.

Nos sentamos no teleférico e descemos montanha abaixo, meio ofegantes, com nossos dedos entrelaçados debaixo das luvas.

# September

**Estou indo para a cozinha** na manhã seguinte quando penso em Flint e em nossos beijos no meio da neve. Preciso parar e me encostar na parede, tocando a ponta dos dedos nos lábios, mais uma vez perplexa com a eletricidade que ainda não desapareceu.

*Quatro dias*, alerta meu cérebro.

Fecho a cara ao pensar na contagem e me afasto da parede.

Na cozinha, Gigi está diante de uma frigideira com ovos mexidos, de costas para mim.

As coisas continuam tensas entre nós duas. Sei que preciso lhe pedir desculpas, mas estou distraída demais com Flint, e, além disso, nada mudou. Ainda não entendo sua indiferença em relação a Maybelle.

— Gigi? — digo relutante, preparando para falar a mentira que ensaiei. É segunda-feira, mas não vou para o colégio hoje de jeito nenhum. Não depois do dia de ontem com Flint. — Não estou me sentindo muito bem. Acho que eu devia ficar...

Ela se vira.

*meia-vida do amor*  **289**

— Querida, eu já ia ligar para o colégio de qualquer forma. Vamos fingir que você está gripada. Acho que dá para você faltar a semana inteira.

Lágrimas de gratidão fazem meus olhos arderem, e eu apenas assinto.

Só descubro qual será a próxima adrenalina intermediária quando Flint dá a seta e leva o Jeep para uma saída que diz *Parque Ecológico do Oeste Pensilvânia.*

— Ah, Flint. É um zoológico? Por favor, diga que não é para lá que estamos indo.

— É, sim. Dá até para entrar numa gaiola na caçamba de uma caminhonete e passar pela área dos leões...

— Por favor, não. — Esfrego minhas têmporas. — Talvez seja por isso que as pessoas morrem na data de morte: porque elas decidem fazer idiotices. Tem certeza de que isso não é uma adrenalina das grandes?

Ele encosta no meu joelho.

— É perfeitamente seguro.

Balanço a cabeça com desdém.

— Tá bem. A lista é sua.

O lugar parece respeitável, pelo menos, e tem a certificação da Associação de Zoológicos e Aquários, o que significa que a equipe trata os animais eticamente e tem veterinários treinados e doutores em zoologia.

Um funcionário nos leva a uma plataforma onde subimos na caminhonete. Enquanto entramos na gaiola com mais três visitantes, acho irônico que, desta vez, são os humanos que estão engaiolados.

— Só não façam uma coisa — diz o guia —, não se segurem na rede em cima da cabeça de vocês. Quando os leões veem alguma coisa pra fora da gaiola, eles acham que é comida e *correm* pra cá.

Ótimo.

Eu me seguro no corrimão de segurança enquanto a caminhonete vai até o cercado dos leões. Não parece em nada com o habitat natural deles – é um dia nublado e frio na Pensilvânia –, mas ao menos os animais têm bastante espaço.

Um dos leões vem saltando até a gente na mesma hora.

— Vem ver — diz Flint, querendo que eu me aproxime de onde o leão está andando.

— Não, estou bem aqui.

Puxo meu casaco para mais perto do corpo. Será que cores vivas, como o laranja do casaco de Flint e o vermelho do meu, deixam os leões zangados?

Os cuidadores de animais alimentam os leões com pinças especiais que não podem ser puxadas para fora da gaiola.

— Meu Deus, Flint — murmuro.

Os cortes de carne crua que os cuidadores estão dando para os leões devem ter um gosto bem parecido com o do meu braço.

Com um salto gracioso, o leão pula na direção da gaiola. As barras de metais chacoalham de um jeito perturbador, e a caminhonete balança. O tamanho do animal faz meu medo aumentar. Ele lambe a gaiola, com seus longos dentes marfim de sete centímetros tinindo contra o metal.

Flint se inclina para a frente. Ponho o dedo no passador da sua calça. Não quero ser uma estraga-prazeres, mas me parece que ele está beirando um comportamento autodestrutivo.

*meia-vida do amor* **291**

Durante um longo minuto, observo Flint e o leão se encararem intensamente.

O leão balança a cabeça como se estivesse entediado e se afasta.

Flint se vira para mim, com empolgação nos olhos, todo tomado pela adrenalina.

— Você viu?

— Eu vi — respondo desanimadamente.

O motor da caminhonete é ligado, e nós voltamos pelo terreno irregular até chegarmos ao centro do zoológico.

O leão se deita, alongando o corpo imenso...

E ruge.

Nunca ouvi nada parecido. Não sei se foram meus ouvidos que absorveram o barulho — foi mais uma vibração que reverberou em todas as células do meu corpo.

Flint põe o braço ao meu redor, puxando-me mais para perto. Isso, nós dois, ainda é tão novo que fico surpresa. Ele é tão verdadeiro — ele é real e quente e está bem aqui, onde posso abraçá-lo.

*Vou perdê-lo.*

Esse pensamento me dilacera com a mesma potência e velocidade do rugido.

Encaro o leão e me fixo em seus olhos cor de âmbar. *Entendo o que você está sentindo.*

É o que eu quero fazer: rugir por causa da injustiça do mundo.

— Então quer dizer que agora você virou um viciado em adrenalina? — pergunto enquanto andamos pela loja de lembrancinhas do zoológico.

— Acho que não, mas aquilo foi incrível.

Suas bochechas estão rosadas, e ele está balançando nossas mãos entre nós dois alegremente. Só espero que a lista de amanhã não contenha pular de paraquedas.

Há barris cheios de bichinhos de pelúcia ao nosso redor. Estamos apenas perambulando sem prestar atenção, e de repente avisto um elefantezinho cinza.

Um pensamento me ocorre rapidamente:

*Eu deveria comprá-lo para Maybelle...*

E isso me faz desmoronar por completo.

— Você está bem? — pergunta Flint, segurando meu cotovelo para me equilibrar.

Algumas semanas atrás, eu teria respondido que sim e dado um sorriso.

— É que... ela teria adorado isto aqui — digo baixinho. — Ela era louca por elefantes.

— Você deveria comprar — diz ele.

Passo o dedo na orelhinha mole do elefante. Seus olhos de plástico me encaram como que dizendo *por favor, me ame.*

— Pois é.

Já de volta ao Jeep, estou segurando o elefante no colo, olhando pela janela e tentando engolir o nó na minha garganta.

— O que aconteceu? Você se lembrou de alguma coisa? — pergunta Flint com cautela.

— Não. Acho que a pior coisa de perder alguém são os pequenos momentos em que sua mente está no piloto automático e, por um breve segundo, você esquece.

Flint tira a mão do volante e a coloca em cima da minha. Seguro seus dedos com firmeza.

— A gente dividia o quarto quando vinha visitar Gigi. Na outra noite, percebi que estava entrando no quarto discre-

*meia-vida do amor* **293**

tamente, pisando bem leve para não acordar Maybelle, e só depois notei que o quarto estava vazio.

Fecho os olhos. O que vai me pegar de surpresa daqui a uma semana? O que vai me fazer pensar em Flint depois que ele partir?

Ele para o carro e se vira no banco para me dar total atenção.

Ele não diz nada, apenas escuta, e me pego contando mais coisas para ele.

— Eu tinha ativado alertas para saber de qualquer mínimo progresso relacionado à ciência da meia-vida. Aplicava tudo que lia ao caso dela, conferindo se o avanço era grande o bastante para eu não perdê-la. E então teve um dia em que li um artigo e ele não importava mais. Porque já era tarde demais. Ela tinha partido.

— Não havia nada que você pudesse ter feito — diz Flint.

Balanço a cabeça.

— Eu devia ter passado mais tempo com ela. Não devia ter me envolvido tanto com as pesquisas, pois elas terminaram sendo inúteis e estúpidas. Aquele Instituto de merda — digo.

As palavras arranham minha garganta, e o veneno por trás delas me pega de surpresa.

Dentro de mim, ouço algo dizer *tudo bem, já deu, hora de se recompor. Reprima isso.* Fui condicionada a fingir que está tudo bem. Passei tantas noites acordada na minha cama no Colorado, segurando o choro enquanto a ouvia cantar para si mesma até dormir do outro lado da parede.

Não estou chorando, mas os olhos dele estão lacrimejando, e me sinto um robô. Como se eu estivesse quebrada.

— Eu nunca chorei, Flint — sussurro.

— Não sei se o choro é sempre necessário para quem está lidando com o luto.

— Bem, tenho certeza de que não passei por um luto. Não falo dela porque não quero sentir tudo de uma vez. Assim eu passaria a vê-la por toda parte, a falar dela o tempo todo, a chorar na frente de todo mundo.

— Não sei como é perder alguém — diz ele cautelosamente —, mas acho, e espero, que depois de um tempo a pessoa consiga falar de quem perdeu sem chorar. Não o tempo todo. Mas de vez em quando.

Faço que sim, e o nó na minha garganta diminui um pouco.

— O que ela fazia de engraçado? — pergunta ele.

Penso por um instante. É estranho tentar me lembrar de uma coisa específica depois de tanto tempo tentando reprimir minhas recordações.

— Acho que... teve uma vez em que a gente estava no mercado com minha mãe, e alguém disse no alto-falante, "boa tarde, fregueses, as framboesas estão em promoção", ou algo assim, e Maybelle olhou para o teto e disse, "obrigada, moça do céu!".

Não sorrio. Mas, pela primeira vez, sinto que talvez um dia eu consiga sorrir com essa lembrança.

Flint me puxa para perto, põe os braços ao meu redor e me abraça. Ele só me abraça. O peso do seu corpo ao meu redor faz tudo dentro de mim se acalmar.

Após alguns minutos, digo-lhe para voltar a dirigir. Ele beija minha têmpora e gira a chave na ignição. Enquanto volta para a estrada, confiro o celular e vejo um monte de mensagens.

**BO:** Você não veio pro colégio hoje?

**DOTTIE:** Tá, você realmente não veio. Manda notícias pra gente. Estamos preocupados.

*meia-vida do amor*  **295**

**BO:** Cadê você? Tá tudo bem? Bom, você obviamente não está bem, mas está em casa?

Estou prestes a guardar o celular sem responder, mas algo me detém.

Vejo como Flint enfrentou o dia de hoje. Talvez ele seja a exceção à regra, talvez ele seja capaz de lidar com todo o meu caos porque vive algo pior todos os dias, mas talvez outras pessoas também saibam lidar comigo.

Sinto algo em mim relaxar e se abrir. Pela primeira vez na vida, eu... quero contar para Dottie e Bo.

Se eles não reagirem bem, sigo em frente. Assim, pelo menos não vou precisar evitá-los no colégio nem fingir que estou bem durante almoços constrangedores.

Abraço o elefante de pelúcia.

— Flint? Pode me deixar na casa de Dottie?


Meia hora depois, estou sentada num pufe no canto do quarto de Dottie, toda nervosa. Como será que eles vão reagir?

— Docinho, sentimos muito sobre o Flint — diz Bo.

Encaro a caneca de *champurrado* que Leticia, tia de Dottie, fez para a gente quando cheguei. E lá vou eu:

— Não é só o Flint. Não foi só por causa dele que eu estava mal. Lembram quando me mudei pra cá em maio? Foi porque minha irmã de quatro anos tinha acabado de morrer. Ela não estava doente. Foi o botão da morte.

O choque toma conta do rosto dos dois. Tenho certeza de que eles não suspeitavam que eu tivesse uma *irmã morta*. O quarto fica tão silencioso que consigo sentir o sangue pulsando nas minhas bochechas. Talvez tenha sido uma má ideia.

Mas então Dottie estende o braço, pega minha mão e sussurra:

— Ah, September...

— Não sei se foi por ter conhecido Flint ou por causa da minha teoria, mas tudo começou a vir à tona de uma vez, e eu... tenho achado muito difícil. Me desculpem por ter sumido. Sei que tenho andado bem esquisita.

Expiro, e a maior parte da tensão sai do meu corpo. É muito bom saber que minha verdade foi posta para fora, e essa sensação me surpreende.

— Levante — manda Dottie.

— Hã? Por quê?

— Você também, Bo.

Depois que nos levantamos, Dottie põe os braços ao meu redor num de seus tradicionais abraços, e, um segundo depois, Bo se junta e abraça nós duas.

— Sinto muito. Sinto muito mesmo — diz Dottie.

Fecho os olhos e deixo eles me abraçarem. Sinto o cheiro do perfume de magnólia de Dottie no fundo da garganta. Meu lado cientista sabe que ele está destruindo uma camada microscópica de células, pois é o que corrosivos como o $NH_3$ fazem ao serem inalados.

Vale a pena perder algumas células por esse abraço.

— A gente sabia tinha alguma coisa rolando — diz Bo baixinho quando nos sentamos.

— Eu até consegui esconder tudo muito bem até umas cinco semanas atrás.

— Hum... não. A gente sempre soube — diz Dottie. — Era como se às vezes você erguesse um muro. E tudo bem, você pode ter seus segredos.

*meia-vida do amor*   **297**

— Por que não nos contou quando se mudou pra cá? — pergunta Bo.

Dou de ombros.

— Eu não queria ser, desde o primeiro dia, a garota que perdeu a irmã. Acho que a maioria das pessoas não quer lidar com esse tipo de coisa. Que bom que a gente teve um tempinho para se conhecer melhor antes de eu entrar em crise. Eu era uma versão mais divertida de mim mesma com vocês. Tipo, lembram o dia em que a gente se conheceu, quando precisei passar as duas últimas semanas do ano letivo aqui para provar que morava na cidade e conseguir o estágio? Eu não era tão engraçada daquele jeito no Colorado, mas a gente se deu logo de cara, e eu conseguia responder às piadas de vocês, e pela primeira vez em dois anos eu me achei... *alegre*.

— Você vai voltar a ser essa pessoa — diz Bo, acariciando minha mão.

— Sei lá... depois da próxima semana, acho que vou ficar arrasada para sempre. Então, se isso for acabar com nossa amizade, talvez vocês prefiram se afastar logo de mim.

— Isso não vai acabar com nossa amizade — afirma Bo com firmeza. — E você não vai ficar arrasada para sempre. Vamos te ajudar a sair dessa.

— Aliás, Bo e eu estamos *extremamente* putos com o Garoto Alto e Sombrio. Se quiser ir pichar a casa dele ou furar os pneus do carro dele, a gente topa.

Ah. Nem pensei que talvez eles ainda estivessem zangados com Flint. Tanta coisa mudou nos últimos dias.

Ainda consigo sentir os beijos de ontem à noite.

— Por que está com a cara toda boba? — pergunta Bo. — Tem mais alguma coisinha para nos contar?

Fico vermelha.

— Acho que vocês precisam saber da história toda. Aí talvez a raiva de vocês passe um pouco.

— Ótimo, porque eu estava começando a gostar daquele ranzinza, e não quero ter que doar minha maleta de cerejas para o Rag House por conta de uma questão de princípios — diz Dottie.

# Flint

2 dias, 12 horas, 15 minutos

**Estou numa sala abobadada** e ecoante de um museu em Pittsburgh, encarando o quadro de um buraco negro. Não um buraco negro como os da NASA, é literalmente um círculo preto que alguém pintou numa tela de seis metros de altura. Então começo a surtar.

Meu pai se aproxima de mim.

— Flint? Você vem?

Parece que não é socialmente aceitável passar dez minutos encarando um buraco negro.

— Leslie? Flint está com cara de quem vai vomitar — diz meu pai.

Minha mãe vem depressa do outro lado da imensa sala e me inspeciona, à procura de problemas.

— Eu estou bem — digo. — É só... esse quadro aí.

Talvez arte moderna não tenha sido a melhor das ideias. Quase todos os quadros aqui exacerbam meu pavor existencial.

Minha mãe nos leva até um banco e me dá uma garrafa de água, embora eu tenha certeza de que é proibido comer ou beber na presença de toda essa crise existencial.

Eu me inclino para a frente, sentado entre meus pais, e fecho os olhos.

— A situação está bem assustadora, mãe — sussurro a cruel verdade no ar estéril do museu.

Ela massageia meu braço.

— Eu sei. Você está sendo muito corajoso.

*Agora falta pouco tempo.* Ela não diz essas palavras, mas eu as ouço.

Tomo toda a água e encaro a fissura entre os quadrados de mármore no piso.

— Me desculpe, querido — diz minha mãe. — Devíamos ter feito outra coisa hoje.

— Não, mãe, não tem problema.

Sei que é isso que ela considera um dia bem vivido.

— Bom, vamos dar o fora daqui — sugere meu pai depois de um tempo, batendo nos joelhos e se levantando.

A caminho do Jeep, minha mãe diz:

— Sei que você quer passar o máximo de tempo possível com September, mas por que não chama Aerys lá para casa quando chegarmos?

— Eu até chamaria, mas meio que destruí nossa amizade.

— O quê? Poxa!

— Pois é.

Foi a maior escrotice jogar na cara de Aerys aquela história de seus ex-amigos.

— Acho que agora não dá mais tempo de consertar as coisas — digo desanimado enquanto entramos no Jeep.

Meu pai engata a ré e se vira no banco. Mas em vez de dar ré, ele fala:

*meia-vida do amor* **301**

— Ei, mesmo que não dê para consertar a situação com Aerys, tem certeza de que quer deixar as coisas assim entre vocês dois?

— Bem... você tem toda a razão.

— Eu sei. Amo você, garoto — diz meu pai, depois ele pisa no acelerador e nos leva de volta para Carbon Junction.

Estou parado na frente do colégio quando o sinal toca, e passo a olhar atentamente as pessoas que saem de lá. Depois de um minuto, Aerys se separa da multidão, jogando a mochila no ombro enquanto caminha para longe de mim. Seu jeito confiante de andar, com gingado, devora a calçada.

— Aerys! — chamo, e acelero o passo para alcançá-la.

Ela para e olha ao redor. Ao me ver, seu corpo se enrijece, mas ela não vai embora de imediato. Acho que isso é um bom sinal.

Vou correndo até ela.

— Olá — digo.

— Oi, Flint — responde ela, parecendo cansada.

— Estou te devendo mil desculpas. Um milhão de desculpas. A gente pode conversar rapidinho? Pode dizer não se quiser, aí eu me mando daqui, mas acho que você deveria saber que me arrependo das merdas que falei no outro dia.

Ela semicerra os olhos e me olha dos pés à cabeça.

— Sabe... quando tentei recuperar minhas amizades depois de Darcy... precisei implorar.

Faço que sim ansiosamente.

— Eu posso implorar. Posso mesmo.

Ela cruza os braços.

— Mas... eles não quiseram mais saber de mim. Não ligavam mais.

— E... você não liga mais, é isso?

Ela suspira.

— A gente era *tão* grudado, Flint. Você era como um irmão pra mim quando criança. Então, sim, eu ainda ligo pra você. E achei que foi uma merda quando meus ex-amigos não me deram uma segunda chance. Então posso *tentar* te perdoar. Mas vai depender do que você tem a me dizer, na verdade.

— Tenho muito a dizer. Vou dizer muito que sou um babaca. Um lixo.

— Já é um bom começo.

— Talvez eu possa continuar me desculpando enquanto a gente revisita algumas lembranças, pode ser? — pergunto.

Ela puxa a mochila mais para cima no ombro.

— Claro. Cadê seu carro?

Entramos no carro, e, no caminho para o boliche onde fizemos uma festa juntos para comemorar nossos aniversários de sete anos, conto tudo que ela não ficou sabendo. Tudo mesmo.

Peço desculpas de novo, com mais detalhes, enquanto a máquina posiciona nossos pinos para a primeira partida.

— Acho que já deu — diz ela, mexendo na beira laminada da nossa mesa. — Você está perdoado.

— Então estamos de boa? — pergunto. — Você não me perdoou só porque estou morrendo?

— Não. Foi um perdão incondicional, porque às vezes as pessoas fazem merda mesmo. E então... você saiu de casa — diz ela. — E veio jogar boliche, ainda por cima. Resolveu mesmo aproveitar, é?

— Isso. Flint Larsen curtindo a vida.

*meia-vida do amor*   **303**

Ela começa a se levantar da nossa mesa para escolher uma bola de boliche, mas limpo a garganta.

— Ei, Aer? Só queria dizer uma coisa... obrigado por não ter desistido de mim. Mesmo depois de eu ter saído correndo da sua casa naquele primeiro dia.

— Não foi nada.

— Foi, sim. Teria sido mais fácil não falar comigo depois daquilo. E foi corajoso da sua parte ir até minha casa no dia seguinte. Você se dispôs a passar por muita coisa. Uma contagem regressiva, uma despedida certa. Na época achei que aquilo era burrice, mas agora entendo. Acho muito corajoso da sua parte, e me sinto agradecido, Aer. Você é uma amiga maravilhosa, e as pessoas que não quiseram mais sua amizade são umas idiotas.

Ela olha para baixo, encabulada com tantos elogios.

— Valeu, cara. E, pois é, acho que me dispus a passar por coisas difíceis. Mas também tinha coisas boas no meio. Nós éramos melhores amigos por um motivo, e ainda gosto de me divertir com você. É melhor amar uma pessoa e perdê-la do que nunca ter amado, não é mesmo?

— Eu achava essa frase ridícula e melosa — digo.

— Mas não acha mais?

Nego com a cabeça.

— Hum, e o que será que te fez mudar de ideia? — diz ela, brincando. — Será que ela tem cabelos ruivos e a pele de um comercial de *skincare*?

Sorrio.

— Foi por causa da September mesmo. Mas por sua causa também. — Olho para meus sapatos de boliche alugados e puídos. — É uma pena que eu tenha que te deixar. Você vai ficar bem?

Preciso que ela fique bem. Preciso que alguém fique bem depois de tudo isso.

— Acho que sim. Tenho minha mãe. Ela pode me ajudar por um tempo se eu precisar.

Quando entramos no Jeep, Aerys rola a tela do celular para escolher a música do trajeto até sua casa: é uma das músicas que a gente amava quando crianças.

— Ei, e a propósito — digo —, amanhã você vai matar aula.

— Vou, é?

— Vai. Você vai passar o dia comigo e com September.

Ela parece surpresa por um instante, depois alegre.

— Vou ter que ficar vendo vocês dois se agarrando? — pergunta ela.

— Talvez, mas os amigos dela vão estar com a gente, então pelo menos você vai ter alguém com quem sofrer.

Ela vira o rosto para a janela para que eu não veja seu sorriso, mas o percebo pelo reflexo no vidro.

*meia-vida do amor*     **305**

# September

**Estou deitada no escuro,** encarando os números no meu alarme no instante em que eles vão de 23h59 para 00h00. Mais um dia chegou ao fim.

Estou preocupada com Flint. Ele veio para cá depois de passar a tarde com Aerys, e demos uma longa caminhada na beira do riacho. No começo ele parecia bem, mas depois, durante o pôr do sol, ele ficou mais distraído.

Estou prestes a me virar na cama pela milésima vez quando alguma coisa bate na minha janela. Sei que é Flint antes mesmo de puxar a cortina para o lado. Ele está do outro lado do vidro, os olhos cheios de pânico.

Eu me atrapalho com o caixilho da janela e depois consigo levantá-la. O ar glacial entra junto com o garoto alto e ansioso.

Flint passa as mãos nos cabelos, depois anda até a minha escrivaninha e volta para o mesmo lugar. Fico assustada — ele parece estar prestes a surtar de vez.

Olho para a porta. Dá para ouvir o som do canal de compras nas alturas vindo do quarto de Gigi. Ela provavelmente já pegou no sono, mas se Flint continuar andando de um lado para o outro é capaz de ela acordar para ver o que está acontecendo.

— Flint, aconteceu alguma coisa? — sussurro.

— Não aconteceu nada — diz ele. — É que... tomei dois Red Bulls, não estou a fim de dormir, e não consigo... — A voz dele fica embargada. — Eu odeio isso. *Odeio*. Vou deixar todo mundo arrasado. Não é melhor eu ir embora logo de Carbon Junction?

— É claro que não.

Ponho as mãos nos seus ombros e o faço se sentar na minha cama. Em seguida sento ao seu lado.

Ele se inclina para a frente e afunda a cabeça nas mãos.

— Desculpe — sussurra ele desanimado. — Eu estava tentando não fazer isso. Estava tentando ser otimista e apenas viver, apenas curtir a vida e você.

Ele finalmente escuta o barulho da TV no fim do corredor.

— Caramba. Sua avó vai reclamar se descobrir que eu estou aqui?

— Se ela não ouviu você entrar é porque já está dormindo. A barra está limpa.

Apoio a cabeça em seu ombro, o coração ainda angustiado por ele. Flint está tremendo um pouquinho. Não sei se está com frio ou se é o nervosismo, mas suas roupas estão tão geladas que parecem ter acabado de sair de dentro de um freezer.

— Onde está o seu casaco? — pergunto. — Você precisa se aquecer. — Puxo meu edredom e aperto o ombro dele. — Deita — eu instruo.

Ele obedece, os dentes quase batendo de frio. Sem pensar, também me cubro com o edredom, seguindo algum tipo

*meia-vida do amor*   **307**

de instinto de sobrevivência que me diz para mantê-lo aquecido e fazê-lo sentir seguro e acolhido.

Nos mexemos até estarmos deitados de frente um para o outro. Ele segura a minha mão e me olha nos olhos como se eu fosse um bote salva-vidas ao qual está se segurando em meio a uma tempestade, como se ao desviar o olhar, mesmo que por um segundo, ele fosse afundar.

Começo a passar a mão que está livre pelos seus cabelos. Cada toque parece desfazer um pouco sua cara séria, até que finalmente sua respiração se acalma e seu olhar parece mais tranquilo.

— Melhor? — sussurro.

Ele assente e expira, relaxando um pouco mais ao meu lado.

É então que sua perna encosta na minha por debaixo das cobertas.

Eu estava tão concentrada no rosto dele e em tirá-lo daquele estado de pânico que não tinha percebido.

*Estamos juntos na cama.*

O quarto parece diminuir ao nosso redor. Em meio ao silêncio da noite, a força que me conecta a ele parece mais intensa do que nunca. Ele passa uma das mãos pelo meu rosto.

— September — diz ele em meio a uma respiração. E então nos aproximamos um do outro tão lentamente que é como se estivéssemos sob algum tipo de feitiço.

O beijo me faz derreter, lento e envolvente como o luar, ou como ondas batendo na costa. Como em todas as outras vezes, é como se eu fosse sugada para um lugar em que nada dói e toda sensação é gostosa.

Ele me beija, passando a mão na minha cintura e em seguida pela minha blusa, depois por baixo dela. Ele hesita ao chegar na minha costela.

— Meu Deus, você está sem sutiã.

Percebo que ele precisa se esforçar imensamente, mas sua mão se afasta.

— Desculpe. Tem problema eu fazer isso?

— Problema nenhum — respondo.

*Em breve, a gente não vai mais poder fazer isso.* Quando penso nisso, uma nova onda de desespero quebra em cima de mim. Agarro seus ombros com firmeza. *Não me deixe.*

Estamos abraçados agora. Ele encosta os quadris em mim, e eu quase desmaio. Consigo *senti-lo* por debaixo da calça jeans.

Meu corpo quer coisas para as quais eu nem tenho palavras.

Seguro a barra de sua camiseta e sussurro:

— Minha vez.

Ele se vira para puxar e tirar a camiseta.

— Até onde você quer ir? — diz ele baixinho. — Só quero ter certeza que estamos em sintonia.

Seguro seu rosto entre minhas mãos e o afasto para que eu possa olhá-lo nos olhos quando digo:

— Eu quero tudo — sussurro. — E você?

Ele parece tão perplexo que precisa fechar os olhos por um instante.

—Também quero. Faz sentido, né?

— Todo sentido.

Tem tanta coisa que não vamos ter. Tempo. Um futuro. Mas quero ter esse momento com ele.

— Meu Deus — geme ele, encostando a testa na minha clavícula. — Não tenho nenhuma camisinha. Você pode esperar? Posso ir bus...

— Não tem problema. Eu tenho — respondo.

*meia-vida do amor* **309**

Eu me inclino na beira da cama para tirar uma do pacote que comprei no verão. Tudo fica meio confuso nesse momento. Nos apressamos para voltar para onde estávamos sem perder o calor do momento. Mas eu não precisava me preocupar, porque no minuto seguinte já estamos em uma espiral de beijos.

— Como isso vai ser suficiente? — pergunto. Preciso de mais cem noites como essa.

— Não vai ser — responde ele, a testa colada à minha.

Passo meus braços em volta do pescoço de Flint e encontro sua boca. E então milhões de pequenas sensações tomam conta de mim.

No futuro, as lembranças dessa noite me pegarão de surpresa. Os beijos lentos, que me enchem de sensações e que dão a impressão de que estamos respirando em sincronia. Os momentos carinhosos em que ele encosta a ponta dos dedos em mim. Nem tudo é fluido, contudo, e há momentos em que nós dois ficamos constrangidos. Tem ombros batendo um no outro, pernas com câimbra, sons vergonhosos, mas somos nós, é *ele*, e também há momentos que nos deixam completamente surpresos tamanha perfeição.

Ele adormece com a cabeça pesada no meu peito, bem em cima do meu coração, os braços ao redor da minha cintura como se tentassem me impedir de sair daqui antes do amanhecer. Como se eu fosse a pessoa que está prestes a partir.

Brinco com uma mecha de seus cabelos escuros. Eu o encaro e penso: *Como foi que o garoto mal-humorado das Ruínas se transformou nisso?*

Neste momento, não tenho dúvida de que isso é amor. Sempre foi. Do tipo que mergulha de cabeça, ardente, que quer que tudo de melhor aconteça para o outro.

Então outro pensamento me atinge com força e rapidez. *Tem de haver alguma coisa que eu possa fazer para salvá-lo.*

Nas minhas paredes, as fórmulas, escritas com marcador permanente preto na tinta branca, parecem dançar na penumbra. Sou uma cientista, desenvolvi uma teoria que não deu certo, mas quem sabe não posso pensar em outra e...

Mas então penso em Maybelle.

Penso que não fui a irmã que ela merecia porque estava com a cara enfiada nos livros, tentando salvá-la.

Uma tristeza pesada toma conta do meu peito, e pouso a mão no ombro de Flint, trazendo-o para junto de mim o máximo que posso enquanto ele dorme.

Tudo que preciso fazer é amá-lo, e depois deixá-lo partir.

*meia-vida do amor*

# Flint

1 dia, 3 horas, 3 minutos

**O tempo começa a passar mais rápido,** mesclando-se aos sons, às cores, à velocidade. No sábado à noite, Dottie leva todos nós a um bar grunge para assistirmos ao show de uma de suas bandas locais prediletas.

Estou na frente da plateia com Aerys, e meus tímpanos estão sendo golpeados pelo heavy metal. Todos os músicos no palco têm cabelos desgrenhados e barbas como a do Rip Van Winkle, e eles balançaram a cabeça intensamente nos últimos vinte minutos. É meio que um milagre que eles consigam tocar com a cabeça se mexendo tanto assim.

Estou levemente embriagado depois de tomar o que quer que tenha dentro da garrafa que Dottie escondeu na bolsa. Ela soltou um gritinho quando lhe contei que nunca tinha ficado bêbado e respondeu: *Você não pode bater as botas sem saber como é ficar alegrinho.*

Posso estar no meio de um bar encardido, mas, na minha cabeça, estou no quarto de September, na cama de September, passando a mão em seus cabelos. Ontem eu estava mal no museu, prestes a pirar, mas, depois da noite com ela, estou eufórico. Não quero esquecer nunca nenhum detalhe do que vi, ouvi e senti.

O som estridente da microfonia me faz voltar ao momento. Do meu lado, Aerys observa Dottie e Bo, que se jogaram na roda punk assim que chegamos aqui e estão pulando sem parar, totalmente despreocupados.

Aerys morde o lábio.

— Ei — digo, acotovelando-a. — Você está bem?

— Tô, sim. Só estou com medo de estragar tudo com eles.

— Aer... você não é uma amiga ruim só porque tomou uma decisão ruim uma vez na vida. Além disso, tenho a impressão de que, com aqueles dois ali, a amizade se mantém, independentemente de quem a gente esteja namorando. — Seguro-a pelos ombros e a afasto da parede. — Vá até lá.

Ela respira fundo, faz que sim e se joga na roda punk.

September aparece do meu lado, e é tão natural pôr meu braço ao seu redor e puxá-la para perto. É como se fizéssemos isso há anos. Suas unhas arranham levemente a parte de dentro do meu braço. É gostoso *pra cacete*, e quase digo aos nossos amigos que eles podem terminar a noite sem a gente.

Quando a próxima música começa, ela pressiona a orelha no meu peito e cobre a outra com a mão.

— Não está gostando do barulho? — grito.

— Não muito.

Ponho meus braços ao seu redor para bloquear ainda mais o barulho. Seus braços estão em volta da minha cintura, e passamos a música inteira assim, como uma estátua congelada pelo tempo.

Quando a banda faz um intervalo, Bo, Aerys e Dottie vêm saltitando até a gente. Dottie fez uma lista de lugares para onde podemos ir depois — as melhores atrações que Car-

*meia-vida do amor*   **313**

bon Junction tem a oferecer para encerrar minha semana de adrenalinas intermediárias.

— Pera aí. Você já fez corrida de carrinho de compras à meia-noite no Walmart? — pergunta Dottie.

— Não tive esse prazer — respondo.

— Vista o casaco.

Dez minutos depois, estou segurando o metal do carrinho enquanto Aerys me empurra em disparada pelo corredor das Barbies. Fazemos a corrida até um rapaz de cara fechada, com o cabelo ralo penteado para o lado e um walkie-talkie na mão se aproximar da gente.

Saltamos para fora dos carrinhos e saímos correndo pelas portas do Walmart para a noite fria, gargalhando, berrando e inspirando a vida como se tivéssemos um estoque ilimitado dela.

Mas cheguei ao limite da minha expectativa, e quero ficar sozinho com September desde que saí escondido da casa dela hoje de manhã.

Nós nos despedimos dos nossos amigos, e desta vez é September quem cruza o riacho e bate na minha janela.

Depois de curtir as faíscas das sensações, abraço September. E, em seguida, o sono bate.

Não quero dormir. Resisto o máximo possível, e ela também, fazendo desenhos no meu ombro nu enquanto eu apenas olho, olho e olho mais ainda, para gravar permanentemente a imagem do seu rosto na minha cabeça.

Quando o quarto se aquieta completamente e parece que não tem nada se movendo no mundo inteiro, eu digo apenas:

— Eu te amo, September.

As palavras ecoam pelo quarto, parecendo cem vezes maiores e mais verdadeiras do que qualquer outra coisa que eu já tenha dito ou vá dizer.

— Eu te amo, Flint Larsen — diz ela, e também não é um sussurro, é uma declaração igual à minha.

E então seu peito se encurva sob minha palma; é o tipo de expiração que se faz logo antes de chorar.

Beijo-a para que ela não precise chorar. Tento inserir um milhão de desculpas no beijo, um milhão de dias de *September e Flint* que jamais teremos.

— Flint? E se eu nunca mais tiver isso? — pergunta ela baixinho, depois.

— Você vai ter, sim — digo, apesar de sofrer ao pensar nisso. — E espero que a pessoa seja bem menos triste do que eu, quem quer que ela seja.

— Queria que a gente tivesse mais tempo — sussurra September.

— Eu também.

Quando fecho os olhos, a escuridão vem suavemente como uma vela se apagando.

*meia-vida do amor*

# Flint

0 dias, 15 horas, 48 minutos

**A véspera do dia da minha morte é perfeita.**

Nós cinco — eu, September, Aerys, Dottie e Bo — entramos no Jeep e vamos para um parque de diversões que abre em alguns dias de dezembro, decorado com guirlandas de Natal e luzinhas piscantes.

Cobertos com casacos, luvas e gorros, andamos de montanha-russa até Bo ficar verde, enfiamos pedaços de algodão-doce na boca um do outro e fazemos caretas para as câmeras dos brinquedos logo antes das descidas. September e eu praticamente não soltamos a mão um do outro. Finjo que ainda tenho um milhão de dias de vida. Sorrio, porque é assim que eu gostaria que eles se lembrassem de mim.

Talvez não seja o turbilhão de todas as adrenalinas extremas que a vida tem a oferecer. No entanto, é mais vida do que eu achei que teria.

É curioso: os itens que as pessoas incluem em suas listas do que fazer antes de morrer não garantem alegria nenhuma. Não são as lembranças que se destacam na cabeça da gente. Às vezes, nós nos lembramos mais de coisas mínimas. Não escalei o monte Kilimanjaro, não vi a aurora boreal nem andei de camelo, mas meu joelho tocou o de September em 15 de novembro. Esculpi uma abóbora de Halloween incrível com meu pai quando eu tinha seis anos. Minha mãe e eu montamos um quebra-cabeça de duas mil peças na nossa mesa de jantar. Meu avô e eu dividimos uma rosquinha enquanto ele apontava para os aviões que passavam acima de nós. Aerys e eu ficamos acordados até tarde para derrotar o chefão do videogame. September disse que me amava.

Tem um momento em que estamos descansando no gramado, e meus amigos estão rindo de alguma coisa que não ouvi. September sorri para mim, encosta a cabeça no meu ombro, e nesse momento me sinto tão completo que penso, *eu poderia morrer agora*.

Minha meia-vida foi em algum momento a oito anos atrás, e nunca senti isso antes de hoje. É algo puro, é como se eu estivesse respirando pela primeira vez na vida.

Na volta do parque, uma mistura de sentimentos toma conta. O humor do carro tende à melancolia enquanto o sol se põe. Que bom que estou dirigindo, pois assim não penso na pressão que aumenta dentro de todos nós.

Daqui a cinco horas, o cronômetro do meu relógio que está marcando meus dias vai chegar ao 0:00:00, e então será oficialmente a minha data da minha morte. Não sei quantas horas vou viver no dia 4 de dezembro. Não sei se vou morrer um minuto depois de meia-noite, ou se será em algum momento à tarde, ou se vou ter a sorte de ver mais um pôr do sol, mais um crepúsculo, mais um cair da noite.

*meia-vida do amor* **317**

Dottie inclina-se entre os dois bancos, põe uma música mais animada e me oferece um pouco de algodão-doce. September encosta a mão no meu joelho, tentando me acalmar. Me manter presente.

Aerys está mostrando a Bo as fotos que ela tirou. Hoje ela estava tão animada, e se tem uma coisa completamente boa de toda essa história é o fato de que ela encontrou seu lugar.

Então é hora de deixar Dottie e Bo em casa.

Todos nós saímos do carro e trememos na calçada. Dottie me dá o maior abraço e recua com os olhos marejados.

— Não vou dizer adeus, tá, senhor? Eu me recuso a fazer isso.

— Então também me recuso.

Porém, apesar de não dizermos, todos nós o sentimos. É o primeiro adeus de verdade.

Bo aperta a mão de September.

— A gente vem te buscar amanhã às nove.

Bo organizou uma viagem a Atlantic City para os quatro, então eles vão estar todos juntos quando eu partir. Meu pai ficou encarregado de lhes enviar uma mensagem com a notícia.

Dou um forte abraço em Bo. Sinto muita gratidão por saber que ele e Dottie estarão aqui para cuidar de September e Aerys quando eu não puder mais fazer isso.

Então restamos nós três. Passamos o trajeto de carro em silêncio, e apesar de toda a leveza do dia, está ficando mais difícil ignorar o pavor em relação a amanhã.

Acompanho Aerys até a porta de sua casa.

— Então é isso, né? — diz ela.

Engulo em seco.

— Pois é.

— Mas pode ligar pra gente amanhã, se não acontecer de imediato, ou sei lá. Se você quiser.

Não sei se seria melhor me despedir de vez ou deixá-la com a esperança de falar comigo de novo, então assinto, sem me comprometer com nada. Isso deve ser escolher a esperança, imagino.

Nos abraçamos por uma eternidade.

Estou no meio da calçada quando ela me chama:

— Ei, Flint...

Eu me viro e assimilo a imagem — ela em frente à sua casa, as folhas mudando de cor e a coroa do Instituto acima de tudo.

— Que bom que você voltou — diz ela.

— Também acho.

E, quando volto para o Jeep, preciso passar um tempo parado, com a testa encostada no volante. Parte de mim quer voltar correndo até a porta dela, aproveitar cada último segundo que tenho com cada um, ou então reunir todos eles na minha sala de estar e deixar que me envolvam num imenso abraço, mas não sei se meus pais gostariam disso. Nós decidimos — bem, eu decidi — que precisava estar com minha mãe e meu pai durante o acontecimento em si. Assim como September e seus pais fizeram com a irmã dela.

— Bom, isso foi dureza — digo com a voz rouca, finalmente erguendo a cabeça.

Passo a marcha e nos afastamos da casa da minha melhor amiga pela última vez.

— Eu sou a próxima, então — diz September, parecendo tão arrasada quanto eu.

Estendo o braço e pego sua mão.

— Na verdade, planejei uma coisinha pra gente. Você topa?

*meia-vida do amor*    **319**

September se anima, como se eu tivesse dado a ela anos a mais, e não apenas algumas horas.

Engraçado que, perto do fim, algumas horas passam num piscar de olhos e outras, levam uma eternidade.

Está anoitecendo quando a estrada de repente nos tira da floresta densa e nos leva a um gramado. Desacelero ao ver o imenso prédio na minha frente e a placa de sinalização que diz: *Aeroporto Regional Clearfield-Victoria.*

Paro o Jeep atrás de um anexo. De onde estamos, dá para ver a administração do aeroporto, onde um único quadrado de luz amarela brilha na escuridão. Saímos do Jeep e andamos pelos fundos do enorme hangar. É do tamanho de um campo de futebol, e tem a altura de um prédio de quatro andares.

Há várias saídas de incêndio na parede dos fundos do hangar, mas levo a gente para a gigantesca boca que é seu portão aberto. Eles devem estar esperando uma aterrisagem no meio da noite, se ainda não fecharam.

Levo o dedo até meus lábios, depois dou uma olhada pelo canto da abertura.

— Acho que a barra está limpa — sussurro.

Entramos escondidos no hangar e ficamos atrás de armários para ferramentas por um tempo. Depois de alguns minutos, ouvimos o som de um rebocador de aeronaves, levando um Cirrus sr22 para seu lugar durante a noite. O mecânico do aeroporto, um homem branco e esguio todo bronzeado, usando um boné empoeirado, assobia enquanto fecha os imensos portões do hangar e tranca. Ele sai por uma porta lateral, e então ficamos a sós.

Saímos do esconderijo. O cheiro do hangar me surpreende. Combustível de aviação, café, asfalto.

Solto uma gargalhada, sem acreditar.

— Eu achava que não ia dar certo.

September gira, com os olhos maravilhados e o casaco esvoaçando atrás dela.

— Então me diga que tipo de aeronaves são essas.

Começo pela que está mais distante.

— Tá bem. Aquele é um Cessna Skyhawk, meu avô pilotava um parecido. E este aqui é um Piper Saratoga, um avião bem confiável.

Digo o nome de todos os aviões para ela enquanto andamos pelo hangar. Nossas vozes baixas ecoam pelo teto bem acima das nossas cabeças.

Ela para ao lado do avião mais brilhante, mais caro.

— Este aqui é muito chique.

— É um Gulfstream IV — digo. — Deve ser de algum milionário que veio da sua mansão nas montanhas para a Filadélfia ou para Nova York.

September pisa na escada portátil que ainda está encostada no jatinho.

— Acha que lá dentro é muito elegante? — pergunta ela.

Estou prestes a dizer que ela não pode entrar, pois aprendi a respeitar os pilotos e a propriedade deles desde pequeno, mas então penso *que se dane*. Eu vou morrer amanhã.

Ela abre a porta.

— Nossa, realmente. É muito elegante aqui dentro.

Dá para sentir o cheiro de coisa cara. Couro macio, madeira envernizada, carpetes novos. September passa a mão num encosto de braço. Do lado esquerdo do avião, tem uma fileira de três assentos que se unem formando uma espécie

*meia-vida do amor*   **321**

de banco, para quem quiser se deitar na altitude de cruzeiro. Tem um canto para refeições e uma área reluzente para os comissários, mas o que eu quero ver mesmo é a cabine.

Paro no espaço entre os dois bancos dos pilotos, observando a variedade de interruptores, medidores, botões. As lembranças voltam aos montes, e em todas elas eu, ainda criança, estou com um fone de ouvido imenso e pesado na cabeça. Meu avô era meio imprudente — ele me deixava apertar os interruptores e segurar o manche.

Sento no banco, sentindo a pele de carneiro nodosa que costuma ser usada nas cabines.

Quando seguro o manche, sinto uma felicidade simples e descomplicada se espalhar por mim. Estou num avião mais uma vez.

Passo a mão nos controles e, por um instante, finjo que estou a quarenta mil pés de altitude, sentindo a pressão atmosférica nos tímpanos. Imagino como seria pilotar o avião durante voos invertidos, loopings e tunôs. Como seria trazer o avião de volta para o chão, o momento em que o trem de pouso toca na pista.

Abro os olhos e saio do banco. Chega de aviões. Quero September.

Ela está bem aqui, na porta da cabine, e estamos tão perto que os botões grandes do seu casaco encostam no zíper do meu.

Ela me olha, essa garota linda, determinada, brilhante. Passamos bastante tempo juntos esta semana, e ainda sinto dentro de mim uma atração que quase dói, um *desejo*, como se eu fosse morrer agora se a gente não se beijar nos próximos dois segundos.

Ela fica na ponta dos pés, e eu me abaixo para encontrá-la.

Com seu beijo, todo meu pavor se evapora, toda sensação ruim passa a ser uma vaga lembrança. O tempo desaparece. É quase um milagre que haja essa pequena fuga, essa paz, bem no fim.

Em algum canto da minha mente, sei que eu deveria estar monitorando o tempo, mas ela morde meu lábio inferior de novo, e meus pensamentos se espalham todos. Beijo-a neste último dia perfeito, neste avião perfeito, e queria que este momento durasse para sempre.

*meia-vida do amor*

# September

**Beijo Flint como se isso** fosse mantê-lo aqui comigo. Ele tem gosto de *vida*, de cereja negra e despedida, e não consigo assimilar que é realmente a última vez. Não parece real.

*Um último beijo. Mais um.*

E, no meio de tudo, sinto a pressão terrível do medo se intensificar no meu peito.

Eu o beijo, pois, quando eu o beijo, ele não parece tão assustado assim.

Meu telefone vibra, zunindo no bolso da minha saia. Tiro-o do bolso para colocá-lo em modo avião.

É então que vejo a hora.

Uma fisgada quente e dolorosa desce pelo centro do meu corpo.

— Já passa de meia-noite — sussurro.

É o último dia de Flint. Agora posso perdê-lo a qualquer minuto.

Meus ouvidos entopem, como se realmente estivéssemos num avião e a pressão tivesse mudado.

Penso em outra noite — em quando coloquei o alarme para tocar cinco minutos antes da meia-noite e encontrei meus pais no corredor escuro do primeiro andar, e entramos no quarto de Maybelle para acordá-la juntos no seu último dia.

E, de repente, eu que achava que saberia lidar com todos os aspectos deste momento... percebo que *não vai dar*.

Não vou aguentar passar por isso de novo. Não posso perder Flint como perdi Maybelle. O universo não pode fazer tudo isso com uma pessoa. Dentro de mim, mil sirenes estridentes começam a tocar.

Eu me levanto. Começo a andar de um lado para o outro no corredor.

Flint está me chamando, tentando fazer com que eu sente. Minha mente está procurando uma saída. Alguma coisa que impeça isso de acontecer. Será que ele tem 100% de certeza de que sua meia-vida aconteceu? Ele não pode ter se enganado quanto à data?

— September. — Ele me segura e me faz olhar para ele.
— Pare. Por favor.

— Preciso fazer alguma coisa.

Há um sentimento de pena estampado em seu rosto.

— Não há nada que a gente possa fazer. Você sabe disso.

Balanço a cabeça, com os pensamentos a mil por hora. Tem que ter alguma coisa. Sou uma cientista que estuda a meia-vida.

Minha teoria ainda me *parece* correta. Ainda acho que, no nosso DNA, tem um cartãozinho com a seguinte instrução: *quando a substância química X diminuir para dez microlitros, ative a meia-vida. Quando ela diminuir para cinco, desligue tudo.*

Mas não consegui encontrar a substância. Havia boas candidatas: l-tirosina, acetilcolina, encefalina. Eu tinha certeza

*meia-vida do amor* **325**

de que era uma delas e achava que as anomalias teriam apenas um pouco mais da "substância química x" em seus sistemas.

Preciso tentar *alguma coisa*. Se eu desistir, ele certamente morrerá, então o que tenho a perder? Se eu conseguir levá-lo para o Instituto, teremos uma chance.

Eu me viro.

Flint dá um passo para trás.

— Por que parece que você acaba de ter uma ideia da qual não vou gostar?

— Vou levar você para o Instituto.

# Flint

0 dias, 0 horas, 0 minutos

**Eu me afasto de September.**

— É uma péssima ideia — digo.

— Por quê? — pergunta ela, com um brilho de desespero nos olhos. — Você não *quer* viver?

Sinto uma dor no peito.

— É claro que quero. Mas eu nunca ia conseguir. Você mesma disse que sua teoria terminou não dando certo.

— Sabe todas aquelas fórmulas nas minhas paredes? São apenas algumas das substâncias químicas possíveis. E se eu te der *todas* elas? Posso te dar uma injeção. Se eu tiver razão, e as instruções no seu DNA estiverem dizendo para o seu corpo desligar quando o nível de uma dessas substâncias ficar abaixo de um certo patamar, é só injetar mais da substância. E depois mais. Tem que ser uma daquelas que eu estava estudando.

Meu corpo se enrijece.

— Você vai enfiar um monte de agulhas em mim e me dar um monte de remédios?

— Não vale a pena?

*meia-vida do amor*   **327**

A ansiedade determinada nos seus olhos me pega de surpresa.

— September, não vai dar certo.

— Você não quer nem *tentar*?

Ela está pedindo demais. Como eu devo reagir a isso, hein? A última coisa que eu queria era que minhas últimas horas virassem uma corrida contra o tempo.

— Por favor, não diga que não — diz ela. — Por favor. Não posso te perder também.

— September, isso é...

Subitamente, me lembro dos meus pais. Não acredito que perdi tanto a noção do tempo. Era para eu estar com eles. Tem coisas que eu gostaria de dizer aos dois, e eu tinha planejado tudo para a meia-noite. E se eu morrer antes de ter a oportunidade de falar com eles uma última vez?

Pego meu celular. Tem três ligações perdidas da minha mãe e um monte de mensagens. Eles estão surtando.

— Meus pais... September, não dá. Preciso ficar com meus pais.

Sinto o terror da minha morte o tempo todo, como um veneno em concentração baixa no meu sangue e uma dorzinha nos ossos, mas agora ele está descontrolado. *Eu vou morrer. Hoje.*

— Podemos levar eles para o Instituto também — diz ela. — Preciso resolver como, sinto que ainda temos um tempo..

Meu Deus. Não acredito que estamos tendo esta conversa.

Ela me olha, intensa, bela e desesperada.

— Por favor, Flint. Me deixa pelo menos tentar salvar você.

Sinto um aperto no coração.

É uma péssima ideia. A pior das ideias.

Mas, se eu não permitir que ela tente, será que ela vai passar o resto da vida angustiada, achando que poderia ter me salvado?

Tive meu último dia perfeito. Ela mudou tudo para mim, fez com que este mês fosse muito melhor do que eu achava que ele pudesse ser. Posso fazer isso por ela.


Contamos até três, saímos correndo pela saída de emergência nos fundos do hangar e vamos para o Jeep. Ligo o carro como um piloto de fuga e acelero. Os alarmes disparam. Algum funcionário azarado do aeroporto vai ter que sair da cama para lidar com isso, mas ele não vai chegar a tempo de nos capturar.

Nunca imaginei que estaria fazendo isso no meu último dia.

September não larga minha mão. Estamos de mãos dadas em cima do console. Um pensamento me ocorre: era melhor eu não estar dirigindo. Mas os olhos de September brilham, e agora sua mente está funcionando como um computador.

— Preciso fazer algumas ligações. O Instituto vai estar calmo, mas...

Olho para o lado e a vejo roendo a unha do polegar, com o celular colado no ouvido.

— Oi, Dottie. Não, ele está bem. Estou com ele. Escuta só. Preciso descobrir onde o Percy mora.

*meia-vida do amor*   **329**

# September

— **Percy jamais vai topar** — diz Dottie, girando o volante para a esquerda. — Ele é um canalha.

Ela está dirigindo o Jeep de Flint, pois é uma das principais regras da meia-vida: não dirija no dia da sua morte.

— Vire à esquerda aqui — ordena Aerys.

Ela está no banco do passageiro, dando as instruções. Fiquei surpresa ao encontrá-la na casa de Bo — pelo jeito, os três ficaram tão abalados depois da despedida que decidiram passar a noite juntos.

Passamos por cima de um buraco, e a cabeça de Flint bate no teto.

— Não tire os olhos da rua, Dottie. E, pelo amor de Dolly Parton, desacelera aí — diz Bo, sentado do meu lado.

Flint está do meu outro lado, segurando minha mão, e eu estaria mentindo se dissesse que não estou medindo sua pulsação sob a ponta dos meus dedos. Agora pode acontecer a qualquer minuto. A qualquer segundo.

*Ainda não. Por favor.*

Flint parece exausto, e sei que ele não está muito contente comigo por causa disso tudo. Bom, ele pode me perdoar amanhã. Quando acordar no dia seguinte à sua data de morte.

Bo se vira no banco e me olha.

— Acha mesmo que Percy vai topar? — pergunta ele.

— Se Percy não topar, eu acabo com ele — ameaça Dottie. — Ele fez September ser demitida, então está devendo um grande favor a ela.

Finalmente, vemos a casa de Percy nos intimidando na escuridão. Dottie pisa no freio com força, e todos nós somos lançados para a frente, com os cintos de segurança pressionando nosso corpo.

Agora não tem mais volta. Precisamos de Percy — só assim vou conseguir fazer Flint entrar no Instituto.

Saímos do Jeep e vamos até a porta da frente, soltando fumacinha pela boca no frio. Todas as luzes estão apagadas. O toque melódico e suave da campainha não combina nem um pouco com o breu e com o silêncio de uma da madrugada.

Esperamos.

E esperamos.

Aperto a campainha de novo, e o *ding-dong* soa umas dez vezes.

Finalmente, o próprio Percy abre a porta, esfregando os olhos de sono como um menininho. E... ele está vestindo uma camiseta verde e uma calça de pijama com estampa de dinossauro.

Bo tosse para disfarçar a risada.

Percy ergue o queixo com arrogância, tentando menosprezar todos nós.

— O que vocês estão fazendo na minha casa a... — Ele olha o relógio de pulso. — A uma da manhã?

*meia-vida do amor*   331

— Preciso que você venha com a gente. Para o Instituto.

— Mas não está na hora do nosso turno — diz ele ríspido.

— Não me diga, seu gênio — retruca Dottie, mas eu gesticulo para que ela se contenha.

— Preciso entrar lá. Este aqui é o Flint, e hoje é a data de morte dele.

— E o que isso tem a ver comigo? É só inscrevê-lo na Admissão ou ligar para a central. Vocês deviam ter feito a inscrição meses atrás, então imagino que esteja usando os contatos que você acha que tem para furar a fila e...

— Escute aqui, Percival — diz Dottie, metendo o dedo no ombro ossudo dele. — Você vai fazer a gente entrar naquele prédio querendo ou não. Entre no carro.

Percy engole em seco.

— Tá, tá bom — resmunga ele.

Dottie o acompanha até o Jeep.

— Hum, Dottie? Acho que você está entrando um pouco *demais* no papel — diz Bo.

No caminho de volta para Carbon Junction, Percy nos faz um monte de perguntas.

— Não sei por que você acha que *eu* posso te ajudar. Por que não foi até a recepção e simplesmente viu quem é o médico que está de plantão hoje? Você os conhece tanto quanto eu.

— Não vou levar ele para a Admissão, Percy. Não é esse o plano.

— E eu posso saber que plano é esse?

Estou prestes a perder a paciência com ele, mas percebo uma coisa. Todos os detalhes técnicos, a ciência e as fórmulas por trás da minha teoria... Percy vai entendê-los.

Então explico para ele.

E enquanto os minutos passam, enquanto Dottie faz as curvas bruscamente, Percy começa a endireitar a postura. Vejo nos seus olhos o brilho que todos os cientistas têm em algum momento — eu prendi sua atenção. E ele começa a me fazer perguntas, tentando encontrar falhas na minha teoria, mas não por maldade — é apenas o que fazemos mesmo. Para garantir que minha teoria é robusta. Perfeita. Eu sei que não é, e mais cedo ou mais tarde ele vai descobrir isso.

— Você tem algum papel aqui? — pergunta Percy.

— Não sei. Flint?

— Talvez tenha uma caneta no porta-luvas — diz ele. — E um guardanapo, algo assim.

Ele não tira os olhos da escuridão fora do carro.

Sinto mais uma pontada de culpa. Eu deveria estar dando atenção somente a ele, assim como fizemos com Maybelle no último dia dela, em vez de estarmos num carro lotado.

Bo encontra um mapa antigo que tem um pouco de espaço em branco e o passa para Percy. Ele começa a rabiscar algumas coisas. As mesmas coisas que estão tatuadas nas paredes da minha casa. Pego a caneta e mostro a ele o que descobri.

— Isso é... você realmente fez tudo isso?

— É claro que sim. Acha que sou burra, por acaso?

— Não — diz ele baixinho. — Nunca achei que você fosse burra. Eu sabia que você era capaz de fazer coisas assim. Tinha ouvido falar disso, mas não cheguei a ver.

— Pois é, e no fim das contas isso não serviu foi pra nada. Escuta — digo, agarrando a caneta, acrescentando alguns números, símbolos, mostrando-lhe onde está o problema. O vínculo que eu estava procurando e nunca encontrei. — De todas as possíveis substâncias químicas, as anomalias que eu estudei não tinham nenhuma delas em comum.

*meia-vida do amor*

— Mas você vai dar alguma substância para ele mesmo assim.

— Preciso tentar — digo, tensionando o maxilar para reagir ao medo que só cresce dentro de mim.

Percy pressiona os lábios, como se quisesse dizer mais alguma coisa, mas sabe que não vou reagir de maneira sensata. Eu sei. *Eu sei* que a teoria não está boa, que não é algo racional, mas não vejo por que não podemos simplesmente *tentar*.

Aperto a mão de Flint na minha, decorando essa sensação. Será que isso tudo é perda de tempo?

No estacionamento atrás da Coroa, saímos do carro e enfrentamos o frio.

— Vamos recapitular uma última vez. Diga o que você vai fazer — pede Dottie a Percy.

— Vou entrar, dizer ao segurança que eu...

— Vai dizer *casualmente* ao segurança — corrige Dottie.

— Casualmente. — Percy assente.

— Isso significa não agir como o maior babaca, Percival. Mas também não seja simpático, senão ele vai suspeitar na hora.

— Tá... tá bem. Vou dizer que esqueci umas anotações das quais preciso muito para minha prova de Cálculo Avançado na segunda-feira, que preciso passar o fim de semana inteiro estudando para ter alguma esperança de passar. Vou pegar o elevador até o andar da Admissão, mas depois pego a escada de emergência e desço até a área de carga e descarga, onde vou abrir a porta que os fumantes usam. Mas... e se algum alarme disparar ou algo assim? E tem câmeras e tal — diz ele, nervoso.

— Se o alarme disparar, a gente corre — afirmo. — Estaremos escondidos num quarto do primeiro andar antes que os seguranças nos encontrem.

Tomara.

— É uma péssima ideia — diz Percy, parecendo bem nauseado. — Gostei da teoria e quero testá-la, mas isso é... pô, meus pais vão me matar.

— Percy? — Dottie põe as mãos nos ombros dele e o olha nos olhos. — Cala a boca e só faz, cara.

Ele respira fundo, assente e se dirige à porta do Instituto.

Nós cinco vamos discretamente para os fundos do prédio e nos agachamos atrás de uma fileira de arbustos. Esperamos, olhando ao redor da área de carga e descarga.

— Está demorando muito — sussurra Aerys. — E se ele tiver desistido?

— Ele não desistiu — diz Dottie com firmeza, comprimindo os lábios, sem tirar os olhos da porta.

Os segundos se passam. Do meu lado, Flint estremece.

— Você está bem? — sussurro.

— Bom, ainda estou aqui — diz ele.

E então a noite se move. A porta se abre, e a mão de alguém em pânico — a mão de Percy — se estende e acena descontroladamente para nós, num gesto que diz: *venham*.

Corremos até a porta. Não nos atrevemos a parar depois de entrar, simplesmente subimos a escada em disparada. Salto dois degraus de cada vez, sem jamais soltar a mão de Flint.

Quatro andares. É para lá que precisamos ir: Quarto Andar, Diagnóstico e Patologia.

Quando chegamos lá, Percy para na frente do scanner de retina.

*meia-vida do amor* **335**

A luz vermelha acende, e sinto um frio na barriga.

— Isso sempre acontece — sibila ele, depois reposiciona o rosto e tenta de novo.

*Verde.*

Ele abre a porta para o corredor silencioso.

*Merda*, penso eu, sendo tomada pelo medo outra vez. Não pensei direito em nada disso. Como é que vou saber se os laboratórios menores estão vazios? Devem estar, mas nunca se sabe quando algum viciado em trabalho vai vir para o Instituto fazer testes ou preencher uma papelada.

A indecisão e o pânico fazem minha pele arder, mas todo mundo está dependendo da minha escolha. *Este aqui.*

Está vazio. Que alívio.

Todo nós entramos, e fecho a porta atrás de mim. Percy se aproxima da parede, tremendo. Está com cara de quem vai vomitar. Bo fica andando de um lado para o outro num canto. Flint encosta-se silenciosamente na beira da mesa de exame, cruza os braços e olha para suas botas.

O que é eu tinha na cabeça, hein? Será que tomei a decisão errada? Meu Deus, estou quase surtando.

Bo agarra meus ombros e me vira para ele.

— Diga pra gente do que você precisa. Tipo soro, monitores etc.

Ele fala com sua voz de produtor, sua voz de nada-de--mimimi, com um olhar de *controle-se* no rosto, e isso me anima. Agora já é tarde demais para desistir.

— Tá bom.

Pressiono as mãos uma na outra para que elas deixem de tremer. Dou uma olhada na sala, lendo rótulos nos armários e gavetas. E então começo a dar instruções. Peço a Aerys e Bo que peguem o material mais fácil.

**336** BRIANNA BOURNE

Percy se envolve com rapidez, pois essa parte é algo que ele domina. Ele até discute comigo sobre parte do equipamento.

Congelo enquanto vasculho uma gaveta, sentindo de repente que dei um passo bem maior do que as pernas. Já vi a dra. Juncker fazer uma punção venosa dezenas de vezes, mas nunca fiz isso. E se eu errar a veia? E se Flint tiver alguma reação às substâncias que planejo injetar nele? Não sei usar um desfibrilador. O que diabos eu estava pensando? Sou apenas uma estagiária que leva jeito para decorar fórmulas científicas e...

— September. — Percy encosta no meu ombro. — Quem vai subir até o estoque?

O estoque é uma sala refrigerada para o armazenamento de substâncias químicas que fica ao lado do laboratório do último andar.

Olho para Flint. Não quero deixá-lo, mas tem que ser eu. Se mais alguém for pego, roubar bolsas de soro é uma coisa — mas roubar substâncias químicas e drogas experimentais é outra.

— Eu — digo. — Preciso do seu crachá. Vou pegar l-tirosina, acetilcolina... tudo que está naquela lista. Volto em cinco minutos, dez no máximo.

Estendo o braço na direção da maçaneta, mas, antes de segurá-la, a porta se escancara.

Do lado de fora, com uma expressão fria e pétrea, a dra. Juncker me olha.

— O que... — diz ela com a voz mais fria e ríspida que já ouvi dela — está acontecendo aqui?

Silêncio.

Seu olhar desvia para a minha direita.

— Sr. Bassingthwaighte?

*meia-vida do amor*   **337**

Percy deixa escapar um som estridente, e eu penso: *Merda, já era.*

O pânico se espalha pelo meu corpo, um calafrio gélido seguido de um calor nauseante. Se ainda não fui completamente excluída da comunidade científica, serei agora. Isso é péssimo. Ela tem todo o direito de chamar os seguranças. E a polícia.

Mas então Percival Bassingthwaighte, a desgraça da minha vida, dá um passo para a frente.

Ela ajeita os cabelos despenteados, tentando parecer respeitável com seu pijama com estampa de dinossauro.

— Dra. Juncker — começa ele, com a voz tranquila e serena como se fosse qualquer outro dia de trabalho. — A srta. Harrington tem pesquisado e provado uma teoria que, na minha opinião, tem seus méritos. Este é o paciente dela, Flint Larsen, que tem dezessete anos e dois meses de idade. Hoje é a data de morte dele, e nós o trouxemos aqui para lhe dar um coquetel experimental de l-tirosina, acetilcolina e outros psicofármacos na esperança de prolongar sua vida.

O rosto da dra. Juncker se franze mais a cada palavra que sai da boca de Percy.

Quando ele termina, ela cruza os braços.

— Então vocês estão me dizendo que trouxeram esse garoto aqui para injetá-lo com um nível de aminoácidos proteinogênicos nunca testado antes, na esperança de que ele sobreviva à sua data de morte?

Engulo em seco.

— Sim, é mais ou menos isso.

Estou tão ferrada.

— A senhora precisa ver a pesquisa dela, dra. Juncker — prossegue Percy, e sinto um carinho tão grande por ele que todos os pensamentos de raiva que já tive desaparecem. Ele tira a página do mapa do bolso e alisa cuidadosamente as pontas. — É brilhante — diz ele.

A dra. Juncker ergue a sobrancelha de forma cética, mas pega o papel. Pega os óculos no bolso do jaleco e analisa, apertando os lábios numa linha extremamente firme. Por fim, ela puxa o banco de rodinhas de debaixo do balcão e se senta. Tira os óculos e encosta a ponta dos dedos nos olhos.

— A hipótese é incrivelmente interessante. Acho que devemos apresentá-la à dra. Jackson e à diretoria para investigar a ideia a sério, como uma empresa. Porém, se dermos ao sr. Larsen as drogas que você está sugerindo, seria um jogo de tentativa e erro, seriam tiros no escuro. É tarde demais para... bem, simplesmente é tarde demais.

A sala se aquieta.

— Lamento muito, September — diz ela. — O trabalho que você fez é *brilhante*. Sempre achei que você fosse uma cientista talentosa.

Eu devia ter sentido alguma coisa, pois nunca mais vou chegar tão perto assim de receber um elogio da minha chefe — ex-chefe —, mas não sinto nada.

— A senhora vai chamar a polícia? — sussurra Dottie.

A dra. Juncker suspira.

— Não. Mas vou chamar os pais de vocês.

Cambaleio para trás. Flint está atrás de mim, então ele me equilibra, mas isso só faz meu coração se partir mais um pouquinho.

Tudo dentro de mim começa a desligar.

*meia-vida do amor*

# Flint

0 dias, 0 horas, 0 minutos

**A coisa está feia.**

Fui presunçoso demais ao achar que entendia tudo sobre a vida com uma contagem regressiva. Porém, nada se compara a viver o dia da minha morte.

Posso morrer *a qualquer minuto*.

A cada segundo que passa, a pressão no meu peito aumenta. Tem um nó na minha barriga que provavelmente nunca vai se desfazer. Não enquanto eu estiver vivo.

No entanto, por mais que eu esteja apavorado, não posso deixar September perceber isso. Ela está apenas... olhando para o nada. Com uma expressão vazia, os olhos embaçados, como se tivesse parado completamente de funcionar.

A alemã assustadora nos acompanha pelo corredor e em seguida até o elevador, onde aperta o botão do 15º andar. Ao lado dele, uma plaquinha diz: Psicologia e Apoio. Ótimo.

Saímos num corredor branco e curvo que parece idêntico ao corredor onde estávamos. Tenho um pensamento terrível de que se eu virar a cabeça rápido demais alguma coisa vai se partir e tudo vai ter chegado ao fim. A dra. Juncker nos leva até uma sala espaçosa e avisa que nossos pais vão chegar em breve. Tenho mandado mensagens para minha mãe, para mantê-la informada do que está acontecendo, mas quero que ela e meu pai venham para cá. Quanto antes, melhor — já se passaram quase três horas do meu último dia. As coisas que quero dizer a eles estão gritando dentro de mim, desesperadas para saírem antes que seja tarde demais.

Tento fazer September me olhar, mas ela continua encarando o nada. Não sei se ela entrou no modo desligamento--emocional-completo-para-evitar-tudo, como fez após a morte da irmã, ou se está prestes a entrar numa crise terrível.

Dottie, Bo e Aerys são os primeiros a ir embora. Nossas despedidas — desta vez, é nossa última despedida de verdade — são constrangedoras e breves, observadas pela chefe esquisita de September e por todos os pais de cara fechada. E então sobramos apenas eu, September e Percy, esperando alguém nos buscar.

Ouço meus pais antes de vê-los, pois eles chamam meu nome enquanto procuram a sala correta.

Minha mãe entra primeiro, tão depressa que mal tenho tempo de me levantar antes que ela me alcance.

— Ah, Flint, você ainda está aqui — diz ela.

*Você ainda está aqui.*

Seu rosto se contrai todo, e suas mãos conferem se ainda estou inteiro. Meu pai está logo atrás dela. Ele fala menos quando está assustado, e sei que a coisa é grave porque ele não diz nada ao me ver. Apenas pega minha mão e a pressiona com firmeza entre as suas.

Eu jamais devia tê-los feito passar por isso. Era para eu estar em casa à meia-noite, como a Cinderela. Se eu tivesse

*meia-vida do amor* **341**

morrido em algum momento nas últimas três horas, eles teriam recebido uma *ligação* dando a notícia.

Um mês atrás, eu tinha decidido que não os deixaria testemunhar minha morte. Agora acho que eles ficariam ainda mais arrasados se não a presenciassem.

— Me desculpem — sussurro. — Por favor, não fiquem com raiva de September. Foi escolha minha, eu tinha que deixar que ela testasse isso. Para que ela soubesse que fez tudo o que pôde.

Minha mãe me abraça.

— Obrigado por ter me deixado passar um tempo com ela esta semana — digo. — Sei que essa viagem não foi o que você imaginava, e que você deve estar meio brava com ela...

— Querido, não estamos bravos — diz minha mãe. — Na verdade, ficamos até felizes por você, pois teve momentos em que... bem, desde a sua infância que a gente não te via tão feliz daquele jeito.

Meu pai faz que sim, concordando.

— Que bom que você pôde se apaixonar, Flint — diz minha mãe baixinho. — Sempre quis que você passasse por isso. Todo mundo devia sentir como é, pelo menos uma vez.

Os dois me abraçam, e me sinto como um menininho outra vez. Quero ficar aqui, entre meus pais, até o fim.

— Me desculpem por ter sido um babaca nos últimos oito anos — sussurro no ombro da minha mãe. — Vocês aturaram muita coisa.

— *Shh*. A gente pode conversar quando chegar em casa.

Mas não podemos. Porque não sei se vou chegar vivo lá. Preciso dizer isto agora:

— Me perdoem por ter estragado a vida de vocês.

Sinto um nó na garganta.

Minha mãe acaricia minha bochecha com o polegar.

— Você não estragou nada. Nós te amamos. Amamos todos os seus minutos.

Meu pai limpa a garganta, tentando conter as próprias emoções.

— Mesmo quando você estava sendo um babaca.

— Não se limitem por minha causa, tá? — digo. — Tenham outro filho ou algo assim, se quiserem. Tipo, não me esqueçam, obviamente, mas não sofram por tempo demais, tá?

Os olhos da minha mãe se enchem de lágrimas, mas ela assente e me abraça de novo.

— Foi um privilégio ser sua mãe — sussurra ela com firmeza no meu ouvido.

Agora meu pai está chorando, e ver as lágrimas caírem em silêncio pelo seu rosto me faz perder o controle.

Demoramos um tempinho para nos recompor, para perceber que todo mundo na sala está fingindo não nos escutar.

Sou tomado por uma imensa vontade de simplesmente voltar para o meu *lar*. Não a casa que alugamos agora. Não o apartamento do meu pai na Filadélfia.

Meu lar é oito anos atrás.

Ou foi talvez, por alguns breves minutos, aquele hangar. O teleférico da estação de esqui. A cama de September.

Esfrego os olhos.

— Mãe? Podemos ir embora? — Minha voz sai baixinha, inspirando pena.

— Claro.

Enquanto ela vai falar com a dra. Juncker, olho para September. Durante a conversa com meus pais, a avó dela chegou, segurou sua mão e está mandando um monte de mensagens para alguém — provavelmente para os pais dela.

*meia-vida do amor* **343**

September ainda está distraída, sentada com a postura toda ereta no sofá.

Ir embora significa me despedir dela. Neste exato momento.

Olho para meu pai. Ele aperta minha mão, faz que sim com uma expressão compreensiva e deixa que eu me aproxime dela.

# September

**A almofada do sofá afunda** quando Flint se senta do meu lado. Encaro a mão de Gigi segurando a minha e evito seu olhar.

— September? Preciso ir embora — diz ele baixinho.

Gigi solta minha mão e dá um tapinha nela.

— Vou deixar vocês dois a sós um minutinho — afirma ela.

Tenho medo de me mexer. Não sei o que está acontecendo comigo. Parece que estou tendo um milhão de pensamentos de uma só vez, mas todos eles por trás de um vidro à prova de som.

Queria ter ficado naquele avião com ele. Em vez disso, estamos aqui no único lugar onde ele não queria morrer, e é tudo culpa minha.

Esse pavor... é exatamente a mesma coisa que senti no último dia de Maybelle, apesar de o cenário ser bem diferente.

Sinto uma fisgada na minha mente de cientista.

*Diferente.*

O pensamento vai embora.

— September? Por favor, fale comigo — diz Flint. — Não podemos terminar assim.

Balanço a cabeça.

— Me desculpe por ter te trazido pra cá. Era para você estar com seus pais.

— Escuta... é tudo um pouco diferente do que imaginei. Mas tudo isso...

Sei que eu deveria estar prestando mais atenção, mas aí está a palavra de novo: *diferente*.

É como se eu estivesse tentando pensar no meio de um pote de melado. Obrigo meu cérebro a pensar como ele pensa quando estou na sala de observação do laboratório do último andar.

Os prontuários de anomalias — os de Mitsuki, Marvin e Araminta — cascateiam na minha cabeça. Os relatórios patológicos, os remédios, as autópsias. Fecho os olhos, lembrando-me das fórmulas rabiscadas nas pedras das Ruínas, nas paredes do meu quarto.

*Diferente*.

— Ainda não acabou — sussurro.

Flint pega minha mão.

— Acabou, sim. Por favor, September. Quero me despedir de você antes que eu perca essa oportunidade.

— Não. Não acabou, e ainda não vou desistir. — Tento tirar minha mão da dele. — Preciso falar com a dra. Juncker.

Vejo no seu rosto o mesmo sentimento de pena que vi quando o obriguei a ir embora do aeroporto. O olhar de: *Pare de tentar, não faça isso, deixe-me partir*.

Nem a pau.

Afasto minha mão da dele com um puxão e vou até a dra. Juncker.

— E se todos forem diferentes? — digo.

Ela franze o rosto.

— Do que você está falando?

Agarro a página do mapa de Percy e a entrego a ela novamente.

— E se o corpo de cada pessoa estiver monitorando uma substância diferente? E se a sua meia-vida estiver observando o nível de uma substância química diferente da minha? Foi por isso que não encontrei nenhuma correlação?

Falo mais rápido, desesperada para dizer tudo antes que seja tarde demais. O interruptor da morte pode matar Flint a qualquer momento.

— Acho que essas substâncias são as mais prováveis — digo, apontando para a minha lista. — Com mais cientistas trabalhando nisso, e com mais prontuários de anomalias, vamos poder confirmar isso. Já sabemos como fazer algumas dessas substâncias atravessarem a barreira hematoencefálica, então podemos dar a Flint uma mistura delas.

A dra. Juncker esfrega as têmporas, analisando minhas fórmulas outra vez.

— Por favor — digo. — Precisamos tentar.

Odeio estar implorando, odeio não estar agindo nem um pouco como uma cientista no momento, odeio o fato de que provavelmente cometi mil erros nas minhas fórmulas, pois sou um emaranhado de emoções, e não um computador frio.

A dra. Juncker parece dividida:

— Não é uma ideia científica boa, srta. Harrington. Não podemos sair injetando substâncias nas pessoas com base em um palpite.

— Mas nós *sabemos* que ele vai morrer — digo bruscamente. — Não dá para ficar só esperando, alguém *precisa* fazer alguma coisa. Não dá para fazer nenhum mal a ele, então por que não tentar?

*meia-vida do amor* **347**

A dra. Juncker balança a cabeça, apesar de ainda estar inspecionando as fórmulas.

— Precisamos esperar a pesquisa ser mais bem fundamentada.

Ela diz isso de uma maneira inexpressiva, como se estivesse repetindo a fala de uma peça. Sinto uma esperança. Acho que sei como convencê-la.

— E Magnus?

A dra. Juncker fica paralisada.

— Você teria feito isso se fosse ele? — pergunto.

Ela fecha os olhos. Inspira devagar.

O resto de nós espera em silêncio. Estou começando a tremer. Fui longe demais, e agora vou perdê-lo...

Os olhos dela se abrem rapidamente.

E ela se vira para Flint.

Ela fixa um olhar sério nele.

— Não temos nenhuma garantia de que vamos conseguir prolongar sua vida. Na verdade, a probabilidade é quase zero, e...

— Eu quero tentar. — A voz de Flint está firme. — Sei que é muito improvável. Mas quero tentar.

— Quero deixar algo bem claro — diz a dra. Juncker. — Seria um experimento intensivo, e ele será realizado como um favor para a srta. Harrington, já que ela criou uma teoria avançada, e também como um favor para você, por tê-la ajudado.

*Um favor. É um favor.*

— Mesmo que nós acertemos a substância — acrescenta ela —, não sabemos a quantidade que deve ser administrada, nem a maneira de administrá-la com mais eficácia.

— Eu entendo — diz Flint.

A dra. Juncker vira-se para os pais de Flint.

— Sra. Larsen, sr. Larsen. Vocês permitem que seu filho seja internado no Instituto Meia-Vida para participar de uma pesquisa de emergência?

Os pais de Flint, perplexos, assentem e dizem sim emocionados.

— Nesse caso, vamos para o laboratório do último andar. Percy, preciso dos telefones do setor jurídico e do setor de RH. Sr. e sra. Larsen, vamos redigir documentos de consentimento para que vocês os assinem o mais rápido possível. Enquanto isso, vou telefonar para a dra. Jackson. Vou chamar toda a equipe.

Depois de meia hora, o laboratório do último andar está abarrotado de cientistas. A forte luz branca do lugar está acesa, como se fosse um dia normal de trabalho, e não de madrugada.

Todos eles estão se movendo em torno do meu garoto esguio. Ele está sentado num leito, e suas roupas pretas foram substituídas por uma camisola hospitalar e um emaranhado de eletrodos, mas seu cabelo ainda é a coisa mais escura do local.

Sempre que posso, paro do seu lado, com nossas mãos bem entrelaçadas. A dra. Juncker põe duas cadeiras perto do topo da cama para os pais de Flint, mas eu tenho que ficar me afastando para que a equipe médica possa fazer todo o preparo.

A dra. Juncker e a dra. Jackson transferiram as fórmulas criadas no meu cérebro para o grande quadro branco. No começo, tentei me manter envolvida. Não estou de jaleco, mas os pesquisadores — sejam eles sêniores, associados ou especialistas — todos me escutam como se valesse a pena me ouvir.

*meia-vida do amor*   **349**

Eu me desloco entre as áreas de trabalho: há pessoas encarregadas de ligar para hospitais e pedir mais prontuários de anomalias, uma mesa comprida onde outras analisam pilhas de relatórios patológicos, e mais pessoas na frente do quadro branco, tentando resolver quais substâncias químicas serão administradas para Flint e em quais doses. De vez em quando, eles fazem que sim para as fórmulas e se aproximam de Flint com uma seringa cheia.

Os Cs, Hs, Os e Ns começam a se se embaralhar. Estou exausta, e agora já me envolvi demais com a situação. Digo para meus chefes assumirem e fico nos arredores da operação. Percy vai para casa dormir, e uma pequena parte de mim o inveja, mas então olho para Flint e sei que não posso deixá-lo agora de jeito nenhum.

O meu lado cientista fica gritando *não vai dar tempo, não vai dar tempo*. Parece que todo mundo aqui também sabe disso. Tem um entusiasmo no ar, e eles estão ansiosos para fazer isso porque é um trabalho importante, mas não é a euforia que seria se tivéssemos encontrado a resposta exata. É tudo uma *tentativa*.

Sempre que Flint olha para mim, parece estar tentando me dizer alguma coisa. Mas não posso assobiar e pedir aos cientistas que interrompam tudo para que nós dois possamos nos beijar e chorar por um instante.

Então seguro sua mão, e a cada segundo que passa eu só me sinto pior em relação a esse plano.

\*

Às sete da manhã, finalmente há uma calmaria. A dra. Jackson e a dra. Juncker limitaram a lista a sete possíveis substâncias químicas, todas elas neurotransmissoras. Três a mais do que na minha lista. Eles deram injeções de cada uma delas para Flint. Doses minúsculas — porque não dá para brincar com a química cerebral de uma pessoa.

Agora é só esperar. Conferir o trabalho. Continuar observando e registrando seus sinais vitais. Estamos progredindo mais na meia-vida hoje do que progrediríamos em meses.

Alguém puxa uma cortina ao redor da cama de Flint para termos privacidade. Não é muita coisa, mas é melhor do que nada.

Ele está aguentando bem. Um pouco de náusea, dor de cabeça, uma certa tontura — mas tudo isso pode ser também por ter passado quase 24 horas acordado.

Sento na beira da sua cama, com cuidado para não esbarrar no soro nem nos fios que saem dos aparelhos de monitoramento. Seus pais se viram para nos dar privacidade, mas ficam perto o bastante para alcançá-lo num segundo caso... a coisa aconteça.

— Suas chefes disseram que posso descansar — diz Flint, com a voz áspera e grave. — Quer descansar comigo?

Ele se afasta para me dar espaço.

Deitamos de lado, um de frente para o outro. Não devia parecer nada íntimo, pois estamos num laboratório aberto e espaçoso, mas ele puxa o lençol por cima da gente, até a altura do queixo, e aí é como se estivéssemos no nosso próprio mundinho.

— Oi — sussurra ele.

Meus joelhos esbarram nos seus. Ele passa a mão no meu cabelo, enrosca uma mecha no seu dedo.

*meia-vida do amor*   **351**

— Como está se sentindo? — pergunto.

— Estou começando a ficar bem cansado.

Afasto uma mecha de cabelo dos seus olhos.

— Sei que não é onde você queria estar hoje. — Engulo em seco. — Me desculpe, Flint.

— Ei, nada de arrependimento. — Ele sorri tristemente. — Você me ensinou como se vive. Posso fazer isso por você.

Afasto-me um centímetro, franzindo a testa.

— Você não acha que vai dar certo.

Ele não responde.

Abro a boca para lhe dizer que ele vai sobreviver, mas as palavras não saem. A dra. Juncker tem razão. Não é uma ideia científica boa.

Então, em vez disso, encosto a testa na sua clavícula. Entre nós dois, suas mãos encontram as minhas. Ele as aperta.

— Estou tão cansada — sussurro. — Mas tenho medo de fechar os olhos, caso...

Não termino a frase. *Caso eu esteja errada. Caso nada disso dê certo. Caso você vá embora.*

Ele passa um bom momento em silêncio.

— September... não tem problema se você perder o momento.

Balanço a cabeça, ainda encostada nele.

— Tem, sim.

— Vai ser rápido... você sabe disso. Com o botão da morte sempre é rápido. Se acontecer quando você estiver dormindo ou do outro lado do laboratório pegando água, não passe o resto da vida se lamentando por isso.

Então penso uma coisa: apesar de eu ter passado o último dia de Maybelle com ela — de meia-noite até as 11h16 em ponto —, eu não me *despedi* dela. Não pude, pois ela não fazia ideia do que estava acontecendo.

— Nunca me despedi dela — sussurro.

Flint fala mais baixo, com um tom consolador:

— Não importa se você não disse adeus. Muitas pessoas se torturam por causa das últimas palavras. Pelo que disseram, pelo que não disseram. Você tem que confiar que a soma de todos os seus momentos com ela é mais importante do que as últimas palavras que você disse. Quase ninguém tem a despedida perfeita.

Fecho os olhos para conter as lágrimas novas que estão chegando.

— Ei, quero um beijo — diz ele, encostando a ponta do nariz no meu.

Ele ainda tem cheiro de cereja negra, apesar de isso ser impossível.

Seus lábios encostam nos meus. Nos primeiros segundos, eu não estou tão presente, fico mais perdida no meu próprio medo. Meu coração bate me alertando: última vez, última vez, última vez.

Não é. Não pode ser.

Mas então sinto uma faísca, e seu beijo me traz para o presente, como sempre.

Ele recua primeiro, afinal, tem seus pais e mais cinquenta cientistas aqui.

— Obrigado — diz ele.

— Não foi nada.

— Não pelo beijo. Por tudo. — Ele vira o queixo para baixo e me encara como se fosse dizer algo importante. — Esta última semana foi a melhor da minha vida.

Sinto um aperto insuportável na garganta.

*meia-vida do amor*   **353**

— Preciso que me prometa uma coisa, September. — Ele segura meu queixo e olha bem nos meus olhos. — Não dá para fugir do luto para sempre. Você sabe disso. — Não sei se ele está falando da perda da minha irmã ou da perda dele. — Quando ele a alcançar, prometa pra mim que vai se permitir senti-lo.

Olho para baixo.

— Por favor, September. Preciso que me prometa isso. Não pega bem negar o pedido de alguém que está no seu leito de morte.

Quero gritar *pare de dizer isso, pare de agir como se tivesse acabado*, mas ele tem razão. Ele está aqui, com aparelhos ligados ao corpo, logo ele que odeia o Instituto. E está fazendo tudo isso *por mim*.

— Prometo — respondo. — Vou sentir o luto.

Ele relaxa e me puxa mais para perto.

— Tá, pera aí. Acho que tenho outro pedido — diz ele timidamente.

— Que ganancioso — brinco, abrindo um sorrisinho.

— Só mais um, pode ser?

— Hum. Pode.

— Por favor, não esqueça como é que se vive. Fico tão maravilhado com o fato de você ainda enxergar magia no mundo, mesmo depois do que te aconteceu. Da primeira vez que você fez isso, fiquei sem reação. Acho que a coisa mais incrível e corajosa que alguém pode fazer é enxergar a beleza, apesar de toda a dor. Se você perdesse isso... — Ele para de falar, parecendo culpado e triste. — Me prometa que não vai perder isso, September.

Digo a ele que vou tentar. Digo a ele: *Prometo*.

— Mas nada disso importa — acrescento com firmeza.
— Porque você vai ficar bem.

— Tá bom — diz ele e esfrega os olhos. — Meu Deus. Se eu não dormir, acho que vou começar a alucinar.

— Durma — peço. — Vou ficar bem aqui.

Ele pega no sono em minutos, mas eu tento resistir um pouco mais.

Eu o encaro. Memorizo as feições do seu rosto na minha mente. As ondas de seus cabelos escuros. A posição exata da pinta em cima do seu lábio. Seus cílios encostando nas suas bochechas pálidas.

Talvez ele tenha razão. Talvez a gente só possa fazer uma coisa mesmo: encontrar a beleza e assimilá-la, aproveitá-la enquanto é possível.

*meia-vida do amor*  **355**

# Flint

0 dias, 0 horas, 0 minutos

**Eles me acordam após duas** horinhas de sono para injetar mais substâncias cujos nomes não sei pronunciar. Depois, eles fazem mais testes.

À medida que as horas passam, o clima no laboratório vai relaxando, mas o pânico dentro de mim só aumenta. Daqui a uma hora, talvez eu não esteja mais aqui.

Olho ao redor. Não é onde eu esperava passar meu último dia, mas as pessoas com as quais me importo estão ao meu lado, e meu corpo está fornecendo muitos dados ao Instituto para ajudar na teoria de September. Porém, o pavor fica cada vez mais latente. September percebe uma vez — ela vê que estou agarrando firmemente a grade da cama para não arrancar o soro do braço e sair correndo do laboratório, pois as únicas palavras na minha cabeça são: *Não, não, isso não pode ser real, não hoje.*

*Não quero ir embora.*

Quando dá 21 horas, September vem se deitar comigo na cama hospitalar. Neste momento, eu a amo tanto que preciso ver se o equipamento está captando isso em seus gráficos.

— Estamos quase na linha de chegada — sussurra ela. — Vamos tentar ficar acordados.

Faço que sim. Faltam apenas algumas horas, e então saberemos se deu certo.

São 23 horas. September adormeceu um minuto atrás, com a cabeça pesando no meu ombro. Vejo sua testa assumir uma expressão relaxada depois de passar o dia inteiro contraída. Passo o polegar na sua bochecha. Dou um beijo na sua testa.

Pisco e sinto as pálpebras pesarem. Tento mantê-las abertas, mas elas se recusam.

Adormeço.

Sonho com September. Com todas as coisas que vamos fazer a partir de amanhã. Pela primeira vez, permito-me imaginar como me sentiria sendo a primeira pessoa a viver sem saber quando vou morrer. Todos os dias, vou acordar e me aventurar num mundo onde centenas de coisas podem me matar. Não vou me esconder, vou fazer curso de aviação e virar piloto. Vamos andar até as Ruínas e riscar nossos nomes nas pedras, *Flint e September*, e vou ouvir enquanto ela fala animadamente de espectrômetros, cromatógrafos e outras coisas que jamais entenderei. Vou ver o crepúsculo outonal se infiltrar em seus cabelos. Quando conseguir minha licença, vou levá-la para voar comigo.

Quando acordo, o laboratório está quieto, há apenas os sons dos aparelhos. Alguém desligou a luz forte de novo, então estamos numa penumbra azulada. Os cientistas andam de um lado para o outro em silêncio, e tudo está tão tranquilo que ainda parece um sonho. Será que já passou de meia-noite?

*meia-vida do amor* **357**

September ainda está encostada ao meu lado, com a bochecha morna no meu ombro, e eu penso: *Talvez eu tenha conseguido.*

E então sinto uma forte pontada atrás do olho esquerdo, quente e intensa.

E percebo que não consegui.

Um terror desabrocha no meu estômago. Sinto câimbra em todos os músculos do corpo ao mesmo tempo, e minha mão se contrai fortemente ao redor da mão da minha mãe. Ela se lança para a frente, imediatamente alerta. Ao perceber o que está acontecendo, ela agarra o braço do meu pai.

Eles só têm um breve instante, mas me enchem de amor, e minha mãe sussurra:

— Está tudo bem, eu te amo, vai ficar tudo bem.

Estou olhando nos olhos deles quando minha visão se apaga.

E, de alguma maneira, impossivelmente, no escuro, tem uma imagem tão brilhante quanto a realidade: uma floresta, e a chama de uma garota de casaco vermelho-escuro, encarando os restos das marcas lavadas pela chuva que ela fez no dia em que nos conhecemos.

Não escalei o Kilimanjaro, nem vi a aurora boreal, nem andei de camelo, mas conheci September 41 dias antes do fim, o que fez tudo valer a pena.

# September

**Acordo com a mão de alguém** na minha bochecha me guiando, me fazendo ficar sentada em vez de deitada.

Passo um instante grogue e desorientada, e então lembro onde estou: o laboratório, os tratamentos, Flint. Instintivamente, eu me viro para ver como ele está.

A mão da dra. Juncker continua firme no meu rosto. Para que eu não veja.

E é então que eu descubro.

Ele não está mais aqui.

A dra. Jackson diz baixinho:

— Flint Larsen, hora do óbito: 1h48.

Um aneurisma espontâneo. Foram danos demais para que ele pudesse se recuperar, mesmo com todos os aparelhos que o Instituto tem dedicados a manter as funções vitais.

Ele viveu mais tempo do que qualquer outro caso de anomalia. Nós o *transformamos* numa anomalia.

Cientificamente, é algo muito relevante.

Mas não consigo me importar.

*meia-vida do amor*   **359**

*Flint*. Encosto na mão da dra. Juncker e a afasto com delicadeza.

Ele parece estar dormindo, mas suas pálpebras não estão totalmente fechadas, e tem três bolhinhas no canto de sua boca. Parece que há algo de *errado* aqui dentro, tem uma pressão nas minhas costelas, e ninguém está falando, quase ninguém está se mexendo, e a coisa só *aumenta, aumenta e aumenta*.

Não consigo respirar.

*Eu o beijei uma hora atrás.*

Pisco e vejo os pais de Flint. Sua mãe, a cabeça encostada na cama, os olhos fechados, ainda acariciando os cabelos de Flint como se ele conseguisse sentir. Seu pai, sentado na cadeira onde passou o dia inteiro, inclinado para a frente e apertando o dorso do nariz.

Pisco e vejo alguém desligar os aparelhos que tentaram mantê-lo vivo, que nunca mantiveram nenhum paciente vivo aqui dentro.

Pisco e vejo o interior de uma barraca rosa de princesa com luzinhas de Natal. Vejo um pequeno mindinho enroscado no meu. Cabelos cor de cobre emaranhados nos meus, num tom tão idêntico que eu nem sabia quais mechas pertenciam a mim e quais pertenciam à minha irmã.

Pisco e vejo a sala de observação vazia, onde eu costumava prestar atenção na dra. Jackson nos meus intervalos de almoço.

Pisco mais uma vez.

Gigi está aqui. Ela me tira da cama delicadamente, mas tem uma última coisa que preciso fazer.

Eu me aproximo do ouvido de Flint. Sinto o frio dos seus cabelos escuros na minha bochecha.

— Já estou com saudade — sussurro.

Aperto sua mão, mas sua pele já parece feita de argila, algo inanimado.

Então Gigi me afasta, me leva para um canto e me dá um abraço apertado.

— Estou com frio — sussurro.

Estou tremendo como algumas pessoas tremem depois de tomar anestesia epidural. Todo o meu ser quer ignorar tudo isso, como fiz com Maybelle, compartimentalizar a dor.

*Não. Permita-se sentir o luto.*

— Sinto muito — sussurra Gigi.

Eles começam a levar os aparelhos de rodinhas embora.

*Prometa.*

E, como estou cansada de combater a escuridão, e porque prometi para ele, deixo minha armadura nos azulejos polidos do laboratório do último andar e me permito sentir o luto.

Gigi e eu voltamos a pé para casa na escuridão das três horas. Eles não precisavam mais de mim no laboratório. Eu também não aguentava ficar lá. Estou de olhos abertos, encarando as ruas silenciosas, mas não paro de tropeçar. Passamos por várias casas de pessoas adormecidas que não fazem ideia do que aconteceu uma hora atrás, no trigésimo andar do Instituto.

Não acredito que ele realmente se foi.

Gigi me leva até o meu quarto, mas eu paro e vou até o dela. Não tem nada nas paredes dela, diferentemente das minhas. E eu nunca estive com ele no quarto dela.

— Quer que eu fique aqui? — pergunta ela.

Assinto. Ela se senta na beira da cama e começa a me fazer cafuné. Fecho os olhos, e as lágrimas rolam de uma vez. É diferente de quando perdi Maybelle, pois, desta vez, ninguém precisa que eu faça nada.

Tento lembrar o que senti no banco do passageiro do Jeep na nossa primeira viagem para Merrybrook. Como foi estar perto daquela sua tristeza pulsante, sombria. O alívio que senti quando me permiti entrar nela.

E é o que faço agora.

Desmoronar é um processo mais silencioso do que eu imaginava.

Achei que eu iria berrar, gritar e me debater.

Às vezes, choro em silêncio, as lágrimas escapam. Às vezes, é uma forte falta de ar que não consigo impedir — como o paciente no andar de Admissão no ano passado, que começou a hiperventilar.

Mas, na maior parte do tempo, nem sequer estou realmente presente.

Dottie e Bo passaram na minha casa depois do colégio no dia seguinte. Eles pegaram um balde velho de tinta na garagem e cobriram as fórmulas nas minhas paredes para que eu pudesse voltar ao meu quarto.

Ainda dói dormir na cama onde ele dormiu. Onde *nós* dormimos.

Percy pega meu dever de casa no colégio e o traz para cá à noite. Não que eu planeje fazê-lo.

Tudo que quero é dormir. Penso na minha mãe, em seu quarto escuro do outro lado do país. Inspiro profundamente, enviando meu perdão para um lugar a quilômetros de

**362** BRIANNA BOURNE

distância. *Agora eu entendo, mamãe.* Quando você está dormindo, nada dói.

É, quando estou apenas semiadormecida, também é aceitável — porque posso me convencer de que o travesseiro sob minha bochecha é o ombro de Flint, que o travesseiro nas minhas costas é seu braço ao meu redor.

Finjo que estamos no último andar do Instituto mais uma vez, no dia da sua morte, antes de tudo dar errado. Minhas últimas palavras para ele foram *vamos tentar ficar acordados*, mas agora tudo que consigo fazer é dormir.

Acordo de repente e percebo que estou no escuro. Meu coração está disparado. É a primeira vez que me sinto alerta e *real* desde que tudo aconteceu. Uma descarga de *adrenalina*, penso eu, diagnosticando a batida em pânico do meu coração. $C_9H_{13}NO_3$.

Pego meu celular. Num lapso de memória, meu cérebro acha boa ideia conferir as mensagens que chegaram dele.

Não tem nada novo, obviamente, e isso me atinge bem nos pulmões. Passamos a última semana praticamente grudados, por isso as últimas mensagens suas que recebi são de quando descobri sua meia-vida. Da semana em que não nos falamos.

*Desculpa.*

*Desculpa.*

*Desculpa.*

Encaro as palavras até que elas fiquem gravadas na minha visão.

E então a tela se apaga.

O pânico atrás das minhas costelas se intensifica. Essas mensagens são tudo que restou dele. De repente, para a mi-

*meia-vida do amor*   **363**

nha mente de cientista, é extremamente importante encontrar alguma outra prova de que ele esteve aqui, de que ele foi real. Procuro no meu quarto. Tiro toda a roupa de cama — será que ele não deixou uma meia no meio dos lençóis, numa das noites em que entrou escondido aqui e dormiu comigo? Será que não deixou sua carteira na minha mesa de cabeceira? Tem que ter alguma coisa. *Por favor*. Mas, mesmo enquanto procuro, sei que não vou achar nada. Ele era tão frugal. Eram apenas as roupas pretas, as botas de pirata e a chave do Jeep.

Afundo o rosto no travesseiro que ele usou, mas não sinto nenhum resquício do seu cheiro de cereja negra. Vasculho meu guarda-roupa, levando até o nariz todos os vestidos e camisetas, tentando lembrar o que vesti em cada dia da semana passada, rezando para que alguma peça não tenha sido lavada.

Congelo quando o movimento dos cabides na barra revela algo que escondi no fundo do guarda-roupa há um bom tempo.

Uma caixa de papelão. Fechada com fita adesiva.

Encaro-a por um bom momento.

*Maybelle*.

Não dá. Tenho medo de me permitir sentir as duas perdas de uma só vez e não conseguir mais fazer nada.

Fecho a porta do guarda-roupa e ando pelo quarto. Não tem mais nada de Flint aqui. Cadê ele? Cadê a prova de que ele me amou? Completamente desesperada, passo correndo pela sala de estar e saio para o frio. Tem gelo nas margens do riacho, e sinto a pontada do ar glacial na minha pele. Estou no meio da subida do outro lado do riacho quando percebo...

A casa está escura e sem vida. É só porque é madrugada, digo para mim mesma; é por isso que as luzes estão apagadas. Bato na janela dos fundos. *Preciso de provas*. Percebo vagamente que o que estou fazendo é socialmente inaceitável, mas não ligo. Bato até o vidro estremecer, então dou tapas com minha palma ardendo de frio repetidamente. Mas ninguém aparece.

Ponho as mãos ao redor do rosto e espio o interior da sala escura. Não há louça na pia, nem papéis no balcão.

Seus pais partiram.

Assim como ele.

Em pânico, pego meu celular, e apesar de serem sei-lá-que-horas da madrugada, Dottie atende na mesma hora.

— Nem uma foto dele eu tenho, Dottie — sussurro, e começo a chorar.

— *Shh, shh.* Você tem uma, sim. Fui eu que tirei. Naquele dia no parque de diversões. Vou enviar pra você agorinha.

Meu telefone apita, e então o vejo.

*Flint.*

Nós não estamos olhando para a câmera. Estamos olhando um para o outro e, *ah*, está tudo aqui, pairando no ar entre nós dois. Dou zoom nele e pressiono as pontas dos dedos na tela.

*Aqui está você.*

# September

**Uma semana após a morte de Flint,** Gigi me acorda ao amanhecer e nos vestimos juntas.

Hoje é o enterro dele.

Dottie e Bo vêm nos buscar. O carro está frio e balança; é totalmente diferente de estar no banco do passageiro do Jeep.

Quando chegamos, os familiares de Flint nos encaram. Não porque eu sou sua... o quê? Namorada? É porque estou com um vestido laranja-avermelhado com duas fendas na altura das minhas panturrilhas e com meu casaco vinho.

Nós paramos, aglomerados no frio de dezembro, perto de um grupo de pessoas que devem ser parentes distantes de Flint. Estão todos com seus sobretudos pretos de lã, e me pergunto se eles tiveram de comprá-los especialmente para a ocasião.

Às vezes esqueço que Flint nasceu aqui, que ele viveu seus primeiros oito anos aqui. Uma vez, ele disse que a Filadélfia nunca lhe pareceu real. Que bom que seus pais decidiram enterrá-lo em Carbon Junction.

Ouvimos o som de um motor atrás de nós, e um carro funerário — o carro funerário *dele* — para no caminho estreito do cemitério. Um homem de terno e com uma cartola ridícula que eu queria arrancar sai do carro e abre as portas dos fundos.

Fico parada, imóvel, apenas encarando. Ele está ali. Flint está *bem ali*.

Seus pais chegam no Jeep, e meu coração quase para. Mas não é Flint quem sai do lado do motorista, é seu pai, com o rosto pálido e sério.

Dottie cutuca meu braço, e me viro para ver os carregadores pondo o caixão de Flint — dezessete anos e ele tem um *caixão* — nas faixas que vão baixá-lo na terra.

A tensão no meu peito aumenta.

Seu caixão parece longo demais, como um caixão todo esticado de desenho animado, e é preto e reluzente. Ele brilha como seus cabelos brilhavam na noite em que Flint chegou ao Le Belgique.

Queria saber se ele está com as botas, ou se lhe fizeram usar sapatos sociais engraxados e um terno de caimento ruim.

Meu telefone vibra dentro do casaco, e por um breve momento imagino que vou pegá-lo e encontrar uma nova mensagem de *desculpa* me esperando. Mas deve ser só meu pai ligando de novo, então ponho a mão no bolso e clico para que não vibre mais.

Fico parada no frio e, em vez de enxugar as lágrimas quando elas surgem, deixo-as nas minhas bochechas para serem levadas pelo vento.

Quando acaba, entro na fila para abraçar os pais dele. Os sorrisos e os *obrigadas* da sua mãe para as pessoas são frágeis, mas mesmo assim são sorrisos. Eu me pergunto qual é a di-

*meia-vida do amor* **367**

rença entre a mãe dele e a minha, como ela consegue fazer isso enquanto minha mãe não conseguiu nem sair da cama.

Quando chega a nossa vez, abraço a Sra. Larsen.

— Que bom que ele conheceu você, September — diz ela com o rosto contra os meus cabelos.

Meu queixo treme. Roubei o último dia de Flint deles dois e o sujeitei a tratamentos que, no fim das contas, fracassaram, e eles estão *me agradecendo*.

— Passei na casa de vocês — digo, com a voz áspera de tão pouco que a tenho usado.

— Ah, querida. — Ela olha inquieta para o pai dele. — Fomos para um hotel logo depois. Não aguentamos ficar lá, e amanhã vamos voltar para a Filadélfia. Desculpe, September. O que você queria?

A questão paira no ar.

*Ele*.

— Nada — sussurro.

Nada.


Algumas horas depois do funeral, Gigi me chama para a janela perto da porta da frente. Espiamos pelas persianas e vemos alguns repórteres na calçada, tremendo de frio, com microfones felpudos.

— Ah, que merda — diz Gigi.

— O que eles estão fazendo aqui? — pergunto, franzindo a testa.

— Você fez Flint viver além da data de morte dele, *com medicamentos* — responde ela baixinho. — É uma notícia e tanto.

Estendo o braço e puxo o cordão para fechar as persianas o máximo possível. Acho que era inevitável que a informação se espalhasse — tinha pelo menos trinta pessoas no laboratório naquela noite, e numa cidadezinha as notícias se espalham com rapidez. Especialmente quando têm a ver com as palavras *meia-vida* e *cura*.

Passamos o dia inteiro em casa, comemos torradas e tomamos sopa enlatada. Bem, Gigi come. Eu mordo os cantinhos de uma torrada.

Mais tarde, vejo meu celular e encontro 64 e-mails não lidos e uma dúzia de mensagens de voz na caixa-postal. Ouço as mensagens do diretor administrativo do Instituto, de alguns membros da diretoria cujas carreiras eu admirava, e do chefe do setor de RH.

Todos eles dizem que a dra. Jackson e a dra. Juncker se recusam a dar continuidade à pesquisa sem a minha participação — ou ao menos a minha permissão.

Digito um e-mail curto para a dra. Juncker, dando-lhes permissão para continuar trabalhando na teoria sem mim.

Elas podem ficar com a minha teoria.

Ela não o salvou, então não quero mais qualquer envolvimento.

Não paro de pensar na caixa no meu guarda-roupa. Sinto sua presença aumentar e se inflar pela casa.

A ausência de Flint é uma dor constante nas minhas costelas, na minha cabeça, na minha barriga... mas estou sobrevivendo. Ainda estou aqui. E não estou fingindo que ele nunca esteve aqui.

Talvez eu consiga enfrentar as duas perdas. Uma promoção de dois lutos por um, penso morbidamente.

*meia-vida do amor*  **369**

Vou até o guarda-roupa e deslizo todas as roupas para um lado. A caixa está aqui me esperando.

Quando vim morar com Gigi, cheguei com duas malas grandes, uma mala de mão e esta caixa de papelão. Tenho vagas lembranças de quando a organizei, mas deve ter sido depois que fui aceita para o estágio no Instituto. Lembro que abri a porta do quarto de Maybelle. As persianas estavam fechadas, e o ar estava parado, como se nem mesmo as partículas de oxigênio e nitrogênio se atrevessem um movimento, e ainda tinha o cheiro dela.

Peguei três coisas, fechei a caixa e nunca contei aos meus pais que entrei no quarto dela.

Agora, pego a caixa e rasgo a fita com os dedos.

Quando olho dentro dela, não sou tomada pela dor intensa que achei que me acometeria. Talvez seja porque ter conhecido Flint me deixou mais à vontade com o luto, assim como se entra lentamente num mar frio.

A primeira coisa que vejo é um cachorrinho de pelúcia que ganhei para ela numa quermesse. Era seu segundo brinquedo favorito — o primeiro era sua macaquinha feita de meia, cujo nome era Meia, e que enterramos com ela.

Embaixo do cachorrinho tem um moletom cinza com orelhas de elefante que ela usava o tempo todo. Debaixo dele, o vestido com corações e arco-íris que esvoaçava quando ela rodopiava pela sala de estar. Ela chorava sempre que ele era lavado, então minha mãe a deixava usá-lo por dias e dias para que ela ficasse girando pela casa.

Um bichinho de pelúcia. Um minúsculo moletom. Um vestido. Pego-os todos e os encosto no rosto. Deito na cama e me encurvo ao redor deles.

— Que saudade de você — sussurro para suas antigas coisinhas.

*Maybelle.*

Já estou na escuridão. Não vai ser difícil entrar ainda mais fundo nela.

— Que saudade, e queria que você ainda estivesse aqui. Me desculpa por todas as vezes em que não te olhei quando você pediu, por todas as noites que passei com a cara enfiada num livro em vez de simplesmente ficar com você. Fiz aquilo para te salvar, mas era tarde demais. Queria ainda ser uma irmã.

É um alívio parar de fugir, parar de suprimir todos os pensamentos sobre ela.

Finalmente me permito imaginar os anos que deveríamos ter tido juntas.

Quando ela tivesse cinco anos, iria acompanhá-la até o ponto de ônibus e dar tchau enquanto ela vai para o jardim de infância. Quando ela voltasse para casa, estaria esperando.

Quando ela tivesse seis, faríamos uma festa do pijama e assistiríamos aos filmes que eu amava quando criança.

Quando ela tivesse oito, iria roubar meus esmaltes e esquecer de tampá-los, e os encontraria ressecados e empelotados. Ia reclamar com ela e depois encontrá-la chorando de culpa.

Quando ela tivesse dezesseis anos, ia odiar o namorado que me deu um pé na bunda e ia jogar ovos no carro dele.

Quando ela tivesse 21, iríamos passar uma semana no Havaí e tomar piña colada o tempo todo, e ela me contaria tudo sobre seu primeiro namoro sério.

Quando ela tivesse 54, se sentaria comigo enquanto nos despedimos dos nossos pais.

*meia-vida do amor*  **371**

Quando ela tivesse sessenta, tomaríamos café juntas toda semana e para mostrar fotos dos nossos netos e flertar com o barista.

A meia-vida roubou todos esses anos de nós num piscar de olhos. Toda uma irmandade.

Embalo o cachorrinho de Maybelle no meu peito. Procuro as fotos que tenho dela no meu celular, as que escondi de mim mesma num álbum dentro de outro dentro de outro. Elas estavam comigo esse tempo todo, no meu bolso, na minha memória, mas só agora me sinto preparada para vê-las. Passo as fotos lentamente e me demoro naquelas em que estamos juntas.

Oito meses após sua morte, finalmente começo a sentir a perda. Desta vez, não é algo silencioso. É feio, ofegante, e parece que nunca vai ter fim.

# September

**Gigi me encontra passando as fotos no celular.** Ela põe uma bandeja de comida na mesa de cabeceira, depois se senta na minha cama e põe a mão sobre o meu braço.

— Gigi? — sussurro. — Como foi que você ficou bem depois da morte de Maybelle?

Ela se mexe um pouco.

— Você era pequenininha quando seu avô faleceu, provavelmente não se lembra muito dele. Ele era tão tranquilo. Um amor de homem. Fiquei arrasada quando o perdi. — Ela faz uma pausa e coloca uma mecha de cabelo atrás da minha orelha. — O luto dura muito para algumas pessoas, como uma dor constante, e outras conseguem passar dias ou semanas sem que uma lembrança as derrube. Chega um momento em que você se vira para dizer alguma coisa e só encontra um vazio.

Faço que sim. Fiz isso muitas vezes esta semana.

— No começo, fiquei muito mal. Conversar com minhas clientes me ajudou. Comecei a participar de um grupo de viúvas que tricotava. Odeio tricotar, aliás, mas foi bom conversar.

*meia-vida do amor* **373**

— Sinto muito — sussurro.

Eu me sinto culpada. Nunca pensei nisso. Eu sabia que tinha tido um avô, obviamente, mas Gigi sempre me pareceu tão alegre. Perder um marido depois de tantos anos juntos deve ter sido horrível. E quanto aos meus pais... perder uma filha é o pior dos cenários.

— Então, respondendo à sua pergunta — diz Gigi, esfregando as mãos nas calças floridas —, perder Maybelle me fez sofrer, sim. No entanto, quando já somos mais velhos, a morte ainda dói, mas conseguimos encará-la um pouco melhor. Sabemos o que esperar, talvez. — Ela põe meu cabelo atrás da minha orelha de novo, e me encosto na sua mão. — E então você apareceu na porta daqui de casa, e precisei cuidar de você.

Afundo o rosto na lateral da sua perna. Ela tem cheiro de talco e de velhice, e um dia também vou perdê-la.

— Sinto muito — digo, pelo vovô Dan, por tê-la mantido distante de mim desde que cheguei a Carbon Junction e me arrependo das coisas terríveis que lhe disse no dia em que descobri a meia-vida de Flint.

— Está perdoada. E eu também peço desculpa. Sei por que estava chateada. Eu devia ter conversado com você, em vez de simplesmente mencionar o nome dela daquele jeito. — Ela pega o moletom de elefante. — Mas parece que agora você está disposta a conversar sobre ela. Quer fazer isso?

— Quero, por favor — sussurro.

À noite, ponho o polegar no celular para desbloqueá-lo e vejo as ligações perdidas.

Desde que passei a morar aqui, nunca liguei para os meus pais.

Clico no contato deles. Desta vez, é uma chamada só de áudio. Fico nervosa enquanto espero a ligação conectar.

Meu pai atende.

— September — diz ele, a voz sonolenta. — Querida, estávamos tentando falar com você. Gigi tem nos contado tudo.

— Oi, papai.

— Como você es... hum... — Ele para, limpa a garganta. — Como você está? — pergunta ele, com o mesmo tom cauteloso que as pessoas usaram com ele após a morte de sua filha de quatro anos.

Engulo em seco. Posso dizer que estou bem, mas eu não liguei só para que repetíssemos as mesmas frases de todas as outras ligações.

— Para ser sincera... não estou muito bem — digo baixinho.

O silêncio faz a linha crepitar.

— Estou com saudade dela, papai. De Maybelle — sussurro.

Escuto um barulho, como se ele estivesse se sentando.

— Eu também — diz ele, e sua voz falha no meio da frase.

Mais silêncio.

Sinto uma vontade avassaladora de dizer mais alguma coisa. Parece impossível suprimir as palavras, como se a chapa de ferro que eu estava usando para cobrir tudo tivesse simplesmente deixado de existir.

— Tenho me esforçado muito para me controlar — desabafo. — Sinto que não pude entrar em crise porque você e a mamãe estavam péssimos. — Minha voz falha, mas estou recobrando o fôlego. — Parecia que você tinha se esquecido de mim, pai. Que eu não era importante, e que não valia a pena tentar ficar bem por minha causa. Durante dois anos, você manteve a compostura por Maybelle, e assim que ela

*meia-vida do amor*    **375**

morreu vocês dois... pararam. Eu tive que cozinhar, ir para a escola sozinha e tudo mais.

— Tember — diz ele, quando finalmente paro de falar. — Me desculpe. Não era nossa intenção de jeito nenhum. Você parecia tão capaz, e a gente... bem, acho que sua mãe e eu tentamos ficar bem por tanto tempo *antes* do dia da morte que, depois que ele passou, nós dois simplesmente desmoronamos.

— É, eu sei. Eu entendo. — Penso que foi bem difícil sair da cama depois que Flint morreu, que às vezes tudo que eu ainda quero é entrar na escuridão e descansar. — Não estou mais com raiva.

Ouço um fungado enquanto meu pai se mexe do outro lado da linha.

— Sei que não digo isso com tanta frequência, mas temos muito orgulho de você, September. Por você ter se esforçado tanto para conseguir o estágio, e por todo o resto. Gigi tem nos contado sobre todo o progresso em relação à meia-vida. Não sou capaz de entender o que você fez, mas sei que é incrível. Vai mudar o mundo.

— Talvez — digo, olhando para baixo e mexendo numa linha solta do meu edredom. — Mas quem me dera ter conseguido fazer isso três anos atrás.

— Pois é. — Ele parece tão arrasado. Queria que todos nós pudéssemos voltar no tempo, sermos quem éramos antes, quando éramos uma família de quatro pessoas. Ele limpa a garganta. — Eu não sabia se devia te contar isso da última vez que nos falamos, mas sua mãe começou a fazer terapia.

Só de ouvir isso começo a chorar de novo.

— Que maravilha, pai — sussurro. — Diga a ela que eu a amo, tá?

— Digo, sim.

Depois que desligamos, fico deitada na cama e encaro minhas paredes pintadas por um bom tempo. O peso dentro do meu corpo parece um pouco mais suportável, como se o ar tivesse um pouco mais de oxigênio do que antes.


Aerys toca a campainha no dia seguinte, com uma imensa sacola de compras.

— Oi — digo, e cruzo os braços para me esquentar. — Pode entrar.

— Dottie disse que você estava querendo alguma coisa dele. — Ela põe a mão dentro da sacola. — Ele fez isso quando era criança. Naquela época, ele brincava disso o tempo todo.

É um aeromodelo. Está bem feito, e a hélice delicada gira com suavidade. Observo os pontos onde suas mãos seguraram as peças enquanto a cola secava e os locais onde ele pintou listras meticulosamente.

— Ah, e... — diz Aerys, pondo a mão na sacola de novo. — Pedi isso aqui para os pais dele. Os dois disseram que você pode pedir o que quiser, é só mandar mensagem para eles. Vou te passar o número.

Da sacola saem as botas pretas de pirata, os cadarços amarrados, como se ainda estivessem em seus pés. Meu coração bate forte.

Agradeço a Aerys e dou um abraço logo e apertado nela.

— Tem certeza de que não quer ficar com o avião? — pergunto quando me afasto, com o nariz escorrendo um pouco e novas lágrimas nos cílios.

— Tenho. Tem outros lá em casa — diz ela.

*meia-vida do amor*   **377**

Encosto as botas de Flint no peito. Há um silêncio constrangedor enquanto ela pega um lenço de papel no moletom e assoa o nariz.

— Que merda — diz ela. — Estou sentindo muita saudade daquele desgraçado ranzinza.

— Eu também.

Pela primeira vez penso em como é estar na situação dela e ter perdido o melhor amigo de infância logo após reencontrá-lo. Flint me disse que ela estava sem nenhum amigo há cerca de um ano, e agora consigo perceber sua solidão. Bem que me perguntei por que ela foi tão cautelosa com Dottie e Bo — parecia que ela estava com medo de fazer algo errado e de que todos nós a excluíssemos.

— Ei — digo, enquanto uma ideia se forma. — Que tal a gente se encontrar uma vez por mês para jogar videogame vestidas de preto, em homenagem a ele?

Ela olha para cima, com o rosto repleto de gratidão.

— Combinado.

— E aí você me conta mais de como ele era quando criança.

— Claro — responde ela, e então nos abraçamos de novo e, por um momento, parece que ele está aqui com a gente.

Depois que ela vai embora, levo as botas de Flint para o meu quarto. Sento na beira da cama e as encaro por um bom tempo, depois as calço. Elas são imensas. Meus pés balançam dentro delas, buscando um calor que não está mais aqui.

Ponho-as em cima da minha estante de livros e penduro seu avião acima da minha cama.

\*

Seis dias depois do funeral de Flint, volto para o colégio.

Hesito na porta da frente, com vontade de vomitar, mas se eu me atrasar minhas notas vão pagar o preço.

Depois de passar na recepção, ando pelo corredor principal e vou até meu armário. As pessoas realmente se afastam para o lado ao me verem e abrem espaço ao passarem por mim. Como se achassem que, se chegarem perto demais, ou se falarem comigo, algum ente querido delas vai falecer também. No Colorado era bem assim, e o nó na minha garganta aumenta. Mas então Dottie aparece, entrelaça o braço no meu, e eu sobrevivo à primeira aula, e depois à segunda.

No almoço, um rapaz na fila do refeitório pede leite a mais, e sua voz grave me lembra tanto a de Flint que sinto um frio na barriga como se tivesse pisado em falso numa escada.

— Pode passar na minha frente — digo para uma garota atrás de mim, enquanto me recosto na parede.

— Tem certeza? Você está bem? — pergunta ela.

— Estou, sim. Só preciso de um minutinho para agir como humana.

Deixo a parede me sustentar e deixo o luto se espalhar por mim. Senti-lo por um momento ocasional é melhor do que tentar fugir dele, vivendo com o medo de que ele vá me engolir por completo.

Durante o resto do dia, toda vez que me sinto trêmula, sei que, em alguns minutos, ou eu vou poder encontrar Bo perto do meu armário, ou Aerys vai me achar durante um intervalo e andar um pouco comigo.

Quando entro no carro de Dottie, no fim do dia, sinto que talvez amanhã seja um pouquinho mais fácil repetir tudo isso. Ou mais difícil. Sei lá. Não sei se essa dor oca vai me

*meia-vida do amor*   **379**

abandonar algum dia, ou se vou ter de carregá-la pelos cantos como se fosse uma mochila cheia de livros.

Quando chego em casa, Gigi está com a TV ligada. Tem a imagem de um DNA na tela, ao lado de um título que diz *Novidades sobre a meia-vida*. Aparecem pessoas andando por um laboratório — um laboratório que me é familiar.

A próxima imagem mostra a dra. Jackson num púlpito. A coluna branca do Instituto atrás dela como uma sentinela. Os repórteres se aglomeram em torno dela, estendendo os braços para que os microfones captem suas palavras.

— Os cientistas do Instituto Meia-Vida têm trabalhado sem parar — diz a narração do repórter. — Alguns avanços científicos recentes podem muito bem mudar a relação da humanidade com a morte.

Assisto por um minuto, mas me parece algo tão distante, como se eu não tivesse nada a ver com isso. Eu também deveria estar assimilando essa perda, pois a ciência era uma grande parte da minha identidade, a maior parte de todas, mas é como se meu cérebro tivesse chegado ao limite do que consigo processar no momento, então isso simplesmente se mistura às outras perdas.

A vida segue em frente. Eu sigo em frente. Sem Flint, sem Maybelle, e sem o futuro que imaginei que teria como cientista.

# September

**Após três semanas,** depois que o Natal mais quieto da minha vida passa, Gigi bate delicadamente à minha porta.

— Tember? Tem alguém aqui querendo falar com você.

Eu me arrasto pelo corredor — e paro abruptamente ao ver a dra. Juncker sentada à mesa da minha cozinha.

— Srta. Harrington — diz ela, pronunciando o *g* como um *k* por causa do sotaque.

Eu me sento enquanto Gigi põe uma caneca de café fumegante diante dela.

— Não sei quanto você ficou sabendo, mas estamos trabalhando bastante e descobrindo como categorizar as pessoas para determinar quais substâncias químicas ativam sua meia-vida. Achamos que são nove no total.

Uma faísca se acende dentro de mim. Quero fazer mais perguntas — que métodos eles estão testando para categorizar, quais são as nove substâncias, como eles administram os tratamentos, quais são os padrões de dosagem.

Mas isso leva apenas um breve segundo. Não tenho energia o bastante para que a faísca dure mais.

*meia-vida do amor* **381**

Ela empurra um envelope.

— O que é isso? — pergunto.

— Abra.

Rasgo a frente para abri-lo e tiro uma única página de papel caro, cor de creme.

*Cara Srta. Harrington,*

*É com prazer que informamos que você foi aceita no Programa de Bioquímica e Genética da Universidade de Carbon Junction.*

Olho para cima.

— Não entendi — digo inexpressivamente.

— Você se inscreveu no processo de inscrição preliminar, lembra?

— Eu...

E então eu lembro. Eu me inscrevi em outubro. *Antes* de conhecer Flint.

Parece que foi uma década atrás. Enviei meus documentos assim que abriram as inscrições.

— Mas... por que eles me aceitariam? Você me demitiu — digo, franzindo a testa. — Foi falta de ética pedir os prontuários lá em Low Wickam.

— Essa transgressão não é nada em comparação à sua contribuição para a história do Instituto Meia-Vida, September. A diretoria da universidade concorda.

Fico sentada, perplexa, encarando a carta de aceitação.

— Também gostaríamos que você voltasse para o Instituto — acrescenta a dra. Juncker. — Para terminar seu estágio.

— Por quê? — digo baixinho.

— Não sei se você viu seus e-mails recentes, mas temos recebido ligações de instituições e universidades do mundo inteiro atrás de você. Laboratórios do Reino Unido, França e Nova Zelândia querem que vá trabalhar com eles. A decisão é sua, claro. Mas a dra. Jackson e eu adoraríamos que você voltasse para a nossa equipe. Isto aqui... — diz ela, encostando na carta de aceitação —, é o começo de uma carreira. De uma carreira imensa com que todo cientista sonha.

Olho a carta, e gostaria de estar sentindo a euforia que eu teria sentido se a houvesse recebido dois meses atrás.

Balanço a cabeça.

— Não sou uma boa cientista. Não sou fria e perfeita. Nunca fui assim.

A dra. Juncker olha para baixo, girando a aliança de ouro no anelar.

— Eu e você conhecemos a dor. Agora, nós podemos fazer a diferença.

Faço uma pausa.

— Preciso pensar.

— Eu entendo. Entre em contato quando se sentir preparada. — Ela empurra a cadeira para trás e se levanta. — E, September? Não foi uma pessoa fria e insensível que causou o maior avanço na história da meia-vida.

Suas palavras ecoam por um bom tempo depois que ela vai embora.


Fevereiro passa. E depois março.

De tempos em tempos, pego a carta de aceitação da ucj na minha escrivaninha e a encaro. Guardo-a de volta todas as vezes.

*meia-vida do amor*   **383**

E então, num dia que parece igual a todos os outros, ligo a TV e vejo um repórter tentando explicar a ciência complexa por trás da minha teoria.

Eles mostram um gráfico complicado, e a ciência complexa é reduzida a termos que leigos entendem.

— Bom, isso aí está errado — murmuro.

E então me pergunto quais são as verdadeiras fórmulas, o que a dra. Jackson estará escrevendo no quadro branco neste exato momento, que doses a dra. Juncker estará experimentando, quais são os efeitos colaterais dos testes clínicos que sei que foram iniciados.

Levada pelo entusiasmo da curiosidade científica, vou correndo até meu quarto. Encaro as paredes, como se eu pudesse enxergar minhas fórmulas com uma visão de raio x.

Agora estou começando a entender. Minha teoria estava correta. Ela só precisava ser mais desenvolvida e de uma equipe de cientistas habilidosos se dedicando aos seus detalhes.

Nós fizemos isso. Flint, eu e os cientistas do Instituto.

Até que ponto eles levaram meu trabalho? Como eles estão categorizando as pessoas? Algum paciente participando do teste clínico sobreviveu à sua data de morte? E o que aconteceu com ele depois?

A curiosidade fala mais alto. A ciência, minha motivação desde sempre, uma paixão que passou meses adormecida dentro de mim, agita-se e desperta com um vigor que me inunda.

Pego meu celular e encontro um número para o qual eu achava que nunca mais ligaria.

— Dra. Juncker? Eu gostaria de aceitar o convite de voltar para o meu estágio, se isso ainda for possível.

# September

**Eu me agacho para tocar** no pequeno botão amarelo de narciso que nasce na terra.

— Docinho, vamos logo, senão você vai se atrasar! — chama Bo.

Dottie, Bo e Aerys mataram as aulas da tarde para ir andando comigo até o Instituto no meu primeiro dia de volta ao estágio.

Faz uma semana que falei para a dra. Juncker que queria voltar, e a tarde está linda, com o céu límpido e num tom de azul pastel. Subimos a escadaria de mármore que vai dar no Instituto. Quando chegamos ao topo, visto meu jaleco por cima do vestido espetacular que Dottie tirou da pilha de doações do Rag House, com uma estampa incrível dos anos 1970 e babados na saia.

Ouço a voz de Flint na minha cabeça: *Você sabe que não é uma cientista pior só por causa das suas roupas, né?*

Posso ser mais de uma coisa: posso sentir meu luto, rir e me maravilhar, às vezes tudo de uma vez. Posso ser a September que é uma cientista meticulosa, a September alegre e divertida e a September triste que perdeu a irmã.

*meia-vida do amor* **385**

Decido deixar o jaleco desabotoado para que o vestido fique à mostra.

— Tenha um bom dia no trabalho, gata — diz Dottie. — Você vai arrasar.

Abraço-os e me viro para as portas giratórias do prédio.

Cheguei cedo, então passo primeiro na sala de observação para ver o local onde o perdi. O laboratório está aceso e vazio. Ele foi reorganizado, o que eu gostei.

Alguém bate levemente à porta e me faz olhar para cima.

— September — diz Percy, pondo as mãos nas costas e endireitando a postura daquele jeitinho que costumava me irritar. Seus olhos estão brilhando.

— Percy!

— Que bom que você voltou. Mas pelo jeito não dá para esperar de você uma aparência profissional — diz ele, olhando minha roupa chamativa.

Sorrio e percebo que Percival Bassingthwaighte e eu somos algo que jamais imaginei que seríamos: amigos.

— E... parece que você vai ter que me aturar por mais alguns anos. Também fui aprovado na UCJ.

— Que ótima notícia, Percy! — Ele merece. — Mas como? Eles não podem aceitar duas pessoas dos Estados Unidos no programa, não é?

— Pelo jeito eles criaram uma vaga especial para você, srta. Salvei o Mundo, além das seis vagas de sempre. Mas já basta desse assunto. Acho que precisamos descer.

— Ah, é. A coletiva de imprensa.

Quando voltamos ao térreo, a porta do auditório se abre, e o barulho se espalha. Pela abertura, dá para ver que quase todos os assentos estão ocupados. Vejo flashes piscarem.

Percy e eu entramos discretamente e nos encostamos na parede.

Na frente do auditório, sentados a uma mesa comprida, estão a dra. Juncker, a dra. Jackson, um homem que acho que faz parte da diretoria do Instituto e uma garota mais ou menos da minha idade, com delineador bem marcado e uma trança preta e grossa. Ela está com um terninho elegante que não parece combinar com seu estilo, e a placa na sua frente diz: *Srta. Nandika Dhillon – Paciente do Teste Clínico*.

— Quero estabelecer uma coisa — diz a dra. Jackson, sorrindo. — Nós não curamos a *morte*.

Uma onda de risadas se espalha pelo auditório.

— Não descobrimos uma maneira de nos livrar por completo da meia-vida. As pessoas vão continuar tendo a convulsão que indica a chegada à metade da vida, mas, em muitos casos, isso será útil para que elas comecem um tratamento, ou aqui no Instituto, ou, num futuro próximo, em hospitais locais. A srta. Dhillon é uma dos 150 pacientes do teste clínico que aceitaram heroicamente nos ajudar a desenvolver tratamentos que prolongam a vida para além da data de morte.

— A data de morte da srta. Dhillon era 18 de fevereiro. Cinco semanas atrás.

A plateia irrompe em aplausos.

Um repórter ergue o braço na multidão.

— Srta. Dhillon, sem uma data de morte, e supondo que os tratamentos que você está fazendo continuem funcionando, pode ser que você viva mais um ano inteiro ou mais setenta anos. Qual é a sensação de não saber quando vai morrer?

— Sinceramente? É meio esquisito — diz a garota, depois solta uma risada rouca. O auditório ri junto com ela.

*meia-vida do amor*  **387**

— Se algum dia eu tiver uma doença grave ou sofrer um acidente, nem vou saber se vou morrer ou não.

— Dra. Jackson — pergunta outro repórter —, é verdade que as pessoas que estão com doenças terminais nas semanas anteriores à data de morte não serão contempladas por esse tratamento?

— É verdade — diz a dra. Jackson. — Nosso tratamento só possibilita contornar o efeito Blumenthal, mais conhecido como o botão da morte. As pessoas vão continuar morrendo se tiverem doenças cardíacas ou degenerativas em estágios mais avançados, ou qualquer outra coisa para a qual ainda não há cura.

Os repórteres voltam a prestar atenção a Nandika e lhe fazem várias perguntas.

— Claro, é um pouco assustador saber que qualquer coisa pode me matar — diz ela. — Dirigir um carro. Atravessar a rua. Pneumonia, um assalto ou um tiroteio. Mas esse tipo de medo me faz sentir que todo dia é como um presente.

A plateia gosta, e vemos mais flashes de dezenas de câmeras.

— Então você vai viver com mais cuidado por causa disso? — alguém pergunta.

— Não. Não quero viver numa bolha. A Terapia Larsen me deu mais vida do que eu imaginava que teria... e eu vou vivê-la.

Preciso me recostar na parede e pôr as mãos nas costelas. A *Terapia Larsen*.

Não deixo de pensar que ele teria respondido a essa pergunta exatamente da mesma maneira se tivesse sido o paciente a sobreviver, e sorrio para Nandika Dhillon.

— É todo o tempo que temos para hoje — diz a dra. Jackson. — Agradeço a presença de todos.

Os repórteres agitam-se, desesperados para fazer mais perguntas. Os seguranças do Instituto os contêm para que Nandika e minhas chefes possam sair pela porta lateral.

A dra. Juncker me vê e guia o grupo até mim e Percy.

— September, gostaria que você conhecesse Nandika Dhillon. Apesar de ela não ser a única pessoa que está se beneficiando dos nossos tratamentos, ela é a paciente que tem falado com a imprensa. Nandika, esta é September Harrington.

Nandika dá um passo para a frente.

— Ah... caramba... é uma honra conhecê-la — diz ela, e percebo que está sendo sincera.

Sua presença ocupa toda a entrada do Instituto, assim como ocupou o auditório. A mãe da jovem se aproxima ao lado dela, sorrindo com orgulho.

E então uma menina de dez ou onze anos sai de trás da mãe e dá a mão para Nandika.

Nandika sorri e puxa a menina para perto de si.

A dra. Juncker dá um leve toque no meu braço. Estou parada, congelada, enquanto todos esperam que eu diga alguma coisa.

— É um prazer — digo, apertando a mão delas.

Nandika olha nos meus olhos.

— Obrigada — diz ela, pondo o máximo de peso nas palavras.

Parece que ela está me agradecendo por mil coisas, por mil lembranças que vai poder criar, por mil dias que ainda vai poder viver.

*De nada* parece uma resposta inadequada, então apenas a encaro. *Vá ser uma irmã*, digo a ela mentalmente. *Leve-a*

*meia-vida do amor*

*para tomar sorvete, só vocês duas. Tenham briguinhas porque seus pais deixam uma de vocês fazer alguma coisa e a outra, não. Depois que ela brigar com uma amiga ou tiver um dia difícil na escola, sente-se ao lado dela. Fiquem de mãos dadas na sala de espera quando seu pai ou sua mãe estiver em cirurgia. Aproveite os momentos em que vocês ficam absortas em alguma coisa juntas – um projeto, um jogo, fazer panquecas juntas, uma viagem de carro.*

*Vá ser uma irmã.*

Quando saio do Instituto, o pôr do sol está tão lindo quanto aquele no dia em que conheci Flint. O sol parece uma grande moeda dourada, e cai em um céu com um perfeito degradê de amarelo amanteigado, coral e lilás.

A luz sobre Carbon Junction parece mágica. Nuvens esparsas pairam como pinceladas numa tela. Olho atentamente para absorver todas as cores.

Tenho feito isso de parar sempre que vejo algo belo ou alegre para proporcionar o momento a Maybelle ou Flint.

*Acho que a coisa mais incrível e corajosa que alguém pode fazer é enxergar a beleza apesar de toda a dor.*

Nessa luz que parece pertencer a um sonho, pego o celular e vejo as mensagens que ele me enviou.

*Desculpa*
*Desculpa*
*Desculpa*

Digito uma mensagem, pela última vez, para o garoto que mudou tudo.

*Não precisa se desculpar por nada. Eu te amei, eu te amei, eu te amei. Obrigada.*

Enquanto começo a descer a escadaria do Instituto Meia-Vida, penso na outra meia-vida — no tempo que um elemento químico demora para chegar à metade de sua quantidade original. Às vezes ele leva menos de um microssegundo, às vezes leva trilhões de anos, mas o último átomo termina morrendo.

Já uma pessoa...

Não importa quanto tempo passa, sempre restará algo dela dentro de você.

*meia-vida do amor* **391**

# Agradecimentos

**Sou muito grata a todas as pessoas** que me ajudaram a tirar esta história da minha cabeça e jogá-la no mundo.

Antes de tudo, obrigada a todos que leram *You & Me at the End of the World* e entraram em contato para me dizer o quanto amaram a leitura. Vocês são os MELHORES, e seu apoio significou muito para mim enquanto eu escrevia esta história. (Um obrigada extra especial para o leitor que colocou o nome do próprio gato de Leo!) Espero que vocês tenham amado a jornada de Flint e September também.

Um obrigada gigante para todos da Madeleine Milburn Agency de Londres, em especial para a minha agente fenomenal, Chloe Seager, por ser a mistura perfeita de calma e encorajamento, além de ferozmente brilhante. Obrigada a Georgia McVeigh pelo feedback editorial valiosíssimo; Hannah Ladd, pelo incansável trabalho nos direitos de filmagem; e Valentina Paulmichl, por garantir que minhas palavras cheguem a leitores de todo o mundo.

Ninguém passou mais tempo com estas palavras do que meu editor absurdamente espetacular, Jody Corbett. Muito

*meia-vida do amor* **393**

obrigada por ter me levado ao limite da minha criatividade (e às vezes até além!). Sou muito grata por sua orientação e talento.

Um grande obrigada a todos da Scholastic, incluindo Janell Harris e Katie Wurtzel, por terem transformado um monte de palavras em um livro físico de verdade. Obrigada a Maeve Norton pelo design de capa lindo — você nos deixou sem palavras de novo! Obrigada a David Levithan, Ellie Berger, Erin Berger, Seale Ballenger, Daniela Escobar, Rachel Feld e à equipe comercial fantástica.

Entrar neste mundo de autores publicados foi incrível e aterrorizante em medidas iguais, e eu não teria conseguido enfrentar o último ano se não fizesse parte de um grupo maravilhoso de autores estreantes. Obrigada aos mais de 150 escritores na comunidade, com um agradecimento especial para Nicole Lesperance, Anuradha D. Rajurkar, Brooke Lauren Davis, Jennie Wexler e Holly Green. Os livros de vocês são fenomenais, e me sinto honrada de poder chamá-los de amigos.

Agradecimentos infinitos para Stephanie Perkins, Kelly McWilliams e Jennifer Lynn Barnes por terem se juntado a mim em eventos de lançamento virtuais durante a pandemia — conversar sobre livros com vocês foi um sonho se tornando realidade. E um obrigada gigante para Emily Henry, Marisa Reichardt e Abigail Johnson por serem tão receptivas.

Obrigada a Liz Flanagan e às mulheres do Storymill por sua amizade e apoio. Liz, você esteve lá a cada passo dado, e sou muito grata por sua generosidade, sabedoria e chamadas de vídeo! Obrigada a todos os outros que fazem parte da minha pequena comunidade da escrita, incluindo Taylor Lauren Wou Ross, Clare Golding, Rosie Talbot, e Brandon

Arthur. Taylor — obrigada por seus *insights* maravilhosos. Você me salvou. Rosie — obrigada pela ajuda na excruciante hora de decidir o título. A todos os outros escritores com quem me encontrei para um café e com quem troquei e-mails: vocês deixam o mundo da escrita tão rico e vivo. Admiro seu talento, resiliência e bondade.

Obrigada a minha dupla Dottie e Bo da vida real, Christina Rojas e Jared C. Neff. Christina, obrigada por ter levado meu livro a um bar e comprado um drinque para ele para celebrar o lançamento. Você é a personificação de um raio de sol. Jared — se eu tiver conseguido te dar um minuto a mais de vida durante as páginas deste livro, então tudo valeu a pena. O mundo era sempre mais divertido quando você estava com a gente.

Obrigada a meus amigos não escritores por deixarem a vida muito mais alegre, incluindo, mas não me limitando a Tonya, Lily, Jac, Liz, Burcu e Lauren. Lily, obrigada por ter lido tantas versões desta história e por sempre estar do outro lado da linha. Eu me sinto incrivelmente sortuda por sermos tão próximas, em localização e de coração.

Para os Yorkshire Bournes: obrigada pelo apoio e amor. Melhor família postiça do mundo. Para a minha própria família — não há palavras no mundo para expressar minha gratidão. Eu amo tanto todos vocês. Nani, eu não poderia pedir por uma "assistente" melhor para meu negócio. Você é a melhor!

Lila — você é mais que incrível, estou completamente encantada por você. Mal posso esperar para ver que cantos do mundo você vai iluminar com a sua luz.

Mina — obrigada, minha querida, por tanta alegria. Você é felicidade, resiliência e amor, e me sinto muito sortuda por ser sua mãe.

E Henry — obrigada por seu apoio constante neste sonho e em tudo mais. Há muito mais a se dizer, mas falo tudo para você pessoalmente todos os dias, e sou imensamente grata por isso.

E, como sempre, obrigada a *você*. Você pegou este livro e fez com que Flint e September ganhassem vida mais uma vez pelas lentes de sua própria imaginação. Vejo você na próxima história. ♥

**Confira nossos lançamentos,
dicas de leitura e
novidades nas nossas redes:**

editoraAlt
editoraalt
editoraalt
editoraalt

Este livro, composto na fonte Fairfield,
foi impresso em papel Pólen Natural 70g/m² na gráfica Coan.
Tubarão, Brasil, setembro de 2023.